La habitación prohibida

SASHA GREY

La habitación prohibida

Traducción de
Ana Isabel Domínguez Palomo y
M.ª del Mar Rodríguez Barrena

Grijalbo

Papel certificado por el Forest Stewardship Council®

Título original: *The Janus Chamber*

Primera edición: marzo de 2018

© 2016, Sasha Grey
© 2018, Penguin Random House Grupo Editorial, S. A. U.
Travessera de Gràcia, 47-49. 08021 Barcelona
© 2018, Ana Isabel Domínguez Palomo y María del Mar Rodríguez Barrena,
por la traducción

Penguin Random House Grupo Editorial apoya la protección del *copyright*.
El *copyright* estimula la creatividad, defiende la diversidad en el ámbito de las ideas y el conocimiento,
promueve la libre expresión y favorece una cultura viva. Gracias por comprar una edición autorizada
de este libro y por respetar las leyes del *copyright* al no reproducir, escanear ni distribuir ninguna
parte de esta obra por ningún medio sin permiso. Al hacerlo está respaldando a los autores
y permitiendo que PRHGE continúe publicando libros para todos los lectores.
Diríjase a CEDRO (Centro Español de Derechos Reprográficos, http://www.cedro.org)
si necesita fotocopiar o escanear algún fragmento de esta obra.

Printed in Spain – Impreso en España

ISBN: 978-84-253-5594-3
Depósito legal: B-288-2018

Compuesto en Revertext, S. L.

Impreso en Cayfosa
Santa Perpètua de Mogoda (Barcelona)

GR 5 5 9 4 3

Penguin
Random House
Grupo Editorial

Prólogo

Pregúntate lo siguiente.

Si dispusieras de la clave para desvelar los secretos del mundo, ¿no querrías usarla?

Si pudieras pillar a los ricos y poderosos desnudos, *in flagrante delicto*, con todas sus perversiones y preferencias expuestas a la luz, ¿no te tentaría?

Si es esto lo que quieres, acompáñame.

Pero antes, una advertencia: una vez que cruces el umbral, nada volverá a ser lo mismo.

Tú no volverás a ser la misma.

Yo ya no lo soy.

Hace casi cuatro años, una estatua de Pan fue testigo de cómo se hacía añicos mi vida en una plataforma, cuando uno de los hombres más poderosos del mundo me señaló como su igual. No, no como su igual... como una de los suyos, como alguien similar, porque lo cierto es que no somos exactamente iguales. Podría protestar hasta quedarme ronca, pero mi código moral me condujo a la misma habitación oscura que DeVille, y no puedo negar que una parte de mí pertenecía a aquel lugar. A una parte de mí le encantó apretarle el cuello.

Una parte de mí sigue allí, flotando en un cielo del color de sus labios sin oxígeno.

Una parte de mí que sabe que no soy como los demás, que no soy como Jack.

Que me parezco demasiado a DeVille y al resto de los miembros de la Sociedad Juliette.

Sin embargo, la mayor parte de mí ha enterrado bien hondo aquella experiencia. Es más fácil fingir que nunca sucedió... sobre todo porque nunca volví a ver a Anna.

Llevo una eternidad sin pensar en mi amiga.

Al principio la silla vacía de Anna a mi espalda en la clase de Marcus tenía mucho peso, estaba cargada con mis expectativas, mis esperanzas y mi frustración por el hecho de que nunca regresaría. Al menos antes de que empezara a detestarla con todas mis fuerzas.

Escogí la frustración por su ausencia antes que creer que una mujer tan alegre como Anna pudiera evaporarse a manos de alguien que no apreciara ni su llama interior ni las curvas que la contenían. Anna era más que una reacción al placer o al dolor. Encerrada en una jaula y usada para darle placer a otro, era como una explosión nuclear.

Pero comprobar la forma en la que estallaba junto con el resto de nosotros era como ver una mecha ya encendida. No podías apartar la vista, y si lo hacías, era tan solo para comprobar las expresiones de quienes estaban a su alrededor. Para medir sus reacciones y decidir cuál debería ser la tuya. Qué se podía compartir con seguridad.

La gente como ella no dura mucho en tu vida.

Hay un motivo por el que dejó de contestar a mis llamadas. Tiene que existir.

Ya que ¿por qué razón iba a desaparecer después de haberme introducido en el estilo de vida que ella seguía con mucha mayor profundidad que yo?

¿Se trataba de eso? ¿Había comprendido que, en el fondo, le daría la espalda a todo y enterraría los recuerdos para llevar una vida normal con mi Jack?

¿Fue la decepción lo que provocó que me diera la espalda? Su ausencia fue un rechazo que me dolió más que cualquier ruptura sentimental.

Tuve que olvidarme de la camaradería de la que habíamos disfrutado. Pensé que había significado mucho más para ella. Supongo que se mantuvo en contacto con las demás personas que conocía; yo, sin embargo, no era lo bastante importante como para que me llamase, de modo que también me olvidé de ella. Al cabo de unos meses, las cosas alocadas y atrevidas que habíamos hecho juntas parecían más sueños que recuerdos.

Tal vez porque las cosas que habíamos compartido eran tan fantasiosas, me resultó más sencillo fingir que las habíamos imaginado y así olvidarme de ellas. Me gradué, encontré trabajo como periodista de sucesos en un periódico. Me acomodé en mi vida con Jack; ambos estábamos demasiado ocupados y agotados por el trabajo como para fijar una fecha en la que pronunciar nuestros votos. A estas alturas no significa más que un mero trámite: ya estoy comprometida con él. La normalidad y la comodidad cubren mis recuerdos de Anna y de la Sociedad Juliette como una cálida manta, y hasta tengo la sensación de que todo eso le sucedió a otra persona.

La vida continúa. Nos olvidamos de las personas que conocíamos y de las personas que fuimos, sobre todo a esa edad.

Nos olvidamos por encima de todo de las cosas que gimen de noche.

¿Le sucede lo mismo a todo aquel que se embarca en un viaje sensorial? ¿Acaban desapareciendo tras haber experimentado demasiado?

No pienso a menudo en Anna. La decepción es humillante.

Y sin embargo...

Resulta una certeza incómoda cuando te echas un vistazo en el espejo y lo que ves hace que quieras encogerte... pero no puedes, porque no puedes cambiarlo. Fue demasiado bueno. Aun así, esa certeza te recorre la piel como una capa de jabón seco que no te enjuagaste bien en la ducha, y siempre está ahí, abrazándote, recordándote a cada paso que tienes que moverte poco a poco para olvidar que tu piel está demasiado tensa.

Como si estuvieras rellena y supieras que, antes o después, se romperá y podrás ser libre.

Cuatro años es mucho tiempo para cambiar, y mudar, y crecer. Cuatro años es mucho tiempo para enterrar bien hondo los recuerdos, hasta que los tienes pegados a los huesos y casi has olvidado a la persona que una vez anheló vivir esas experiencias.

Casi...

¿La personalidad se rinde al deseo?

¿Nuestros deseos nos guían o nos controlan por completo?

1

Por regla general, la gente que trabaja en hoteles sabe que lo mejor es no alojarse en uno. Es lo habitual en el sector servicios. Los que trabajan en un aeropuerto tienen su versión del asunto. Te dirán que siempre se llevan la comida de casa y que jamás comen en las cafeterías del aeropuerto. Y lo hacen porque saben algo que tú desconoces: toda la comida que se descarga de los aviones después de aterrizar es un imán para las cucarachas y demás alimañas.

Lo mismo pasa con los empleados de los hoteles. Si no tienen más remedio, solo se alojan en los grandes. Cuanto más grandes, mejor. A ser posible que formen parte de una gran cadena hotelera y que tengan más de mil habitaciones. ¿Por qué?

Porque saben que es la única manera de vencer las estadísticas.

Me explico.

En algún momento de su historia, todos los hoteles del mundo han tenido un huésped que se ha registrado al llegar, pero que luego no ha formalizado la salida. Bueno, sí que se ha ido, pero sin pagar la cuenta.

Si alguna vez te has alojado en un hotel, sabrás que eso es algo casi imposible a menos que tu estancia sea gratuita y, en el caso que nos ocupa, te aseguro que no es así. De manera que tenemos entre manos una paradoja que se solucionaría si el huésped que se aloja en la habitación cumple una condición muy concreta.

Que haya muerto.

Los científicos han llevado a cabo estudios estadísticos sobre este tema. El número de personas que ha muerto en hoteles, el número de hoteles en los que ha fallecido alguien estando en su interior. Se trata de un hecho. No de una circunstancia extraña. Algo más habitual de lo que crees. Porque sucede casi a diario.

Digamos que llega una excursión de jubilados a un hotel. La probabilidad de que uno de ellos baje del autobús y no vuelva a subir es muy alta. Él o ella ni siquiera tendrá la oportunidad de jugar un partido completo de minigolf.

Según los datos que se pueden consultar en internet, el número de hoteles en el mundo asciende a 187.000, con un total de 17.300.000 habitaciones. Eso significa que vayas a donde vayas, te alojes en el hotel que te alojes, ya sea en temporada alta o baja, la posibilidad de que duermas con un muerto en el hotel es de un noventa y tres por ciento.

Tal vez creas que es un riesgo asumible, algo con lo que puedes convivir.

Espera.

Ni siquiera sabes cómo ha muerto esa persona.

Hay varias opciones. Te lo advierto, van empeorando.

En primer lugar, están las muertes naturales. Aquí se incluyen todas las enfermedades repentinas, los virus o las superbacterias, los infartos, los aneurismas, los ictus, las hemorragias masivas o (agárrate que vienen curvas) la combustión espontánea.

No te rías. Porque ha sucedido. Y no tiene ni pizca de gracia cuando eres tú quien ha de limpiar el desaguisado de después. Pero ya llegaremos a ese punto.

En segundo lugar, están las muertes accidentales. Un mal uso de un aparato eléctrico en el baño puede acabar provocando una descarga letal. Un tropiezo o una caída después de una noche muy larga en el bar del hotel puede terminar por provocar un traumatismo craneal grave, un corte o una amputación, que deriven en una hemorragia mortal. Esa última copa para bajar las pastillas antes de irte a dormir puede significar que la llamada para despertarte al día siguiente se quede sin contestar.

En tercer lugar, están los suicidios, en cuyo caso hay algunos factores que son para morirse, nunca mejor dicho. Uno: las muertes siempre suceden dentro de la habitación, porque no puedes abrir la ventana para saltar. Dos: dado que hay pocos objetos a mano, el método tiene que ser creativo y efectivo. Y tres: el cuerpo no se descubrirá de inmediato. Porque si decides suicidarte en la habitación de un hotel, lo primero que harás será colgar el cartel de NO MOLESTAR en la puerta.

Y por último, tenemos los asesinatos. La tasa de homicidios que se producen en un hotel va justo por detrás de la tasa de homicidios que se producen en los domicilios particulares. Pero prefiero dejarle a tu imaginación los detalles más macabros. Solo hay una cosa cierta: los asesinatos nunca son agradables.

Llegados a este punto, vamos a dedicarle unos minutos a la persona que tiene que limpiar después: la camarera de habitación. El trabajo de camarera de habitación no está bien pagado. Es de los peores que hay.

Las personas que limpian la escena de un crimen son especialistas en su campo. Limpian la moqueta, las alfombras, las sábanas y la tapicería de los muebles para quitar cualquier mancha deplorable y desinfectar por completo el entorno. Cuando acaban, es como si allí no hubiera pasado nada. Por ese motivo, los mejores tienen sueldos de seis cifras. Hasta el pobre desgraciado a quien le toca limpiar después de rodar una escena porno (los llaman «friegasemen», pero jamás se lo dicen a la cara) percibe un salario digno.

Una camarera de hotel tiene que hacer el mismo trabajo en menos tiempo, de quince a treinta veces al día, todos los días, a cambio del salario mínimo y cualquier cosa que los huéspedes hayan olvidado debajo de la almohada, aunque no hay garantías de que se trate de dinero.

Pero si hace bien su trabajo, cuando entras por primera vez en la habitación, hay dos ideas que jamás se te pasarán por la cabeza. La primera es: «¿Quién ha muerto aquí?». Y la segunda: «¿Quiénes han sido los últimos que han follado en esta cama?».

Lo que me recuerda que existe una última categoría que se me ha olvidado mencionar. Una que definitivamente merece una tipología propia: el último polvo.

Si te interesa el tema, y seguramente te habrás dado cuenta de que a mí sí, siempre hay una historia que casi todos los empleados de hotel se mueren por contar, y lo harán si insistes un poco. En serio, la han explicado tantas veces que al final se ha convertido en una leyenda urbana. Así que perdóname si la adorno un poco.

Esta historia comienza con un hombre y una mujer registrándose en un hotel. Han reservado la mejor habitación del establecimiento: la suite más lujosa. El oficio de él no es relevante. Puede ser un inversor, un abogado corporativo, un empresario tecnológico o tal vez un contrabandista. Lo importante es que está Forrado. Sí, con mayúscula. De manera que tiene el mundo a sus pies. Algo bueno, porque no lo conseguiría ni por su aspecto físico ni por su encanto.

Si quieres más detalles, este tío es la personificación de la palabra «feo». Alto pero muy gordo, con los mofletes colorados, los ojos pequeños y juntos, y una sonrisa falsa. Además tiene un problema de humedad, llamémoslo así. Vamos, que suda. Mucho. Por tanto, va acompañado de un olor nauseabundo. Huele como un baño de caballeros que lleva un tiempo sin limpiarse a fondo.

La mujer que lo acompaña es su novia. Pero solo durante esa noche, tú ya me entiendes. Y es su polo opuesto. Diminuta, más o menos podría decirse que mide un tercio de su persona y que es la personificación del sexo. Rubia y con el pelo rizado hasta los hombros, al estilo de Shirley Temple, con el rostro en forma de corazón y unos labios carnosos y suaves. Su cuerpo es una obra de arte, con curvas perfectas como las de la Venus de Milo: pechos pequeños y turgentes, cintura estrecha y un buen culo, de esos que despiertan el deseo de enterrar la cara en él.

Y en el momento que nos ocupa, eso es justo lo que está haciendo el hombre. Ella está desnuda y a cuatro patas en una cama doble y él está detrás, con la cara entre sus glúteos, dándose un festín (algo normal en él) y oliéndola como si fuera un cerdo en busca de trufas. El olor de su culo y de su coño se asemeja a la ambrosía, dulce y ácido al mismo tiempo, y lo está volviendo loco.

Ese hombre está en el paraíso. Tiene entre manos un banquete inimaginable. Y todavía no acaba de creerse lo que le está pasando. Porque se está tirando a una tía buenísima que, en condiciones normales, ni siquiera lo miraría una vez, mucho menos dos. Y lo mejor de todo es que está participando y encima responde a cada una de sus caricias y embestidas. O eso le parece.

Al cabo de un rato ya la tiene encima. Está gimiendo, suspirando y frotándose contra él, haciendo el numerito completo, entregándose al máximo, intentando que él se corra. Porque, aunque las apariencias digan lo contrario, ese tío solo le provoca náuseas, y lo único que le apetece es meterse en la ducha para librarse de su hedor. Pero no se corre.

Tendrá que recurrir al as que siempre esconde en la manga y que solo usa en circunstancias especiales, como último recurso, cuando todo lo demás falla. En esa ocasión, quiere que se corra y que lo haga ya. Así que decide acelerar las cosas y usar su arma secreta. Algo que solo funciona si se da el factor sorpresa.

Acaba de colocarse en la posición adecuada, a horcajadas sobre él, pero dándole la espalda, de manera que ese tío solo ve su culo perfecto subiendo y bajando una y otra vez con un ritmo enloquecedor. Se inclina hacia delante para que disfrute de una panorámica todavía mejor y espera el pie, ese gemido atormentado que a veces sueltan los hombres cuando empiezan a perder el control. Cuando lo oye, le mete el dedo corazón en el culo. Y lo gira.

Si no lo hace en el momento adecuado, un recurso de

ese tipo puede convertirse en un jarro de agua fría. Porque los tíos se acojonan cuando los tocas cerca del culo. Pero si los pillas por sorpresa, se corren antes de que se hayan dado cuenta de lo que está pasando. Después, ni siquiera lo mencionan, y fingen que jamás ha sucedido. Y eso es porque, al igual que los empleados de los hoteles y de los aeropuertos, esa mujer sabe algo que los hombres desconocen.

En este caso, ella sabe que a los hombres les gusta, pero que no son capaces de admitirlo.

La chica le mete el dedo corazón en el culo hasta la mitad, lo justo para asegurarse de que funciona, y descubre que la cosa marcha mejor de lo que esperaba, mejor que nunca, de hecho. Porque, de repente, el tío eyacula y, ¡pum!, le explota el corazón a la vez.

El momento añade un nuevo significado a la expresión «orgasmo múltiple», ¿no te parece?

Existe otra versión de la historia. El escenario es el mismo, salvo por un pequeño detalle: cambia la postura. Es él quien está encima de la chica, follándosela, y ella lo rodea con un brazo para meterle el dedo. A él se le funden los fusibles, ¡pum!, así sin más, y se desploma sobre ella como si fuera un gigantesco monolito y... en fin, ya te imaginas el resto.

No importa demasiado quiénes eran esas personas. Sus nombres acaban por borrarse del registro del hotel, como si nunca hubieran existido. Alguien elabora una historia medianamente creíble para salvaguardar su dignidad y evitarles la vergüenza. Todo se oculta. Nadie sabe nada.

¿Quieres saber por qué?

Porque los hoteles son como embajadas. Semilleros de

actividades encubiertas que tienen lugar fuera del alcance de la ley. Depósitos de secretos y transgresiones. Un lugar donde se entierran todos los cuerpos.

Y seguro que te estás preguntando: «¿Adónde nos lleva todo esto?». Buena pregunta. Ahora mismo te lo explico.

Verás, Inanna era una de esas personas con acceso a todo lo exclusivo. Al igual que la rubia, era una experta en su campo, una profesional. Pero a diferencia de la rubia, no era ese tipo de profesional. Lo hacía solo porque le gustaba, porque quería descubrir los límites del deseo femenino, conocerse mejor. Consiguió cierta reputación y se convirtió en objeto de deseo para algunas de las personas más poderosas del planeta. Gracias a esa reputación, descubrió cosas, los secretos y transgresiones que los hoteles se empeñan en ocultar.

Tal vez Inanna mantuviera su vida profesional y su vida privada separadas, y al igual que Einstein en la oficina de patentes, esa fuera su forma de evadirse y sumergirse en algo totalmente distinto como fuente de inspiración.

O tal vez hay algo secreto en el hotel que nos ocupa, teniendo en cuenta que no lo he encontrado en ningún puto buscador o mapa online.

Lo único que sé es que soy incapaz de localizarla para que hable por sí misma. Y necesito saber más, porque intuyo que su experiencia es similar a la mía y tal vez ella tenga las respuestas que yo llevo buscando tanto tiempo.

El hotel, el último lugar donde se sabe que estuvo trabajando, es tan exclusivo que no aparece en guía ni mapa alguno. No podrías reservar habitación en él aunque quisieras. Algo que no es tan extraño como parece.

Porque ese es otro detalle que el sector hotelero quiere

que desconozcas. Hay hoteles secretos repartidos por todo el mundo que no son lo que parecen. Si miraras por la ventana de la habitación de uno de dichos hoteles, jurarías que estás en París, Roma, Nueva York o Tokio, alguna de las ciudades más glamurosas del mundo. En realidad, se trata de una habitación sin vistas, como si fuera un set de rodaje antiguo cuyas ventanas no son sino fotografías o imágenes, y que en realidad está situado en un lugar remoto y desolado de China o de los Emiratos Árabes, apartado de las miradas curiosas. La habitación es un estereotipo, un prototipo, de un cuarto de hotel que todavía no se ha construido, y su propósito es el de permitir que los arquitectos puedan poner a prueba sus nuevos diseños y adaptarlos perfectamente a las exigencias de sus clientes.

De la misma manera, también existen pueblos que parecen salidos de Oriente Medio situados en los confines de Luisiana y de Dakota del Norte, habitados por actores vestidos como nativos que venden latas baratas de imitación de Coca-Cola. Todo se recrea hasta el mínimo detalle para volarlo después con la última tecnología armamentística. Es una forma de probar y refinar las nuevas estrategias militares y de minimizar el riesgo de bajas antes de usarlas en el campo de batalla.

Estos hoteles comparten el mismo propósito. Salvo por las armas, la munición y la sangre falsa. Ofrecen un medio seguro para cometer errores a fin de evitarlos después en el mundo real.

2

Las manos suben por mis muslos y me despiertan como si su cuerpo me estuviera contando un secreto. Me quedo quieta, finjo que sigo dormida, para que él continúe con su delicada violación. Si me despierto, sus caricias se volverán exigentes, aunque no lo bastante, y ahora mismo solo me apetece que Jack me acaricie con dulzura.

Con el horario de trabajo que tiene, últimamente solo nos comunicamos a tientas, con manos ávidas que devoran para saciar una necesidad, no para ofrecer placer. Nos usamos el uno al otro para corrernos, y la atracción que nos une es tan electrizante como si siempre estuviéramos despidiéndonos antes de sumirnos en la inconsciencia. Por una vez, ansío que sus manos me saluden con cariño.

Me aparta el pelo por detrás del hombro y me besa en la delicada zona donde el cuello se une al mentón. Sin abrir los ojos del todo veo el intenso color rojo de los números del reloj: son las 2.37 de la madrugada. Jack se ha metido en la cama en mitad de la noche y me está besando como si fuera otro... o como si yo fuera otra.

El ladrón del placer está a mi entera disposición. Siento

en los dedos el deseo de acariciarlo para comprobar si ya la tiene dura o si tan solo está tonteando con la idea de hacerme el amor antes de relajarse y quedarse frito.

En ese momento la noto en el muslo, que tengo calentito. La polla dura de Jack. Las pollas son duras, pero suaves. Tal vez la fricción de la masturbación las exfolia.

Suspiro y le acerco el culo para invitarlo a que se pegue más y a disfrutar del calor de mi piel y de la ardiente humedad que tengo entre los muslos.

Sus manos vagan por la parte posterior de mi pierna, explorando, torturando, quemándome con su suavidad. Me gustaría que me despertara con un polvo salvaje. Nada de delicadeza como si me estuviera pidiendo permiso, a la espera de que yo esté preparada. Quiero que me folle como si no hubiera un mañana y quiero despertarme con su polla dentro, sorprendida antes de darme cuenta de que es él.

Pero Jack es demasiado agradable, demasiado bueno como para no alarmarse por semejante fantasía, de manera que la escondo cuando me pregunta:

—¿Y si te hago daño?

«A veces quiero que me duela.» Pero no se lo he dicho porque no quiero ver su expresión escandalizada. Porque cree que me olvidé de «todo eso» hace años.

—Cath... —susurra contra mi oreja antes de metérsela en la boca.

Gimo.

—¿Estás despierta?

Al cuerno con la fantasía. Asiento con la cabeza y me acerco más a él para que me abrace por detrás. Me pellizca un pezón.

Al principio deseaba al tierno de Jack, pero en cuanto fue mío anhelé algo más. Siempre he querido más de él. Sorprendida de repente por lo mucho que lo quiero, me doy la vuelta y lo beso en la boca con pasión mientras él se sitúa encima de mí. Siento en los pezones el roce áspero de la camisa almidonada. Me gusta, pero quiero sentir la calidez de su piel contra la mía.

Se arrodilla para quitarse la camisa y después se agacha para descender por mi abdomen, dejando un reguero de besos, y se detiene sobre mi vello púbico, tras lo cual me separa los muslos.

Me abro de piernas para él, ansiosa por sentir la caricia abrasadora de su lengua en el clítoris. Él se coloca mis piernas sobre los hombros y me da un ávido lametón que me obliga a presionar los talones contra su espalda, movida por el deseo de que lo repita y vaya más allá.

Me sorprende al penetrarme con un dedo, que dobla un poco para acariciarme el punto G. Entierro los dedos en su pelo para acercarlo más e intentar mantenerlo en su sitio mientras muevo las caderas como una bailarina consumada.

Me penetra con la lengua y me acaricia el clítoris con los dedos. Gimo y lloriqueo de placer porque quiero que sepa lo mucho que me gusta, lo mucho que disfruto cuando me despierta de esta manera. Para que sepa que solo quiero más y más de él, de nosotros, de esto.

—Fóllame, Jack. Dame fuerte.

Me da un lametón desde el clítoris hasta la boca y succiona mi lengua, mezclando el sabor de mi deseo con su beso al tiempo que me la mete hasta el fondo.

Echo la cabeza hacia atrás y me abro por completo

(«Para follarte mejor»), tras lo cual lo rodeo con las piernas y lo aprieto entre los muslos.

Quiero que me domine, que me posea por completo, que me ordene que haga todo lo que le gustaría hacer si por una noche él fuera yo y yo solo fuera una muñeca de carne y hueso creada para su disfrute.

¿Qué haría yo si fuera Jack por un día?

Todo. Me follaría para ver qué se siente cuando me la mete.

Mearía de pie.

Me haría una paja y me la menearía hasta la última gota para comprobar quién tiene mejores orgasmos: los hombres o las mujeres.

Me comería las alitas de pollo extrapicantes que compra de vez en cuando y que me abrasan la lengua, para ver qué siente al disfrutar de algo que yo normalmente odio.

Me movería por ahí sintiéndome masculina y poderosa, con mis hombros anchos y mi culo prieto, y nadie me jodería la vida.

Me dejaría barba hasta que no la aguantara más y después me afeitaría para notar la diferencia.

¿Haría Jack ese tipo de cosas si intercambiáramos nuestros cuerpos?

Me froto contra su polla, excitada de repente por la idea de que Jack use mi cuerpo para explorar lo imposible.

¿Qué haría conmigo?

Si hiciéramos el amor cada uno con el cuerpo del otro, ¿qué revelaría la experiencia? ¿Cambiaría algo? ¿Y si ser él durante el sexo fuera mucho mejor que ser yo y eso me atormentara para siempre? ¿Acabaría resentida con él o él conmigo si se diera el caso contrario?

Quiero preguntarle lo que haría si estuviera en mi cuerpo por un día, oír las cosas que él haría y ver si se parecen a las mías. Separo los labios para hablar, pero me besa en sincronía con su polla y ya nada importa.

Más allá de en qué cuerpo estemos, Jack consigue que el mío vibre.

Entrelaza sus dedos con los míos y me inmoviliza las manos por encima de la cabeza al tiempo que se separa un poco para ver cómo se me mueven las tetas mientras me la mete con la misma pasión con la que John Bonham tocaba la batería. Nadie lo hacía como él.

Mi flujo vaginal le ha mojado los testículos, que me golpean el culo con cada embestida. En ese momento deseo que me la meta también por detrás, pero justo entonces cambia un pelín la postura y me sorprende un orgasmo tan repentino que todo me da vueltas y solo acierto a apretar su polla en mi interior para ralentizar sus movimientos.

Es brutal, tierno y casi doloroso. Me estremece las entrañas, pero exprime el orgasmo al máximo y consigue que dure más de lo que debería, eternamente. Y mientras yo sigo sacudiéndome debajo de él, se corre en mi interior y siento el intenso calor y la densidad de su semen, que me llena por completo.

Quiero que lo use como lubricante para follarme por detrás.

Es mi forma de reciclaje preferida.

Como otras personas, desarrollé una conciencia verde en mi adolescencia.

Un rato después traslado al salón mi trasero, maravillosamente dolorido, con la intención de ver una película sin despertar a Jack. El sexo es así de raro, como si los humanos fueran pilas que se recargaran entre sí. A veces puedes cansarte físicamente más que haciendo ejercicio, pero cuando acabas, tienes más energía que cuando empezaste y te sientes capaz de correr una maratón. Otras veces, echas un polvo a la hora de la siesta con toda la energía del mundo y acabas tan agotada como si llevaras días sin dormir. A lo mejor la energía se traspasa de uno a otro mediante el contacto, a través del placer dado y recibido.

En cualquier caso, sé que no voy a dormirme hasta dentro de un buen rato, así que le echo un vistazo a la estantería de las películas, la extraña videoteca que han conformado nuestros gustos eclécticos. Me gusta pensar que mi colección de películas extranjeras deja mucho que desear por culpa de los filmes de acción de Jack, pero también me gustan las cosas que él ve. Aventuras llenas de testosterona, amistad masculina y héroes talluditos.

Además, yo también contamino la estantería con mis comedias románticas, aunque casi todas son clásicos de los noventa. Comida basura para la mente.

Ahora mismo no me apetece una ligera. Me inclino por algo más denso y profundo, algo nuevo que pueda saborear, pero nada me llama la atención, hasta que mis ojos se detienen en *L'amore in città*, o *Amor en la ciudad*, una colección de cortos de los años cincuenta donde siete directores italianos aportan su granito de arena. Todavía no la he visto a pesar de que Jack me la regaló por Navidad, porque la estaba guardando para cuando llegara el momento adecuado. A lo mejor por las noches soy un poco masoquista en lo que a mis preferencias cinematográficas se refiere, pero quiero creer que algunos de los cineastas que más me gustan también lo son, o lo fueron.

La paciencia tiene su límite, y la mía ya lo ha alcanzado.

Rompo el celofán que la envuelve, lo preparo todo y me acomodo en el sofá con un vaso de agua.

La música me resulta un poco estridente y los créditos aparecen sobre una placa de hormigón, un guiño al título.

Adelanto hasta llegar al corto de Antonioni, *Tentato suicidio*, o *Intento de suicidio*. Tengo que verlo antes que los demás. Si espero, me pasaré todo el rato especulando sobre él y sobre la relación que guarda con los demás, y no podré concentrarme en el resto. Así que es mejor saborear ese primero, y después verlo todo del tirón.

No sé por qué últimamente me atrae tanto el trabajo de este director, pero si hay algo que me gusta de las películas en blanco y negro es que no hay mucho que distraiga la vista.

Todas las personas tenemos nuestras preferencias con respecto a las cortinas, la ropa o las paredes.

Las alfombras deben ir a juego con las cortinas.

Un tono de azul concreto puede asemejarse al cielo en un día soleado, puede inducirnos a respirar hondo de felicidad mientras imaginamos nubes algodonosas. Todas tenemos una prenda de ropa preferida que resalta nuestros ojos y nos hace caminar con seguridad.

Un tono de verde inadecuado puede traernos a la mente las paredes del hospital donde pasamos esas angustiosas veinticuatro horas cuando éramos pequeñas, mientras nuestros padres se preocupaban porque la fiebre no remitía.

En blanco y negro, solo hay grises sobre grises. Las

texturas y el diseño cobran relevancia. Es imposible distraerse por el espantoso o maravilloso color del fondo.

Pero el problema es que llama menos la atención. Los directores de atrezo debían de trabajar mucho más en aquel entonces, pero al menos no tenían que preocuparse de que los colores armonizaran.

No se veían obligados a encontrar un cojín que fuera exactamente del mismo tono que la barra de labios de la protagonista para que la escena contara con una sutil redundancia.

Los personajes caminan junto a una enorme pared blanca y por unos segundos el número se duplica cuando los actores y sus sombras se mezclan. Es imposible distinguirlos, y sé que Antonioni no lo hizo de forma accidental.

Todas sus decisiones fueron deliberadas. Aunque no tenemos control sobre nuestras vidas, él controlaba su lienzo con gran facilidad. Eso me resulta admirable.

La historia se centra en reunir a personas que han intentado suicidarse para que hablen sobre los motivos que las impulsaron a hacerlo. El narrador dice que, sin importar lo diferentes que son, todas se muestran ansiosas por hablar de la experiencia, un hecho que parece contrario a la visión que se tenía en aquella época del suicidio: se trataba de un tabú, un tema del que no se decía palabra.

A lo mejor por eso sentían la necesidad de hablarlo con los demás. De expresar sus sentimientos delante de otras personas que no los mirarían como si fueran melodramáticos o como si estuvieran locos. O como personalidades inestables. Pensaban que tal vez esa reunión les ayudaría a lidiar con sus problemas, y que ayudaría también a otras personas.

Todos los presentes parecen muy serios, vestidos con trajes y chaquetas, tan elegantes como solo los italianos pueden serlo. El acento musical del narrador despierta de nuevo en mí el deseo de hablar mejor esa lengua, algo de lo que siempre me he arrepentido. Es sorprendente lo mucho que he aprendido mirando películas en versión original.

El narrador dice que el suicidio es el único acto realmente irremediable de la vida.

Todas las personas reunidas en *Intento de suicidio* tienen sus motivos para querer escapar. Algunas miran a las demás con una inmensa compasión, conmovidas casi hasta el punto del abrazo, pero se abstienen, como si un contacto cariñoso pudiera destrozarlas.

Y tal vez sea así.

Entiendo que quieran ponerle fin al dolor, pero el narrador lleva razón: es un acto irreparable. Aunque haya un Dios y un paraíso, o no haya nada más allá de esta existencia, ¿por qué tomar un atajo hacia el final de la única vida que tenemos? ¿No nos debemos a nosotros mismos la oportunidad de vivir al máximo, de exprimir a fondo todas las experiencias que nos ofrezca la vida mientras dure?

Creo que es un acto egoísta, como todas las huidas. Todo el mundo tiene a alguien que lo quiere. Pero a lo mejor ese es el único punto de vista de que disponemos si nunca hemos intentado poner en práctica ese «acto irremediable».

He estudiado el tema de los suicidios antes, una tarea desagradable por el dolor y las emociones descarnadas que conlleva. No puedo evitar recordar los casos de suicidio y de desapariciones que conmocionaron a mi universidad, y a todo Estados Unidos, hasta el alma. La mayoría de la gente se sorprendería al saber que casi ninguna persona que comete suicidio deja una carta para que su familia o sus amigos la lean después. No hay mensaje que alivie el dolor para aquellos que siguen viviendo, nada que los haga sentirse mejor aunque se ahorren ese gran interrogante colgando de su cabeza: «¿Por qué?».

No sé si una explicación mejoraría o empeoraría las cosas. No me imagino una nota de suicidio acusatoria, pero ¿y si lo es y eres tú el causante del dolor? ¿Qué supondría eso? En la mayoría de los casos, no creo que sea bueno que dejen una carta. Nada de lo que digas va a devolverte a la vida, y nada hará que tus seres queridos se sientan mejor. La culpa recae sobre ellos sin más, y los deja con la impresión de que si hubieran dicho algo más, si hubieran hecho algo más, te habrías quedado, habrías apretado los dientes, habrías seguido luchando.

Escuchar por última vez un «Te quiero» estaría bien, aunque lo cierto es que acabaría contaminado por lo que sucedió a continuación. Es difícil creer que alguien te quiere de verdad cuando esa persona elige quitarse la vida. No quiero decir con eso que debas sentirte aludido, pero los humanos tendemos a interiorizar las cosas y, en casos como este, es imposible no hacerlo. Aunque en realidad no somos lo importante.

El suicidio no tiene nada que ver con tus sentimientos. Las personas que se suicidan no están pensando en los demás. La verdad es que no están pensando, y punto.

Están tan concentradas en el dolor, en el acto de librarse de ese dolor, que cualquier otra cosa se difumina. Es egoísta, pero no malicioso. Porque no buscan el sufrimiento de los demás, sino acabar con el suyo propio.

Sin embargo, es demoledor para los que se quedan atrás.

El dolor es energía. La energía no puede destruirse. De manera que el suicidio no acaba con el dolor. Se lo entrega a aquellos que se quedan aquí. Newton tenía razón al respecto.

La actriz que da vida a Rossana es tan conmovedora y sincera, casi tímida, que es fácil creer que no está interpretando en absoluto, sino que se trata de una persona que ha sufrido esa experiencia. Su historia es tristísima.

Hago una pausa para buscar información en internet y resulta que no era actriz, pues en realidad todos trataron de suicidarse en la vida real, aunque Antonioni los dirigió y en ese sentido sí que se convirtieron en actores. Algunos terminaron por serlo, siguieron actuando después de este corto, lo que significa que la experiencia resultó esclarecedora y les abrió un camino justo después de que intentaran quitarse la vida.

No sé si eso es bueno o malo.

Pero ahí está lo grandioso de Antonioni, que no importa si eran actores antes, durante o después. Lo importante es la historia. Las emociones que suscita. El arte debería hacerte reflexionar, hacerte pensar, hacer que sientas algo.

Porque no solo están hablando sobre sus experiencias, están proyectándolas para demostrarle a la audiencia lo que pasó realmente.

¿Qué sentirían mientras revivían los peores momentos emocionales de sus vidas? Tiemblo al pensarlo.

Otra mujer describe de forma casi agresiva sus múltiples intentos de suicidio y cómo la gente se lo impidió o ella fracasó.

Otra parece que sigue deseando la muerte, pero cuando le preguntan si es feliz, afirma que sí.

¿Estará siempre presente en el fondo de su mente esa válvula de escape con la puerta entreabierta, a modo de invitación, de tentación, algo que la alivia y que al mismo tiempo la deprime por su simple existencia?

Estas películas muestran el acto de fumar como algo tan elegante que mis dedos ansían sostener un fino cigarrillo blanco entre ellos mientras exhalo el humo, haciendo visible mi aliento a los demás. Otra fantasía secreta que quiero explorar con Jack. Él detesta el tabaco.

¿Es impaciente, lánguido? ¿Superficial, profundo?

Una mujer tiene la mirada lánguida de Lauren Bacall, y habla de sus deseos de convertirse en actriz, pero quiere hacerlo bien y recibir la formación adecuada.

El arte atrae a un sinfín de personas inestables... La clave está en que algunas lo disimulan mejor que otras. Tal vez porque quienes sienten las cosas con mucha intensidad tienen más facilidad para fingir ser otra persona. Mientras están en el set de rodaje mantienen las apariencias, pero cuando vuelven a casa es cuando la pena aflora, así como la duda y la soledad, e intentan aplacarla con adicciones y comportamientos imprudentes.

Cuando te metes en la piel de otro es fácil mirarte en el espejo.

El grupo de personas que en un primer momento se reunió para hablar de sus experiencias estaba conformado por hombres y mujeres. Pero las únicas que cuentan sus vivencias son las mujeres. ¿Por qué? ¿Fue intencional por parte de Antonioni el hecho de compartir las historias de ciertas personas, solo de las mujeres, o fue así como sucedieron las cosas? ¿Fueron ellas las únicas que respondieron a su requerimiento cuando les explicó lo que buscaba?

¿Estaba intentando mostrar la manera en la que reacciona el sexo débil cuando el amor se trunca? ¿Estaba dejando constancia, no muy favorecedora, de que las emociones apenas afectan a los hombres?

Dicen que Antonioni admiraba la autenticidad y la espontaneidad de las mujeres de la clase trabajadora, y que adoraba y respetaba a su madre. Que no era un explotador.

¿Y quiénes eran esos hombres que acompañaban a las mujeres? ¿Amigos, familiares, amantes? ¿Eran también personas normales o eran actores? ¿Una mezcla de ambas cosas? ¿Llegaron las mujeres acompañadas por ellos porque les dijeron que podían llevar a alguien? ¿Trataban de impresionar a los hombres de sus vidas al hacerlos parte de un rodaje cinematográfico? Ven a escucharme hablar de aquella vez que intenté suicidarme.

Una cita maravillosa.

Pongo la película desde el principio.

3

A veces las mejores escenas de película suceden después de que se enciendan las luces y hayan terminado de pasar los títulos de crédito. Cuando estás saliendo del cine, desorientada porque la mente te sigue dando vueltas por el viaje al que te ha llevado el director. En ese momento la pantalla vuelve a encenderse y hay más, y corres al interior, desesperada por disfrutar de una imagen completa del mensaje, pero llegas demasiado tarde.

Te has perdido la pieza que completa el círculo, la clave para desentrañar el último misterio de la película.

Y a veces los superhéroes solo se están comiendo un *shawarma*.

Sea como sea, no lo descubrirás a menos que mantengas el culo pegado a la silla, sin moverte, hasta que se acaba el rollo de película. Y a veces hace falta más de un visionado para captar los sutiles cambios en la historia o en un personaje. ¿La exposición varía en algo cuando el personaje es feliz? ¿O el personaje está fuera de control y su mejor amiga es un símbolo de su menguante cordura?

El periodismo se parece en muchos aspectos. Hay que fijarse en cosas que la mayoría de la gente ni miraría. Encontrar los detalles que conectan los puntos y que otros pasan por alto. Ir al meollo de la historia y conseguir que la gente se preocupe por unos desconocidos. Son muchas horas alimentadas por un montón de café malo... sobre todo en mi caso, porque yo sigo empezando.

Sin embargo, la brutalidad de todo el proceso, la explotación absoluta de los hechos, resulta atractiva. La libertad de prensa es un ideal fundamental que siempre me ha resultado atractivo. Te abre puertas, te facilita el acceso a cosas que nadie más ve tras el telón.

Y luego tú decides si coges esa información y la vendes al mejor postor. Conseguir que la verdad sea incitante... o retorcerla un poco para que parezca más morbosa e interesante. Los hechos son asépticos. Hay que conseguir que la gente se interese... y de un tiempo a esta parte es más fácil decirlo que hacerlo.

La prensa escrita es distinta al cine, pero el objetivo es el mismo: lograr que la gente vea lo que tú quieras y provocarle una reacción emocional. Es más austera, en cuanto a creatividad, pero he aprendido mucho. Como no siempre puedes contar con una imagen para contar la historia, aprendes a ser creativo. No es a lo que quiero dedicarme durante toda la vida (con suerte, haré películas dentro de unos cuantos años), pero se trata de un trabajo relevante y está relacionado con lo que quiero hacer.

A lo mejor no es un salto directo al cine, pero consiste en contar historias, y eso es lo que me importa.

Además, un trabajo cuya descripción es «cineasta aficionada» no paga las facturas. Pero un día llegaré a ese punto… Solo tengo que perfilar mi talento, conseguir más contactos y más experiencia.

La noche me sorprende en la redacción, malhumorada, metida en mi minúsculo cubículo con la mirada clavada en la pantalla del ordenador, mientras repaso interminables listas con titulares de noticias a la espera de que algo me llame la atención. El trabajo parecía eso, trabajo, por primera vez en varios meses. Llevo semanas buscando una historia sobre la que escribir, revisando fuentes e intrigas pasadas que puedan necesitar de una actualización cuando debería estar buscando algo nuevo.

Seguramente no lo sabré hasta que lo vea, de modo que reviso muchos informes, y las historias se funden en un tapiz macabro que cae sobre mis hombros y me aplasta. Sin embargo, repaso hasta el último detalle.

Es el mismo motivo por el que soy meticulosa a la hora de investigar para mis artículos. Los estudios sobre cine me enseñaron a mirarlo todo desde distintos ángulos, a distinguir las cosas que se supone que tengo que ver y a concentrarme en las que se supone que no tengo que fijarme.

¿Qué subtexto se oculta tras los subtítulos?

El marido que identifiqué como el culpable de la desaparición de su esposa por la forma en la que intentaba que la cámara hiciera un fundido a negro como si quisiera desvanecerse.

El concejal de urbanismo cuya corrupción saqué a la luz al centrarme en lo único que él se negaba a mirar: su secretaria.

Joder, soy buenísima en mi trabajo, pero últimamente no me inspira nada. El decaimiento se ha impuesto como el aire frío que se cuela por debajo de la puerta, helando mi curiosidad. Vivo en una generación distinta. Los redactores ya no pueden labrarse una carrera a través de noticias que busquen la justicia o que quieran contarle la verdad a la opinión pública. No dejo de ir de lo reflexivo a lo trivial; salvo por eso, no hay respeto.

En las últimas semanas me han interesado más mis compañeros que dar con el siguiente bombazo informativo.

Las oficinas son un extraño microcosmos de energía sexual, llenas de gente que nunca debería mantener un contacto prolongado.

Así tenemos a Mike, el reportero hipermasculino de rigor, que se echa más colonia de la cuenta y ve a Hemingway en el espejo cada vez que se mira en él, aunque lo más cerca que estará jamás de una guerra sea la mesa de muestras de Costco. Escribe un libro que no es un secreto (un libro que nadie va a leer porque jamás va a terminarlo) y es de esos tíos que se correrían en la taza de café de la obsesionada contable encargada de cobrar las deudas de la empresa, por debajo de su mesa y mientras piensa en su nombre junto a un premio Pulitzer. Es muy macho y muy nenaza a la vez, una dicotomía que me fascina. Desprecia la fama, por irónico que parezca, y sería capaz de demandar a un famoso cineasta por haberle plagiado la idea para un guion de hace diez años que, sí, lo has adivinado, nunca llegó a terminar.

Luego está Sanders, graduado en una universidad privada, un escalón por encima del pijo, que quiere ser un periodista serio, pero cuya perspectiva está viciada por el regusto del dinero, y tendrán que pasar otros veinte años antes de que se dé cuenta y escriba algo de valor. En nuestra limitada relación, me hace preguntas inquisitivas con expresión sincera, pero nunca parece prestar atención a las respuestas que le doy. Corren rumores de que está obsesionado con el éxtasis y las setas... No se trata de un término sexual, pero desde luego que hay sexo de por medio si consigue que se le levante. El bueno de Sanders se pone hasta las cejas de antidepresivos desde sus días de universidad, pero se le olvida decirle a su psicólogo durante las sesiones a las que acude dos veces por semana que no solo se mete lo que le receta el médico, sino que los combina con setas y éxtasis a un ritmo alarmante. Organiza fiestas e invita a jovencitas ávidas de pasta, algunas pagadas, otras al reclamo de drogas gratis. Aunque tiene treinta y pocos, casi no se le levanta, así que se corre haciendo que orinen sobre él. Con sábanas de plástico y todo. Cuando se le pasa el bajón y las chicas se aburren, se fuma un buen petardo antes de ir a la oficina. Con razón su despacho huele a pachulí, tabaco y demasiado perfume.

También tenemos a Lucy, la preciosidad recauchutada, que consiguió el trabajo gracias al mejor amigo de su papá. En realidad, no quiere ser periodista: quiere ser una estrella y salir en la tele, pero cree que merece algo más que ser la chica del tiempo. Esto es un trampolín en su carrera, que se torcerá cuando cumpla los treinta y cuatro y la deje preñada uno de los tíos a los que entrevista para sus historias humanitarias, y la cadena no querrá contratarla de nuevo porque cuesta mucho mantener una expresión optimista e inocente cuando solo duermes dos horas por las noches entre cada toma del bebé. Trabaja en un montón de historias de relleno. Tengo entendido que ha participado en alguna de las fiestecillas de drogas, y debo admitir que no me importaría sentir sus enormes y firmes pechos contra la piel. Fantaseo con que llega tarde a la oficina, como siempre. Le ordeno que se quite la blusa de seda, dejando sus voluptuosos pechos cubiertos solo por la cara lencería. Luego le ordeno que haga veinte flexiones, algo imposible con sus Louboutin rojos. Me suplica que le permita quitárselos, pero le digo que va a necesitarlos después. Cuando está temblando y sudando, la obligo a que me desnude y restriego sus pechos por todo mi cuerpo, lamiendo sus pezones con la lengua, despacio, antes de meterme sus gloriosas tetas en la boca. Le ordeno que frote su coño contra el mío, y cuando termino, llamo al resto de la oficina para que la deje bien llena. Le escupo y luego vuelvo al trabajo mientras ella se corre. Es muy sexy eso de degradar sexualmente un tópico. No creo que folle mucho, y a juzgar por la expresión ceñuda que luce siempre, le hace falta.

Los mejores periodistas son aquellos en los que no te fijas. Son capaces de fundirse con el entorno, como un mueble de toda la vida. Y te sorprenden tanto como si te hablase una lámpara cuando te recuerdan su presencia con una pregunta o al hacer un comentario para que sigas hablando. Aquí tenemos unos cuantos de esos, y son a los que quiero imitar, porque sus historias resultan profundas y valiosas. Sus palabras no se limitan a entretener, también enseñan, destripan una parte de la realidad y te ofrecen un atisbo de lo que hay detrás de la fachada.

Yo también quiero hacer eso. Tener éxito por mí misma, pero según mis condiciones. Una exclusiva sobre el nombre del bebé del famosillo de turno me deja fría, aunque eso venda periódicos. No somos un panfleto, pero los niños monos y los famosos venden mucho.

Y los periódicos son un negocio además de un medio de comunicación.

La extraña historia que encuentro a continuación tal vez me ayude a mezclar ambas cosas.

«Inanna Luna: seis meses del suicidio de la provocadora.»

El artículo es de hace tres meses, pero me engancha con lo de «provocadora».

Mientras leo acerca de la mujer que desapareció, al parecer sin dejar rastro, hay algo de su historia que cala muy hondo en mí. Entrevistan a la hermana de Inanna, Lola. Encuentro un artículo fechado poco después de la desaparición en el que Lola suplica que cualquiera que tenga información se ponga en contacto con ella, y en el que admite que el estilo de vida de su hermana parecía peligroso, pero que siempre se mantenía en contacto.

El articulista había incluido unas cuantas páginas del diario de Inanna.

¿Qué tiene esta historia? Coloco la punta de la lengua en el paladar. Me resulta tan familiar...

Recuerdo fragmentos de *La aventura* de Antonioni, aunque han pasado años desde que vi la película. Imágenes en blanco y negro, y olas muy altas. Por eso me resulta familiar, porque comienza con la desesperada búsqueda de una mujer desaparecida.

Anna.

Pero está borroso. Con recuerdos a medias.

Una sensación atávica me recorre la columna y hace que se me erice la piel del cuero cabelludo.

La Anna de Antonioni conectó a Claudia y a Sandro, luego desapareció.

Pero mi Anna no me conectó a una persona concreta. Me conectó a algo mucho mayor.

Por un instante, mis sentidos vibran a causa de su recuerdo. A causa de su olor, su risa. Anna no era una seductora; era un puente a un lugar oscuro de tu interior que tenías que cruzar por voluntad propia.

La gente como ella te recuerda la existencia de esos lugares, de esos puentes que esperan dentro de cada aliento contenido.

La gente como Inanna Luna. Me interesa porque también me recuerda a mi Anna.

Me enderezo en la silla, abro otra pestaña del navegador y busco en Google el nombre de Inanna. Hay una sorprendente cantidad de información acerca de Inanna Luna en la red.

No era una desaparecida cualquiera, sino alguien con cierta fama y notoriedad, una belleza exótica que llevaba una vida escandalosa y controvertida, que se dedicaba en exclusiva a la búsqueda de placeres sexuales, de cualquier tipo, y a documentar sus experiencias con una sinceridad apabullante.

Causó gran sensación, algo en lo que ella parecía regodearse.

Hasta que se suicidó en su bungalow de Nevada.

Vuelvo al artículo que contiene las páginas del diario de Inanna al final. Una letra grande y descuidada, que no permite más de unas pocas palabras por línea, pero que son fáciles de leer.

El problema con los prejuicios es que todos tenemos una enorme carencia de información, pero demasiada experiencia, salvo cuando se trata de algo que se sale de la norma. Límites ilimitados. Incluso la palabra «límites» se parece a personas de rodillas que se arrastran tras alguna cosa como ciempiés humanos. No quiero saborear con la boca la limitación de otro, sentir cómo baila en mi cuerpo a un ritmo al que nunca querré moverme. Necesito mis propios medios de expresión. Inventaré un lenguaje si las palabras todavía no existen. Y cuando me vean, cuando me miren hablarlo sin sonidos, lo reconocerán ellos mismos y conocerán la libertad.

Me muerdo el labio y vuelvo a la entrevista que la hermana concedió poco después de que encontraran a Inanna, después de que insistiera en que su hermana no se había suicidado.

Cuando le preguntaron por la sugerencia de que su hermana era una actriz advenediza y promiscua que se concentró en la pornografía porque era incapaz de conquistar Hollywood, Lola explicó: «No es pornografía. Era una modelo de fama internacional que trabajaba con las mejores marcas y revistas, pero su arte escogía la transgresión como forma, algo que la mayoría de la gente no entiende por puritana. La representaba un galerista reconocido y era objeto de colección para varias personas en todo el mundo. No se abría de piernas para una revista porno cualquiera, y rebajarla por eso es como si se menospreciara a todas las personas que escogen esa profesión. Inanna tenía una misión, y fue respetada hasta su muerte. Mi hermana era un espíritu libre, muchísimo más lista que la mayoría de la gente, y una buena persona. Que alguien se exprese de un modo que tú no entiendes no quiere decir que esté enfermo o loco, o que sea malo. Quiere decir que la gente juzga. Todo esto desvía la atención del hecho de que mi hermana jamás se habría suicidado. Vivió con una intensidad desconocida para nosotros. Es imposible que se suicidara.

La investigación sobre su muerte se cerró casi de inmediato por falta de pruebas que indicaran algo distinto al suicidio, pese al hecho de no haber nota de despedida. En su caso, y debido a la forma en la que documentaba todos los aspectos de su vida, no puedo creer que no dejara algo escrito para que los demás lo leyeran y comprendieran sus motivos. ¿Fue eso lo único que le pareció demasiado personal como para decidir no escribir sobre el tema?

Ni siquiera la conocía, pero soy incapaz de imaginarme que esta mujer escogiera no disfrutar de cada segundo de su puñetera vida mientras pudiera. Algunas personas estrujan cada gota de vida al máximo y luego dejan seca la fuente. Inanna era de esas: extraía el barro de la tierra y fabricaba el puto cuenco con él.

Los ojos de la hermana están hinchados y ensombrecidos en la foto que incluye el artículo, alguien quiso que pareciera el miembro destrozado de la familia que se aferra como un clavo ardiendo al mancillado recuerdo de su hermana.

Lo que debe de estar sufriendo esta mujer.

No tengo experiencia con el suicidio, de modo que mi corazón no debería encogerse por la hermana de Inanna, pero aun así lo hace.

Para huir del dolor, busco las imágenes de Inanna que provocaron que todo el mundo la tomara por una imprudente y una adicta al sexo. Adicta al sexo... ¿no lo son todos los hombres?

En cuestión de dos años, pasó de ser una supermodelo y musa ideal de fotógrafos y cineastas a convertirse en una fotógrafa de autorretratos. Desde maniquíes a diosas. Ya posara para ella misma o para otra persona, da una bofetada de realidad a las expectativas de lo que entendemos por erotismo. Al mirar sus retratos, imagino que intentaba encontrar su verdadero yo y su esencia. Un tanto descentrados y oscuros, tenebrosos, pero también evocadores como sus desnudos y posados que se entremezclan con lo extravagante. Sorprenden, y no deberían resultar sensuales, pero su atractivo es innegable. Contemplas a una mujer hermosa, pero hay una máscara trágica tallada con la luz que surge desde sus piernas abiertas. No se funde con la fotografía: se supone que tienes que verla. Se supone que debe sobrecogerte. Estás obligada a experimentar el «pecado» y a reaccionar al enfrentarte a él. En otra imagen, junta las manos de manera que forman un triángulo para simbolizar la femineidad, proclamando el poder y el misticismo de las mujeres, gritándote que ella ostenta el poder, con los párpados entornados.

No son imágenes lujuriosas. Son arte.

No son retratos vulgares para que las revistas de cotilleo las enseñen con letras amarillas que digan «Quién lo llevó mejor». Son obras de arte legítimas, de una cultura refinadísima. Son fotografías tomadas para mostrarte algo, y se supone que tienes que cerrar la boca mientras las miras, porque solo en el silencio la comprensión te sube por la columna y te das cuenta de que la gente como tú se sale tanto de la norma que seguramente no existe ni un puto molde en el que encajar.

La necesidad de estar en su cabeza en el momento en el que la cámara se dispara me atraviesa y me consume como una obsesión. Una locura.

Una insaciable necesidad de saberlo todo.

Inanna no es la bomba sexual que me esperaba por los comentarios de los demás, con labios siliconados y mirada ardiente. Es altísima y musculosa. Sin tetas postizas enormes entre las que un tío pueda meter la polla para correrse justo después sobre una expresión vacía con morros pintados de rojo. Tenía un aspecto de pájaro, con esas largas piernas y esos enormes ojos inquisitivos, como un ser que no era de este mundo.

Pincho una foto tras otra. Junto a su historia hay un montón de imágenes online para que los buitres babeen. Los paparazzi la pillaron en incontables ocasiones mientras se alzaba con elegancia por encima de estrellas del rock y actores bajitos a quienes ella llamaba sus amantes. Por más públicas que fueran sus aventuras, desde luego que no era una fan ni una modelo obsesionada. A juzgar por su fama y belleza natural, me sorprende que no haya sabido de ella hasta este momento. Pero también detecto cierta ingenuidad, una vulnerabilidad patente y descarnada que hace que mi corazón se encoja al pensar en que le pasara algo malo. Quiero proteger a una mujer que ya está muerta. Quiero conocerla, meterme en su cabeza y aprender todo lo que ella aprendió, ver lo que vio. Su vida estuvo muy expuesta, pero también fue un misterio. En las pocas entrevistas que se pueden encontrar se expresa como una poeta.

Estoy convencida de que ya he sentido lo que ella sintió... o al menos lo he saboreado.

Tengo la boca seca por el deseo de saber más, y me trago esa sensación con un buen sorbo de café frío. «Inanna Luna.»

En mi búsqueda también encuentro el significado de su nombre: la diosa sumeria del amor, la fertilidad y la guerra.

Inanna, la mujer, se comportaba de forma casi beligerante en su deseo de redefinir la pasión, de descubrirse a través del sexo. En cierto sentido, seguía a su tocaya. Osada, sin miedo a ir a lugares que la asustaban, que deberían haberla atemorizado. Nacida de Venus y guiada por Afrodita.

No sé si alguna vez sintió temor de ese viaje de descubrimiento o de sí misma, o si tuvo miedo de en lo que se convertiría al final.

Tengo que saberlo. De algún modo, averiguarlo todo sobre Inanna es como descubrir lo que me habría pasado de haber continuado mi peregrinaje en vez de decidir que lo que tengo con Jack es suficiente. Sacrificar mis deseos para proteger al hombre a quien quiero y también para proteger nuestra relación.

Una parte de mí no deja de preguntarse qué habría sucedido.

Es una manera de seguir el camino de baldosas amarillas y permanecer a salvo al mismo tiempo.

Vuelvo a la pestaña con la búsqueda, a los resultados de Google con su nombre, llena de artículos que se centran en el final, que reducen una vida osada a los macabros detalles que cuesta encajar con los ojos de la mujer aventurera que había emprendido un viaje de descubrimiento y de expresión que la gran mayoría de las personas ni se detendría a considerar.

Ya sabes a lo que me refiero.

¿Cuántos superventas sobre cambios revolucionarios de estilo de vida has leído creyendo que podrían ser la clave para arreglar tu mundana existencia? Si pudieras aplicar todavía más el *feng shui*, ordenar mejor otra habitación más, adelgazar con zumos, tus problemas se solucionarían. Tu vida sería absolutamente perfecta. Más amplia, mejor, con zapatos más caros y sonrisas más deslumbrantes, y más tiempo dedicado a esas aficiones a las que jamás te aplicas.

Pero nunca te comprometes de verdad. Te someterás con devoción los tres primeros días de cada nueva dieta, para luego volver poco a poco a tu vida gris porque es cómoda.

Y, en el fondo, a casi todos nos gusta la comodidad. Lo cómodo es seguro y predecible. Mantiene los límites bien claritos y definidos, de modo que tienes la sensación de vivir a lo grande aunque tu vida sea limitada.

Nadie quiere estar atrapado en una montaña rusa las veinticuatro horas del día, siete días a la semana. Las emociones son malas para el corazón. Si analizaras tu vida y la pusieras patas arriba para convertirte en la persona que te quita el aliento, te acojonarías.

Vivir de esa forma es aterrador porque por fin te situarías al otro lado de la valla en vez de convencerte de que esa vida tampoco sería nada del otro mundo si estuvieras allí.

A lo mejor no lo es, la mayor parte del tiempo. La vida es lo que haces con ella, y casi todo el mundo carece de la imaginación necesaria para hacer algo valioso y emocionante durante mucho tiempo.

Mira a esa gente que gana el Gordo de la lotería. En la mayoría de los casos, lo más alocado que se les ocurre hacer con el dinero es gastarlo a manos llenas. Pero no existe un desarrollo del yo, son ellos mismos atados con una correa más cara a la misma persona de siempre.

Carecen de visión.

Y acaban aburridos como ostras al cabo de un año, intentando comprar la felicidad. La satisfacción. Pero no se pueden comprar. En realidad, las cosas nunca se obtienen. La emoción no está en poseer, sino en perseguir la felicidad. Hay un pináculo y luego ¿qué?

La caída desde las alturas de las expectativas.

Pero si tienes un objetivo, una visión para tu futuro que implica creación, aparece la verdadera magia.

Algunas personas tienen hijos para ocultar su infelicidad, como si eso solucionara todos los problemas, con la idea de que el nacimiento es lo mejor del mundo.

Pero es el nacimiento de la creación, del arte, del misterio, de soñar con algo y liberarlo en el mundo lo que deberíamos buscar todos. Encontrar esa llama que arde en el interior… y que no se puede conseguir. Que no puede acumularse.

No se trata de crear algo. Se trata de coger un trozo de tu puta alma, hacerlo añicos dentro de ti y lanzarlo al mundo para que pueda existir solo en el exterior. No es un legado. Nada tan grandioso como eso. Se trata de un ciclo. Emplear las experiencias que te han formado para crear otra cosa que moldee a otros y que fomente la inspiración, que fomente esa misma ansia en su interior.

Es lo que me provoca el cine. Ese es el motivo principal de que quiera hacer películas en vez de limitarme a mirarlas.

Quiero saber que la gente reacciona a las cosas que habitan en mi cabeza.

No quiero ver sus reacciones para que tengan valor.

Solo necesito saber que un trocito de mí está ahí fuera.

Inanna Luna lo hacía con esas fotos.

Puedo oler su peregrinaje como si fuera el mío. Sombras de tabaco, sexo, semen y lamentos.

De pasión sin satisfacer del todo.

Desapareció al año de abandonar la corriente normal y elegir las blancas aguas de su visión, al parecer sin dejar rastro. No hay fotos suyas durante el período de cuatro meses en el que estuvo desaparecida.

Después, de forma tan repentina como se esfumó, regresó a su bungalow... donde la encontraron en el suelo con el estómago lleno de pastillas y los ojos inertes.

Se había ido de nuevo, pero para siempre en esa ocasión.

¿Cómo se pasa de ser la mujer insaciable que rompía límites, vivía al máximo y escribía ese diario a convertirse en una suicida? Algo no cuadra.

A lo mejor no cuadra porque no quiero que lo haga.

Lo que sea con tal de justificar mi afán por averiguar más cosas de esta mujer, cuyos ojos oscuros me taladran desde unas fotografías surrealistas que han capturado algo profundo, tenebroso e incitante.

Tengo delante a una mujer que sabía cómo me sentía yo porque ella también lo había sentido.

Le envío un mensaje de correo electrónico a mi editor en el que le adjunto algunas de las imágenes más morbosas y algunos de los artículos más leídos para apoyar mi deseo de hacer un seguimiento a lo ocurrido a Inanna y explicarle mi intención de realizar un reportaje más exhaustivo que los publicados hasta la fecha. Le ofrezco varias perspectivas: abuso en la industria del entretenimiento; si Inanna fue una víctima de su fama o si todo fue un montaje para atar cabos. La intuición me dice que hay una campaña orquestada para mancillar su reputación. ¿Cómo pasó de ser una modelo y artista reverenciada a una «pornógrafa asquerosa», literalmente, de la noche a la mañana? Sus imágenes no se parecen al porno que Jack y yo vemos juntos... o que haya husmeado en su historial de búsqueda. Tengo que indagar más. Para enganchar de verdad a mi editor, tengo que mencionar un término relativamente nuevo: «hacerse el fantasma». Lo que hacen esas personas que desaparecen de repente de la vida de alguien sin dejar rastro.

Quiero escribir un artículo acerca de esa idea de hacerse el fantasma y del efecto que crea en las personas abandonadas.

Y aunque me diga que no, yo necesito saber más.

4

Aunque pasa casi cada minuto del día en compañía de Bob o tratando asuntos relacionados con él, Jack siempre se bebe las noticias sobre el senador como si nunca hubiera conocido al hombre que sigue siendo su ídolo. Demuestra un entusiasmo incombustible.

Pese a las ojeras oscuras que delatan las diecinueve horas que lleva sin dormir, se sienta inclinado hacia delante en el sofá, pendiente del televisor como una flor que tratara de tocar el sol, y escucha al presentador de las noticias, muy repeinado y con los ojos muy abiertos, mientras habla de DeVille.

—Acabamos de saber que el senador DeVille ofrecerá una rueda de prensa para realizar un anuncio a finales de esta semana. Según los rumores, hay muchas posibilidades de que anuncie sus planes para presentar su candidatura a la Presidencia, algo que su gabinete de prensa no ha confirmado ni negado.

No debería ser un titular, pero la semana ha sido irrelevante en cuanto a noticias, y Bob ha estado causando problemas con su posición respecto a la reforma de la ley de inmigración, entre otras cosas. Jack sigue idolatrándolo, y el simple hecho de pensar que pueda acabar pareciéndose más a él me pone los pelos de punta, aunque es tan imposible como que a mí me salgan alas y me ponga a volar. Jack es un hombre bueno. Bob no lo es. Si pudiera dar con la manera de separar a Jack de Bob sin revelarlo todo, algo que dejaría a Jack a la deriva (me perdería a mí, perdería a su mentor y su trabajo, todo a la vez), lo habría hecho ya.

Pero mientras DeVille mantenga el pico cerrado, yo también lo cerraré.

Dentro de unos años hablaré. Yo también tengo mis contactos.

Al principio fantaseaba con la idea de denunciarlo y de sacar a la luz el tipo de persona que es en realidad. Pero el tiempo ha ido transcurriendo y hemos aprendido a pasar el uno del otro, a dejar de lado los recuerdos que siguen agitándose bajo nuestra piel. Además, si no se tratara de Bob, sería cualquier otro monstruo... tal vez otro mucho peor.

¿Conoces ese refrán que dice «No remuevas las brasas»? Recuerdo que una semana después de la noche en que Bob y yo nos echamos las manos al cuello como si fuéramos animales salvajes y hambrientos, me salió otro en una galleta de la fortuna. «No busques problemas donde no los hay.»

Un consejo sensato que decidí interpretar como una señal, aunque tal vez era el efecto del glutamato monosódico que corría por mi sistema nervioso y que estaba afectando las sinapsis de mi cerebro. Sea como fuere, el caso es que las cosas han salido bien y que mantenemos una distancia respetuosa entre nosotros en la medida de lo posible.

Entierro los dedos de los pies debajo del muslo de Jack

y él me frota la espinilla con gesto distraído y los ojos aún pegados al televisor.

—¿Es verdad? —le pregunto, sorprendida por el hecho de que no me haya contado las «buenas» noticias.

—¿El qué? —Se vuelve hacia mí, y esa mirada asombrada parece casi convincente, pero distingo la sonrisa que revolotea en las comisuras de sus labios.

—¿Va a presentar su candidatura a la Presidencia de Estados Unidos? —De ser así, es nuevo para mí, pero eso explicaría el desquiciado horario de trabajo de Jack en su gabinete de campaña—. ¿No es un poco repentino? Solo hace cuatro años que llegó al senado.

—Tendrás que esperar para ver qué pasa —me contesta con gesto juguetón.

Detesto que se ponga misterioso cuando se trata de algo relacionado con Bob, aunque lo haga de buena fe. Porque eso hace que me sienta como una extraña, como si Jack, Bob y su mujer, Gena, hubieran creado una nueva familia de la que yo no formo parte. Me provoca la impresión de que Jack no confía en mí cuando yo no he hecho nada que merezca semejante desconfianza. Sé que se siente orgulloso de que su trabajo esté dando frutos, lo entiendo. Pero cree, aunque esté equivocado, que yo también quiero a Bob y a Gena, y que todo esto va a ser una maravillosa sorpresa para mí. Piensa que me emocionaré y que me alegraré de que él trabaje codo con codo con el hombre más poderoso de Estados Unidos.

Del mundo.

No puedo sacarlo de su error, de manera que sonrío, le sigo el juego y no hago comentario alguno sobre esa muestra de desconfianza para no provocar otra discusión.

Supongo que debería haber esperado que DeVille escalara posiciones como la serpiente que es lo más rápido posible. En realidad, el puesto le viene como anillo al dedo y Gena sería la primera dama perfecta, siempre y cuando no suceda nada que pueda afectar su débil equilibrio psicológico. Aunque de todas formas es fácil de controlar gracias a la ayuda de las pastillitas amarillas que toma. Seguramente ese es el motivo por el que Bob la eligió como compañera.

Los hombres como él usan el poder para aprovecharse de los demás.

A la Sociedad Juliette le encantaría tener a uno de sus miembros en semejante posición... con todos los privilegios y recursos del cargo a su entera disposición.

Si acaso no cuentan ya con eso.

Es algo en lo que nunca me he parado a pensar. ¿Y si ya lo tienen? De todos modos, sé de sobra que el presidente de Estados Unidos no es el hombre más poderoso del mundo, sea o no miembro de la Sociedad Juliette. Aunque dentro de poco tengamos a una mujer como presidenta, su sexo sería irrelevante para el caso, y siempre lo será. Siempre hay otra persona, un comité de individuos, dando órdenes desde arriba. En este caso, ¿quién es el más poderoso?

¿Y cómo afectará todo ese poder y todos esos recursos a DeVille? ¿Se volverá loco, embriagado por su propia emoción, pensando que puede irse de rositas sin pagar las consecuencias?

Seguro que sí, pero él también es una marioneta.

Quiero saber quién ostenta el poder.

Si seguimos subiendo peldaños, siempre hay una persona que da las órdenes, incluso dentro de cualquier grupo, un líder natural, ese a quien todos los demás miran antes de ponerse en acción. Esa es la persona con la que me encantaría hablar.

—Oye —me dice Jack, que ha fruncido el ceño—, que estoy de broma.

—No, si lo sé. Estaba pensando en mi artículo.

—Ah. ¿Ya has decidido lo que vas a hacer? —Me sonríe y me encanta que recuerde lo mucho que me ha costado decidir el siguiente tema que tratar.

—Todavía no —contesto, algo que es cierto en parte. Todavía necesito algo más que «siguiendo los pasos de una estrella que se suicidó». Con eso no se venden periódicos.

—Puedo conseguirte algo con Bob. Una exclusiva. —Se inclina hacia delante, emocionado como un niño que estuviera hablando de su juguete preferido—. ¿No crees que sería genial? Sé que él no pondría pegas.

—Lo sé, pero no quiero conseguir las cosas de esa manera. Quiero hacerlo por mí misma. Es importante para mí.

Jack suspira, pero deja el tema.

Miro el televisor de nuevo para no tener que seguir hablando. Si digo que no quiero centrarme en un asunto político, sería una excusa muy tonta. La mayoría de los periodistas sueña con destapar un escándalo o dar una exclusiva, y Jack no comprende que no esté dispuesta a aprovechar una oportunidad que podría cimentar mi carrera, sobre todo cuando llevo cierto tiempo poco inspirada.

Pero a veces, en vez de joderte, la vida te ofrece un salvavidas.

—Maxxy, la princesa del pop, ha desaparecido, según ha denunciado a la policía esta mañana su padre y mánager. Llevan seis días sin saber de ella. —La imagen de

Maxxy aparece en la pantalla, aunque no es necesario porque hasta en el África subsahariana conocen a Maxxy.

La idolatrada cantante adolescente incluso participó en una campaña humanitaria hace un par de años con el fin de aportar su granito de arena a la «comunidad global». En realidad, solo fue una campaña de marketing para publicitar su imagen de chica comprometida con las causas humanitarias, lo mismo que hicieron con Angelina Jolie para que la gente olvidara la etapa en la que llevaba al cuello la sangre de Billy Bob Thornton, o que también besó a su hermano en la boca.

Y habría funcionado si no hubiera tenido la mala suerte de aterrizar en un lugar recientemente asolado por el ébola. Maxxy no comprendió que la enfermedad ya estaba erradicada y pasó de altruista a histérica en un abrir y cerrar de ojos. El arrebato de cólera fue grabado por un asistente explotado y mal pagado. Maxxy aparecía en las imágenes como una hija de puta desquiciada y fría, que exigía que volviera el helicóptero con el argumento de: «A la mierda con todos estos gilipollas que están contagiados, mi vida es más importante que la suya. ¡Yo soy la famosa, sacadme de aquí de una puta vez!».

El vídeo se hizo viral.

No obstante, durante estos últimos meses ha logrado alcanzar de nuevo el número 1. Es sorprendente lo que puede hacer un nuevo disco para una reputación maltrecha, con o sin motivo.

Nos encantó que Britney se rapara la cabeza, pero nos gustó mucho más su siguiente disco. Sin embargo, verla tan estable resulta aburrido, así que la hemos cambiado por Miley.

Lo más excéntrico que ha hecho Gaga en años es ser «normal».

Nos encanta saber que una pobre desgraciada se la va a pegar. Y Maxxy cumple ese papel.

—¿Cómo es posible que alguien como Maxxy desaparezca sin más? —pregunto y miro a Jack.

—¿Y si ella lo deseaba de verdad?

—Con ayuda. Exacto. La gente como ella no pasa desapercibida.

Pero ¿de verdad quería esfumarse? En caso de secuestro, a estas alturas ya habrían exigido dinero o lo que fuera. De manera que eso significa que la chica estaba tratando de desaparecer.

No sería la primera famosa en hacerlo. A veces las estrellas acaban quemadas por los focos o deciden que ya han tenido suficiente y se alejan. Rehabilitaciones, islas privadas, apartamentos oscuros repletos de paranoia y arrepentimiento. Con el dinero suficiente no es difícil salirse del cuadro.

Garbo, Bill Withers, Salinger, Gene Wilder, Captain Beefheart. Terrence Malick. Joder, incluso Dave Chapelle. Algunos terminan tomándose un largo descanso y otros no vuelven jamás. ¿Sabías que Cherie Currie dejó la música para esculpir chorradas con una motosierra? Se le da muy bien, por cierto.

El asunto es que Maxxy no sería la primera en querer alejarse de todo. Tal vez incluso podría fingir su propia muerte si va en plan drástico. No solo son los famosos los que ansían abandonar el escrutinio público… o unas deudas enormes. Me han dicho que hubo un tío que se largó del país después de fingir su propia muerte para librarse de una factura telefónica importante. El *roaming* ataca de nuevo.

Pero aunque no implique una muerte fingida, hay gente dispuesta a desaparecer todos los días.

Tal vez te haya tocado vivir la experiencia de «hacerse el fantasma», que consiste en que la persona con la que chateabas a través de las redes sociales y con la que mantenías una relación desaparece de repente y nada más se supo de ella. Así que te quedas preguntándote si pese a todo el tiempo que pasasteis hablando, existió en realidad.

Es mucho mejor que soltar esa frase tan manida de «No eres tú, soy yo» a modo de justificación, pero de todas formas resulta un golpe muy bajo.

Al menos a Carrie Bradshaw le dejaron un posit.

Pero ¿qué pasa con la gente que se queda atrás? Esas personas como la hermana de Inanna o el padre de Maxxy. Porque en casos como el de la última, ese no es el final ni mucho menos. Porque no estamos hablando de una persona sin más, sino de un imperio. Tiene un séquito. Y dicho séquito tiene otro séquito. ¿A cuánta gente le da trabajo de forma directa con el objetivo básico de que todo siga funcionando a la perfección? A su vez, dichas personas tienen seres queridos y familias que dependen de Maxxy para subsistir.

¿Qué pasa con todos ellos mientras ella está desaparecida? ¿Y si nunca regresa?

Me acerco al portátil y abro un archivo de Word en el que tecleo algunas ideas preliminares sobre lo mal que pinta el asunto para la gente que se queda atrás. En la mayoría de los casos, la gente se centra en los desaparecidos, no en los que se quedan atrás.

Jack está acostumbrado a que yo haga estas cosas, a que me aleje de repente para anotar una idea antes de que se me vaya por completo de la cabeza cual mariposa arrastrada por un vendaval, y al cabo de unos minutos apaga el televisor y se va al cuarto de baño.

Un asombroso número de personas ha protagonizado desapariciones sonadas, que o bien quedaron sin resolver o bien solo respondían a la estrategia de «hacerse el fantasma», tal como admitieron años después.

Me zambullo en la lectura de lo que eso supuso para sus familias y sus amigos, leo entrevistas concedidas por personas afectadas por la pérdida, que no entienden lo que sucede. La conexión es muy tenue, pero me basta como justificación para que el caso de Inanna y de su hermana no se explique como simple curiosidad personal.

Jack me sobresalta cuando sale del baño, todavía mojado por la ducha.

—¿Qué estás leyendo? —Me besa en la coronilla.

No me he dado cuenta de que ha pasado media hora. Muevo los hombros para aliviar la tensión.

—Bueno, es que lo de Maxxy me ha recordado una historia que leí hace poco sobre una modelo, Inanna Luna. Era una artista del arte provocativo, y también desapareció antes de que la encontraran muerta. Se me ha ocurrido escribir una historia sobre las mujeres que desaparecen, los fantasmas de nuestras vidas, y el impacto que provoca en sus seres queridos. Tiene una hermana que creo que sería una gran protagonista, pero de momento no me ha contestado.

Me frota los hombros.

—¿Quieres...?

—Lo que quiero es seguir trabajando en esto ahora que

he encontrado algo. —Me preparo para enfrentarme a su irritación, pero se limita a encogerse de hombros.

—Es bueno verte interesada de nuevo en algo.

Sonrío con sinceridad.

—Me sienta bien. Estoy intentando averiguar algo más sobre Inanna porque si la hermana accede a verme, no quiero parecer que estoy perdida del todo.

—En ese caso, no te convenceré para que vengas a la cama.

—De todos modos, esta noche no estás para muchos trotes. Tienes unas ojeras que te llegan al suelo.

—Tendré que ocuparme de ellas.

Echo la cabeza hacia atrás para que me dé un beso.

—Lo siento.

Sus labios se demoran un instante sobre los míos, no de forma erótica sino sensual, y le doy un apretón en los hombros antes de que se aleje hacia el dormitorio.

En principio tengo intención de investigar a Maxxy, pero después de hacer una búsqueda apresurada, mis dedos teclean el nombre de Inanna y llego a unas cuantas páginas web de sus seguidores como si mis yemas estuvieran poseídas, controladas, por un estado disociativo dirigido por el fantasma de esta mujer.

Sus ojos oscuros parecen atravesarte, mires la foto que mires. Da igual la escena de cualquier película experimental. Supongo que ese es uno de los rasgos distintivos de un gran artista. Ese tipo de personas siempre consigue que el público sienta que es lo único que le interesa en ese momento. Es como si miraran directamente sus almas, como si cantaran solo para sus oídos, como si les hicieran el amor, como si bailaran solo para ellos.

Como si los desearan.

Inanna era así. Exuda carisma por todos los poros de su cuerpo. Era despampanante, tenía talento, contaba con esa cualidad sutil que la hacía destacar. Era una mujer irrepetible.

¿Fue por eso?

Sigo buscando para ver qué encuentro, pero lo que quiero es algo que vaya más allá de las entrevistas, de las películas y de los programas de televisión en los que participó. También doy con colaboraciones y pequeños papeles que interpretó antes de que se hiciera famosa. Además de unos cuantos anuncios de su primera etapa, uno de ellos de crema hidratante. Fotos entre bambalinas de obras de teatro.

En la tercera página encuentro por fin lo que estoy buscando.

En la foto que acompaña al enlace está tirada en el suelo. Cliqueo y me lleva a una web de fotos con un vídeo.

Tiene el pelo alborotado, como si su amante se lo hubiera peinado sobre la almohada. Algo que tal vez sucedió.

De fondo se oye un instrumento de cuerda, pero no lo reconozco. ¿Un bajo, quizá, pero con una nota aguda?

La luz parpadea al ritmo de la música.

La cámara se aleja y revela su cuerpo, que está cubierto por una manta de viaje. El plano se abre y se ven los brazos, aunque no a las personas.

Ah, pero lo que le están haciendo...

La acarician, la masajean, la tocan, ocultan su cuerpo, salvo el pubis y los pechos. Esas manos conforman un biquini en negativo, mientras ella se retuerce, ansiando que la abandonen, que la dejen. Pero no lo hacen.

Me recuerda un poco a *Pryings*, un famoso corto de Acconci, al que varios cineastas han rendido homenaje.

Las manos no se detienen.

Los ojos de Inanna reflejan una mirada espantada.

Detengo el vídeo con el corazón acelerado y tan frustrada como ella. Todas esas manos y ninguna la toca donde más lo desea.

Encuentro otro vídeo en el que aparece ella en el estreno de alguna película en la que participó, pero que yo no he visto. Gran presupuesto, director conocido, pero ni siquiera recuerdo haber visto el tráiler.

Lleva un sencillo vestido azul y unos Louboutin de suela roja. Se ha peinado con un moño en la nuca y luce un maquillaje impecable, aunque su aspecto no le hace justicia. Es como si estuviera oculta tras una fachada de perfección en vez de acentuar sus atributos.

Le sonríe al entrevistador y responde con simpatía e impertinencia a sus preguntas. Su voz es grave y agradable, con una cadencia musical que resulta un tanto hipnótica. Es un alma antigua. Es preciosa, y si no hubiera visto antes el otro vídeo, no me habría percatado de que falta algo en sus ojos. Inanna carece de chispa en esta entrevista.

Encuentro otra y la veo para asegurarme.

Sucede de nuevo, como si respirara pero no obtuviera aire alguno.

Regreso al corto de las manos, donde está radiante.

Sus movimientos son más lánguidos, la mirada es casi salvaje, pero de algún modo parece más relajada que en los otros vídeos, algo que debería ser ridículo. Pero no lo es. Por regla general, las personas somos más sinceras justo antes de corrernos, estamos más apegadas a nuestros cuerpos, reducidas al estado más puro que podemos alcanzar. Es un estado de necesidad limpio y sincero. Con un solo propósito.

Si interrumpes el orgasmo de una mujer, te enfrentarás a la ira divina. Eso es lo que detectas en sus ojos si te atreves a mirarla. Porque en ese momento de deseo absoluto, despojadas de todo salvo de esa sensación celestial, también somos diosas.

Únicas.

Lo demás se difumina.

Ver a esta mujer, tan fuerte y segura, tan contenta y feliz, y después regresar al vídeo de la entrevista… me parece simple y llanamente obsceno.

Inanna estaba hecha para lucirse en un pedestal con los ojos relucientes.

Para que le ofrecieran regalos como si fuera la suma sacerdotisa.

Regreso al vídeo inicial, desesperada por llegar al final del corto, pero acaba con un gemido por su parte, una reminiscencia de *Los hombres huecos* de T. S. Eliot. El propósito es que el público acabe tan insatisfecho como ella.

Hago una búsqueda con el título del corto y encuentro la descripción que Inanna hizo.

Contemplar un momento de insatisfacción nos llega al alma. Sobre todo cuando sabes qué es lo que se necesita y lo fácil que sería satisfacer a esa persona. Los humanos saben qué es una caricia, conocen la necesidad. Y están muy familiarizados con la insatisfacción. Este corto ensalza una lujuria depravada, hueca e insatisfactoria tanto para mí como para el público. Tan cerca, pero imposible de conseguir lo que todos ansiábamos: el orgasmo.

Dio en el clavo con la descripción.

Voy alternando entre las distintas pestañas mientras observo atentamente su rostro en busca de inestabilidad y respuestas. Antes y después. Inanna parece viva durante su búsqueda de la expresión sexual, pese al evidente éxito que obtuvo después. Parece más feliz antes, no como alguien que se ha desviado del camino y se ha internado en terreno peligroso.

¿Qué sucede durante ese viaje que hace que la gente se sienta tan incómoda?

¿Se debe a los celos o a que hay algo realmente desacertado en el proceso?

Ahora mismo creo que se debe a lo primero, pero en mi interior tengo claro que la respuesta es la segunda opción, aunque mis entrañas se rebelen ante la idea.

El éxito significa algo distinto para cada persona, la connotación es más importante que lo que denota la palabra en sí. Todo es relativo. La felicidad es relativa. Hay un motivo por el que los medios de comunicación y la moda juegan con nuestras inseguridades y nos atacan con ellas, utilizándolas como arma para hacernos envidiar aquello que nos muestran. Si cambian el objeto de deseo con la frecuencia suficiente, nadie tendrá jamás aquello que cree desear, de manera que no hay razón para dejar de anhelar lo que sea que venga después.

Inanna ofrecía su propio cuerpo, se ofrecía ella misma, con una pureza que me llega al alma. Su cuerpo, su mente y sus deseos. Destruyendo por completo las limitaciones.

Y creo que consigue incomodar a los demás como suele suceder con la superación personal, porque empiezan a preguntarse si sus metas son absurdas. Si las cosas por las que han estado luchando, por las que han estado trabajando, por las que se han dejado esclavizar durante tanto tiempo son erróneas, y si podría haber sido mucho más fácil tan solo con desviarse del camino trazado y dejarse de gilipolleces.

O tal vez fuera una pelandusca. Pero ¿qué es una pelandusca? Se trata de una sentencia cuyo objetivo es el de someter a las mujeres, una ironía que te cagas en mi opinión. Sometida, de rodillas ante tus amos, pero no quiera Dios que disfrutes mientras estás así, con la boca abierta. ¿Dónde está la línea entre la basura y el arte?

El arte traspasa límites, pero no es infalible. Debería promover el debate, la reflexión y el diálogo social. Se han hecho muchas películas que han traspasado límites o que los han desdibujado, pero ¿quién decide dónde están dichos límites? Cuando se les pregunta por el hecho de traspasarlos, los actores confiesan que no fue el acto controvertido en sí lo que los incomodó, sino las consecuencias que sufrieron después por parte del público y de la crítica. Lo que pensaban que sería una escena poderosa en el momento del rodaje, o incluso después, se interpreta como algo chabacano y sucio. La gente intenta reducirlo a un simple recurso para escandalizar, a un intento de provocar controversia cuando en realidad no lo era.

La infame y real escena de la mamada en *The Brown Bunny*, por ejemplo, aunque incluso esa fue una simulación a medias.

Esa sí sucedió, pero hay otras cosas que desconocemos

que son reales. ¿Follaron Tom y Nicole en *Eyes Wide Shut*? ¿Se corrió de verdad Harvey Keitel en el pelo de Nic? Me resulta difícil creer que fuera verdad. Realidad contra ficción. Simulación contra realidad. ¿Fue una mamada fingida en una polla real o una mamada real en una polla artificial?

Aunque sea algo simulado, en el fondo te has comido una polla delante de la cámara y eso te cierra muchas puertas en Hollywood... al tiempo que te abre otras de par en par.

Debes elegir hasta dónde quieres llegar. Adónde te llevará. Si quieres aparecer en películas con el papel de la vecina agradable o como la que le roba el novio a la vecina.

Pero estoy todavía más interesada por saber esto: ¿la vagina protésica de Charlotte Gainsbourg estaba hecha a imagen y semejanza de la suya? De ser así, ¿no es un poco raro? Tal vez debería buscar una empresa que la comercializara. No me imagino usando su vagina protésica de otra forma que no sea como adorno en la mesa del sofá. ¿Llevaba Jane Birkin una vagina protésica en *Te amo... pero yo no*? ¿Tuvo una doble «pornográfica»? Maria Scheineder no llevó nunca vagina protésica, de eso estoy segurísima.

Vincent Gallo sí que usó una polla sustituta en *The Brown Bunny* e hizo creer a todo el mundo que le pertenecía, mientras que Joe Dallesandro exhibió su masculinidad con orgullo y sin el menor bochorno. Aunque tal vez solo fuera una treta inteligente de Andy Warhol para que la gente no reparara demasiado en su pésima actuación. Los actores que practican sexo delante de las cámaras quieren su trozo de tarta y además quieren comérselo. Quieren gustar a todo el mundo, aparecer lo más atractivos posible sin arriesgarse a perder ciertos papeles y sin distanciarse de nadie. Quieren hacernos creer que están traspasando límites, pero no tienen los huevos (o los ovarios) necesarios para llegar hasta el final. La violencia está bien pero el sexo, no.

De modo que lo fingen.

Y pueden argüir que se debe a que el cine está cambiando, a que la sociedad está cambiando, y que para seguir en el candelero están obligados a quitarse más ropa, besar con más pasión, restregarse un poco más. Tal vez sea cierto. Pero es poner demasiada energía en la falsedad y muchos efectos especiales para conseguir la imitación más verídica posible.

Claro que tal vez una simulación resulte mejor.

He visto el vídeo sexual de Colin Farrell. La verdad es que parece real, pero da la impresión de que estuviera fingiendo. ¿Se debe a que muchos famosos se han acostumbrado a que sus admiradoras hagan todo el trabajo hasta el punto de que no saben qué tienen que hacer cuando están con una pareja que no está fingiendo y que se siente la mar de contenta de encontrarse ahí? Esas mujeres jamás admitirán lo deprimente que ha sido el sexo, ni tampoco que el famoso llevaba tres días sin lavarse los dientes, porque eso hace añicos el sueño.

Además, la conversación en el vídeo de Farrell era tan trillada que en comparación el diálogo del repartidor de pizzas porno de los años ochenta parece de Samuel Beckett.

Fuera de guion, esos famosos suelen ser unos terribles conversadores y no tienen nada interesante para decir. No les pasa a todos, pero sí a la mayoría. Los más listos guardan silencio a fin de mantener el misterio. Ozzy Osbourne, por ejemplo. ¿De verdad puedes decirme que lo sigues considerando de la misma forma, una bestia del rock, después de haber visto cómo se tambaleaba por su casa, gritando cosas sobre las mierdas del perro con toda la mala leche de tu abuelito pero sin su encanto?

Sí, ya me lo suponía.

Y no es que sea malo en sí. Es que debería haber dejado ciertas cosas debajo de la alfombra para que, después, sus actuaciones en el escenario resultaran más creíbles.

Las actrices que llevan una sonrisilla burlona como si jamás pudieran caer tan bajo como para que les metieran varios dedos en el culo mientras se la comen a su amante, pero que en realidad están dispuestas a hacerlo en la vida real detrás de una puerta cerrada con el objetivo de obtener el papel, necesitan cortarse un poquito. ¿Quién no se ha prostituido alguna vez para alcanzar su sueño?

Por un oído me entra y por otro me sale. Moralidad objetiva.

Creo que siempre y cuando no le hagas daño a nadie, y que seas feliz, lo estás haciendo bien.

Oigo el sonido que indica que he recibido un mensaje de correo electrónico y miro la bandeja de entrada.

Sonrío.

5

Espero respuestas rodeada de adictos.

Las marcas te definen de la misma manera que se marca el ganado con un hierro candente en los cuartos traseros. Empiezas a identificarte con cierta gama de productos como si importara de verdad si usas Apple o Android. Y dentro de estas categorías, todo el mundo persigue un ideal, compite con quien tiene al lado por tener el último modelo, el más grande.

Al mismo tiempo, puedes establecer un vínculo con alguien por el mero hecho de ser el dueño del mismo tipo de coche o de teléfono... o el mismo tipo de auriculares para escuchar música.

Diminutos botones blancos o enormes cascos negros que parecen orejeras.

Eres lo que comes.

Eres lo que bebes.

Las cosas te otorgan un prestigio.

El prestigio es el mercado que llevamos encima con nuestra tendencia natural competitiva, lo que llena los bolsillos de quienes están en la cima y que tienen prestigio y poder de verdad, hasta límites insospechados. Que poseen la habilidad de crear o destruir a las personas, a los países.

No se ha creado un solo producto que no esté diseñado para confundir nuestro sentido de la necesidad ni que haya sido delineado por un grupo que discute a muerte y que no se haya pensado para sacarnos los cuartos al máximo.

Y por si algún motivo las ventas flojean, la versión 2.0 aparecerá al cabo de pocos meses con un nuevo color, una nueva funcionalidad, y ya podemos olvidarnos de la versión anterior y de lo mal que funcionaba. Los comerciales y publicistas cuentan con la mala memoria y las manos ansiosas, que perdonan y ansían por hacerse con el siguiente modelo.

Pese a todo, aunque no eres más que una pieza minúscula, insignificante y reemplazable de la máquina consumista, sigues creyéndote único. Pero aunque te cosas la ropa tú mismo, no olvides que se trata de la misma tela con la que otra persona se la hizo antes, con un patrón bien establecido.

Las cosas acaban siendo iguales, como los hípsters con barba que intentan con desesperación ser distintos... y acaban siendo idénticos al resto de los copos de nieve especiales en su intento por destacar en la misma rebelión de identidad.

¿Te has dado cuenta de cómo los famosos empiezan a parecerse entre sí...? Al menos, los que pasan por el quirófano. Tiene su explicación.

Es como te cuento: hay una fórmula para calcular el ideal de belleza, es la proporción áurea para que una cara sea «perfecta».

Se basa en las matemáticas y en la simetría. Cuanto

más simétrica sea una cara y más se acerque a la proporción ideal, más nos complace.

Pero solo hasta cierto punto. La auténtica simetría puede parecer artificial y antinatural. Resulta que a nuestro cerebro le gusta que haya alguna imperfección... siempre y cuando esta también sea placentera. Nos gustan las caras con «personalidad». Unas diminutas motitas doradas en unos ojos azules resultan bonitas, pero ¿una pupila velada? Joder, no. Cuando se topan con alguien con heterocromía (ojos de diferente color), las personas suelen preferir un ojo al otro. Los productores obligan a los actores a usar lentillas para corregir este problema tan poco atractivo y tan desconcertante. Pero a Bowie siempre le fue bien, joder. Vamos, que hasta escribieron papeles expresamente para él.

Seguro que ahora tienes curiosidad por tu cara, por saber si se acerca o no a la ratio ideal. Busca información, pero prepárate para llevarte una decepción.

Las matemáticas son frías. Sin puta alma.

Dicen que Audrey Hepburn la consiguió.

Pero los famosos, y cualquiera con las ganas y el dinero, pueden arrancarse sus supuestas imperfecciones para alcanzar ese frío número de la perfección. Los cambios suelen arrojar los mismos resultados, ya que se persigue la ratio ideal de belleza, aunque la gente no se dé cuenta de por qué le resulta atractiva. Una nariz más pequeña, unos labios más gruesos, unos pómulos más afilados. Por no hablar de todas las mejoras corporales disponibles en la actualidad.

Y no solo las mujeres se someten a los cambios.

Por un precio, guapos, podéis tener implantes de pectorales, reducción de pantorrillas y esculpido muscular para conseguir el resultado visual sin tener que perder un solo minuto poniendo un pie en el gimnasio. Además de querer lo mejor de lo mejor, también lo queremos ya, con el menor esfuerzo posible. Por eso las estafas con planes a corto plazo para hacerse rico siguen funcionando. Por eso las pastillas para adelgazar, con sus dudosos componentes, se consumen a mansalva... aunque los efectos secundarios incluyan la muerte en el peor de los casos y la diarrea galopante en el caso más humillante.

Claro que si acabas como un palo, esa espantosa reclusión durante unas cuantas semanas parece preferible a hacer dieta y ejercicio durante meses. Así que, una vez más, esta gente se corta, repasa y modela para convertirse en algo que termina siendo muy uniforme... aunque tampoco le sirva a su carrera profesional. Mira a Baby de *Dirty dancing*. Esa «imperfección» que hace que alguien sea accesible puede marcar la diferencia entre convertirse en la protagonista y ser la sensación pasajera del año pasado.

Pero me voy por las ramas...

La flagrante excepción a la regla (el refugio, si lo prefieres, frente al consumo de galletas idénticas) es un local de Starbucks, nada más y nada menos.

Nunca he visto a dos personas beber lo mismo en un Starbucks. Es otra de las marcas a las que nos aferramos como a un clavo ardiendo, pero una más personal.

Nuestras bebidas de preferencia.

Si prestas atención, la gente ni siquiera lo separa de su yo. Los camareros o sueltan un nombre o preguntan «¿Quién es el del café con leche de soja, ultracaliente, con extra de nata y caramelo?», y nosotros les seguimos el ritmo como ganado, como si fuéramos nuestra bebida preferida.

Pero somos lo que escogemos.

Incluso la taza es un indicativo del estatus. Tú no eres una de esas chaladas que se levanta temprano para prepararse su bebida. Tú estás por encima, demasiado ocupada para algo tan básico. Y el hecho de que vayas a Starbucks en vez de a otro establecimiento de una cadena menor dice mucho de ti. Aunque puedas permitirte un bolso de viaje de Louis Vuitton, una pulsera de Cartier y un elegante pañuelo de Hermès, esa pajita verde nunca se considera plebeya y molesta, ni siquiera para la élite. Es una declaración de moda, encaja a la perfección con tus complementos.

¿Qué bebes tú?

Da igual lo que beba yo. Lo único que necesitas saber es que la hermana de Inanna y yo pedimos lo mismo ese día.

Al echar la vista atrás, tal vez debería haberlo considerado una señal. Lo fue todo y al tiempo nada, envuelto en un lacito de caramelo.

Pero con ese detalle tan fortuito supe que era ella. Es mi norma: siempre dejo que el entrevistado elija el lugar de reunión para que se sienta cómodo y al mando, y en esta ocasión es cuestión de suerte.

A veces el universo es generoso con sus señales.

Aunque igual no sabes lo que la señal implica hasta después.

Está de pie, removiendo el café, y yo estoy a su lado, a la espera de que suelte el azúcar que tiene en la mano. Ambas miramos a nuestro alrededor, esperando que la otra llegue.

Cuando comprendemos quiénes somos, vamos hacia una mesa situada en el rincón más tranquilo de la cafetería y nos sentamos la una frente a la otra y nos observamos con detenimiento. Se me da bastante bien averiguar la edad de los demás a simple vista, pero esta mujer tiene esa juventud eterna que la sitúa entre los treinta y pocos y los cuarenta y algo. Viste de forma conservadora, pero con una elegancia sutil que me lleva a pensar que tiene dinero, pero que no le gusta alardear de él. ¿Tal vez ha recibido el pago de una prima de seguros por la muerte de Inanna? Eso lo explicaría. Pero si crees que han asesinado a tu hermana y tú te estás aprovechando de esa circunstancia, tal vez podrías pensar que el dinero está manchado de sangre… aunque te haga falta de verdad.

—Gracias por acceder a reunirte conmigo —digo.

Ella asiente con la cabeza y se sienta al tiempo que coge la tarjeta que le doy.

—He concedido un montón de entrevistas, pero tu mensaje me intrigó.

—Supongo que muchísima gente se habrá puesto en contacto contigo. Tu hermana era una figura muy provocadora. He visto algunas de sus piezas visuales.

—¿Y? —Endurece la mirada—. No es pornografía.

—No, por favor, no me malinterpretes. Tu hermana estaba desarrollando algo único y poderoso. Es imposible no reaccionar de manera visceral. —No detecto el parecido entre ellas, salvo por la constitución delgada. Pero al ver que Lola se echa hacia atrás en el asiento y empieza a jugar con su pelo mientras se acaricia una clavícula con gesto reflexivo, me recuerda a su hermana. Vi a Inanna hacer lo mismo en una entrevista mientras reflexionaba.

Es curioso todo lo que compartimos con la familia en cuanto a gestos. Mi madre y yo parpadeamos de la misma manera cuando algo nos emociona. Me he dado cuenta de que yo lo hago y la he visto a ella hacer lo mismo.

El gesto consigue que tenga la sensación de que nos acompaña una parte de Inanna. Tal vez de que incluso nos conecta.

—Entiendo por lo que estás pasando... aunque solo en cierta forma. En mi caso fue mi mejor amiga, no mi hermana, la que acabó enredada en algo que se la tragó por completo.

Me refiero a Anna, pero hablo con ambigüedad para convencer a Lola. Quiero que establezcamos una relación, pero, por sorprendente que parezca, me sienta bien hablar de Anna después de tanto tiempo. Hace que todo sea real, y ahora soy yo la que se echa hacia atrás en la silla y se ensimisma en los recuerdos.

¿Habría sido mucho peor si la que hubiera desaparecido durante meses para luego reaparecer muerta se tratase de mi hermana?

Por primera vez me abruma la preocupación por mi voluptuosa, alocada y libre amiga. Miro a Lola y ella asiente con la cabeza al detectar el miedo reflejado en mis ojos.

Estaba tan preocupada por Anna que intenté dar con ella... y acabé encontrando a Bob.

Somos lo que escogemos.

Yo soy negación.

«Eres incorruptible, irreducible. Entiendes.»

Las palabras de Bob me acarician la piel.

Negación, negación, negación.

El suspiro de Lola me saca de mi ensimismamiento.

—Me doy cuenta de que lo entiendes, pero todavía me cuesta confiar en alguien después de todo lo que ha pasado. La gente explotó a mi hermana mientras vivía y la cosa ha empeorado todavía más después de su muerte. La gente ha salido de las cloacas como si fueran cucarachas, diciendo que la conocían… que se la habían follado.

Doy un respingo al mismo tiempo que ella, pero es a causa de las palabras que Bob me dijo.

Por la verdad que siguen encerrando.

Trago saliva con dificultad.

—Es horrible.

Ella asiente con la cabeza y su mirada se suaviza.

—A lo mejor te parece que soy un poco obsesiva en lo que respecta a mi hermana y a su arte, pero era importante para ella. Y ahora que ya no está…

—Es lo único que te queda.

—Sí. Y detesto que se haya convertido en el símbolo de algo por lo que nunca luchó. Emociones baratas y prostitución. —Hace una mueca y bebe un sorbo de café.

Veo mi oportunidad.

—Lola, sé que esto no va a mejorar la situación, porque nada puede mejorarla, pero puedo ayudarte a contar su historia… la que ella deseaba contar. Publicarla en vez de la bazofia y el sensacionalismo que sacan ahora. Si me contestas unas preguntas acerca de Inanna, te prometo que te daré la visibilidad necesaria para poner las cosas en su sitio.

Lola se muerde el carrillo.

—Lo más importante es que quiero contar su historia. También es personal para mí, ¿entiendes? —le pregunto y ella asiente una vez con la cabeza, un gesto firme. Decido insistir—. ¿Qué es lo que quieres que la gente sepa de Inanna?

—Lo lista que era. No manipulaba a los demás, no usaba su inteligencia de forma ladina. Pero era capaz de hacerte sentir un sinfín de cosas al reducirlas a su expresión más básica, quitando las gilipolleces.

—Eliminando tus expectativas y tus ideas preconcebidas —añado, al recordar las manos en el cuerpo de Inanna, su afán por hacerte creer que las caricias más personales se ocuparían de los pechos o entre los muslos, pero la parte más erótica era la expectación, el ansia del espectador por presenciar su orgasmo, tan palpable como la de Inanna por sentirlo.

—Eso es.

—Estoy de tu lado si me lo permites. Pero las preguntas no serán fáciles y quiero dejártelo claro desde el principio. Quiero meterme en la cabeza de Inanna. Ver lo que veía, sentir lo que sentía. Mostrárselo a los lectores, quiero decir. Para hacerlo, tengo que conocerla mucho mejor.

Lola levanta una mano para interrumpirme y el alma se me cae a los pies, pero la dejo que hable.

—Tengo algo que tal vez te ayude con eso. —Se inclina hacia un lado y coge su bolso del suelo para ponérselo en el regazo con un gesto lánguido y elegante—. Pero tienes que prometerme que vas a protegerlo, que lo mantendrás a salvo.

Sea lo que sea, de repente lo deseo más que el aire que respiro.

—Tienes mi palabra.

Me mira fijamente el tiempo suficiente para incomodarme, pero no aparto la vista.

Debo de haber conseguido su aprobación, porque asiente con la cabeza de repente y saca un ajado libro rojo del bolso.

El diario de Inanna.

—Era su diario, Catherine. —Lo desliza por encima de la mesa hacia mí.

Me arden los dedos porque tengo ganas de cogerlo, pero en cambio los encojo por debajo de la mesa, donde no puede verlos, asustada por lo cerca que tengo las respuestas. Atemorizada por lo mucho que lo deseo.

—¿Seguro que te parece bien que lo lea?

—Creo que contarás la historia que hay que contar, con sensibilidad.

En eso tiene razón. Espero.

A lo mejor todo esto me queda demasiado cerca, como escribir sobre la persona en la que estuve a punto de convertirme.

En la que todavía puedo transformarme si...

—Sé que es un tema delicado, Lola, pero ¿por qué crees que tu hermana no se suicidó? Supongo que entiendes que tenga que preguntártelo.

—¿Eres creyente?

Esquivo la pregunta.

—Me bautizaron como católica.

Ella asiente con la cabeza.

—Catherine, con independencia de lo que hiciera, dijera o fuera, en el fondo mi hermana era una buena chica cristiana. Nunca se habría suicidado. Jamás. —Su voz transmite tal certeza que me cuesta mirarla a los ojos. Deja un juego de llaves encima del diario y anota algo en el reverso del recibo de su café—. Es la dirección de Inanna.

—Le da un golpecito al diario—. Te estoy dando acceso a lo que había en su cabeza. Así que supongo que también puedo abrirte las puertas del hogar donde escribió el diario. Es su vida. Sé que la tratarás con el respeto que se merece.

Asiento con la cabeza y salgo de la cafetería con el diario y las llaves.

6

Una buena chica cristiana.

¿Qué hace una buena chica cristiana? Lo mismo que una buena chica católica.

Mantener las piernas juntas. Y las manos limpias.

No tener pensamientos impuros.

Beber mucho vino en los momentos y situaciones adecuados, y parir el número de hijos proporcional a la cantidad de veces que el pene de su marido haya querido estar dentro de ella en la postura del misionero.

O...

Tal vez apretar los muslos mientras tiene pensamientos impuros con el joven y nuevo sacerdote, con el que imagina que se lo monta en el altar, después de que él le roce el clítoris con el rosario, como hacía yo. Y pensar en cosas mucho más imaginativas con el aceite consagrado.

Yo no entendía por qué no se nos permitía fantasear con él. Si Dios lo había hecho tan guapo, seguramente era para que disfrutáramos de su atractivo.

Mucho antes de tener mi primera experiencia sexual, mi mente estaba plagada de pensamientos impuros y anticipación. Era creativa con respecto a las formas de alcanzar placer, claro que no encontré la satisfacción con un compañero hasta que conocí a Jack. Mis fértiles fantasías seguramente fueron en gran parte las culpables de los desengaños que sufrí. Hasta que conocí a Jack, estaba preparada para la desilusión a menos que estuviera a solas con mi mano. Es triste comprender que las mujeres seguimos condicionadas a sentir y pensar así.

Pero eso era antes de que conociera a Jack y antes de que tuviera la oportunidad de sentirme decepcionada con un compañero de cama.

La Catherine católica, buena y virginal.

Me avergonzaba de mis pensamientos impuros con el cura mientras estaba en la iglesia, hasta que comprendí que el lugar rezumaba sexo.

Lo he dicho antes y lo reitero: si hay algo que no falta en el Gran Libro, es el sexo. Es imposible pasar una página sin que la gente se pregunte cuándo va a llegar Dios, cuándo va a llegar Jesús, cuándo va a llegar la salvación. No hay nada más trascendental que la emoción de un orgasmo.

Cuando llegas al orgasmo.

Tal vez Inanna no lo supiera. Tal vez no creyera en otra cosa salvo en su visión. Pero aunque ya no creyera en Dios, no era capaz de contemplar todavía la idea del suicidio.

El diario de Inanna es una tentación que me llama desde el asiento del copiloto. Cada vez que me detengo en un semáforo en rojo, alargo el brazo para acariciar la desgastada tapa de piel roja, un punto de referencia, para asegurarme de que sigue ahí y de que pronto conseguiré lo que llevo deseando días. Mucho más, para ser sincera.

Una necesidad insatisfecha que pronto saciaré.

Podré saberlo todo. Leer sus pensamientos y ver su mundo. Sin el filtro de las expectativas de la sociedad o del buen hacer. En nuestros diarios somos sinceros, al contrario que con nosotros mismos. Tal vez por eso los diarios pasaron de moda, o tal vez cambió el lenguaje de expresión. Los palos para selfies son nuestros nuevos bolígrafos, con los que capturamos nuestras vidas a través de fotos en vez de con palabras.

Ahora lo compartimos todo online para que las demás personas lo vean y lo supervisen, guardamos poco de nuestra intimidad, cuando en realidad deberíamos mostrarnos mucho más cuidadosos que nunca. Acoso cibernético, cibersexo... ¿Para qué escribir tus pensamientos cuando puedes grabarte y subirlo a la red para que se haga viral?

Convertirse en una estrella. No hace falta talento... solo hay que hacer algo escandaloso y la gente te prestará atención durante unos minutos.

Pero en aquel entonces, Inanna era una estrella de verdad y escribía las cosas. ¿Llevarían diarios otras estrellas? ¿Rezan ahora para que no salgan a la luz o están rogando para todo lo contrario, para relanzar una carrera deslustrada con un poco de controversia? La queridísima Anne Hathaway sabe muy bien lo invasivo que resulta que alguien lea unas palabras que no fueron escritas para sus ojos.

Pero también existen personas como Anaïs Nin, que escribió su diario para que otros lo leyeran y hasta incluso lo revisaron y lo editaron. Joder, algunos solo han leído el diario de Nin y han descartado las novelas que escribió sobre esos perfectos personajes falsos prefiriendo en cambio entretenerse con las personas reales que aparecen allí.

¿Editó sus palabras Inanna o dejó que la verdad hablara por sí misma?

Las buenas chicas católicas no deben mentir.

¿Qué tipo de mujer era Inanna?

¿Qué tipo de mujer soy yo?

La mayoría de la gente piensa en Catalina la Grande cuando oye mi nombre, pero no me lo pusieron por ella. Mis padres tenían querencia por los mártires y los santos católicos y me tocó el de Catalina de Alejandría. Catalina nació en una familia noble y descubrió el cristianismo a una edad temprana, tal como sucede en ese tipo de historias, a través de un sueño en el que María la casó con Jesús. En mi opinión solo fue un enamoramiento adolescente, pero en aquella época no había semidioses como One Direction o grupos de admiradoras llamadas Belieber con los que desgañitarse.

Fue muy abierta en lo referente a su conversión y convirtió con fervor a otros a la fe, empleando la lógica y la razón, hasta el punto de presentarse ante el emperador Majencio para exigirle que dejara de perseguir cristianos y que se convirtiera. Salió mejor parada de lo que imaginas... al menos en un primer momento.

En vez de matarla de inmediato, algo a lo que acostumbraban en aquel entonces, el emperador se negó, tal como se esperaba, y la encerró. Durante su cautiverio, hizo que multitud de filósofos paganos trataran de convertirla a su paganismo. Seguramente intentando utilizarla como ejemplo al recuperarla para su propio equipo.

Majencio subestimó el atractivo, la inteligencia y la persuasión de Catalina en lo referente a su fe, de manera que fue ella quien acabó convirtiendo a un vergonzoso número de los paganos que el emperador le envió. Este a su vez los mandó matar. En aquellos días, el control de la población no era un problema. Ya entendemos por qué.

El caso es que al final hasta la emperatriz se enteró de la existencia de esta chica y la visitó en su celda, intrigada por las cosas que le habían contado.

Sí, lo has adivinado. Catalina también convirtió a la emperatriz, y fue lo peor para su causa, mucho más que las demás conversiones.

Majencio ordenó que mataran a su mujer cuando esta trató de intervenir a favor de Catalina para salvarle la vida.

«¡Si no puedo rezar contigo, nadie lo hará!»

Majencio decidió entonces matar a Catalina torturándola en una rueda, pero su plan falló por el elemento sobrenatural. Al parecer, la pureza de Catalina destrozó la rueda como si fuera Hulk. Según distintas versiones, fue ella al tocarla, o un ángel, pero el caso es que el chisme para torturarla se rompió. Además, unos cuantos cientos de paganos encontraron también la muerte, un detalle que, para ser un milagro, parece contrario a las enseñanzas de Jesús. Catalina es una de los catorce santos auxiliadores y la gente le sigue rezando.

Pero ya fuera Catalina pura o no, al final acabó decapitada. Todavía se discute si existió de verdad o fue un personaje inventado para ayudar a rellenar la cuota de mártires vírgenes, si bien la propia Iglesia afirma que su historia es una leyenda, no un hecho. Sin embargo, aun siendo una leyenda, cumple las reglas que las mujeres deben seguir según el dogma religioso.

Las mujeres en la Iglesia católica solo tienen dos opciones: virgen o puta. María o María Magdalena. Dos caras de la misma moneda, incluso con el mismo nombre. ¿Lo hicieron a propósito para decirnos que en el fondo todo es igual?

La festividad de Catalina de Alejandría se eliminó del Calendario Romano General, pero ha vuelto a ser incluida recientemente. La Iglesia ortodoxa también la sigue venerando. Además, en pirotecnia existe un artefacto llamado girándula o rueda catalina. Porque ¿qué mejor manera de volver las tornas al martirio de una santa que creando una rueda de fuegos artificiales para entretener a las masas durante las festividades? Su tragedia pública se convierte así en entretenimiento para la gente que ni sabe quién fue ni conoce tampoco el nombre de esos bonitos fuegos artificiales que giran.

Bonitos, pero macabros, si se conoce la historia de Catalina.

Se dice que, cuando murió, los ángeles se llevaron sus restos al monte Sinaí, y que allí siguen todavía, en uno de los monasterios católicos más antiguos.

Evidentemente, no es cierto, ya que los ángeles son criaturas de leyenda.

La gente sigue debatiendo con fervor la veracidad de la existencia de Jesús; sin embargo, eso no ha mermado su relevancia. Lo más importante: ¿enseñanzas reales procedentes de una persona falsa que hacen que la gente se comporte mejor con sus semejantes o una mujer real, maltratada en grado extremo, que murió por el simple motivo de creer en algo distinto de lo del credo de aquel entonces?

Muchas personas han muerto a causa de su fe a lo largo de los siglos. Y la cristiandad también tiene mucha sangre en las manos. No creas que no estoy señalando con dedo acusador a esa máquina. La Iglesia no hace lo que hace movida por la bondad. Lo que importa son los números. Quién tiene más. Quién tiene más dinero. Quién es más poderoso.

Porque el poder siempre hace lo correcto.

Esos pensamientos atraviesan mi cabeza mientras conduzco de regreso a casa y no son sino una distracción para no pensar en el diario de Inanna, aunque fallen en su propósito.

Nada puede distraerme de ese cuaderno. Me imagino desnuda y menguando de tamaño hasta poder colarme en sus páginas y acurrucarme entre ellas con la tapa a medio cerrar para sentir en la piel la tinta y el papel a fin de absorber mejor las palabras, su significado, los lugares que tocaron sus dedos cuando las escribió.

No era más puta que yo, que al menos lo fui, la noche después de follarme a un extraño con una máscara, rodeada por un muro de carne. Cuando se trata de vivir experiencias, que es lo que buscaba Inanna, creo que los conceptos de «sucio» o «puro» no tienen cabida. Virgen o puta. María o María Magdalena.

Lo único que hizo que me sintiera sucia fue cuando encontré el dinero en mi bolso después, porque me provocó la sensación de que Bundy me había arrebatado una experiencia que yo quería para mí al convertirla en algo gratificante para otra persona, transformándome a mí en Séverine. *Belle de jour* por defecto. Me arrebató una experiencia transformadora y la abarató al añadir un determinante: el dinero.

El pago hizo que pareciera menos de lo que fue.

Así que no, no voy a pensar en Inanna como en una puta, no puedo hacerlo, no voy a denigrarla, sino a verla como a una persona embarcada en un viaje para conocerse a sí misma, aunque el medio que usara fuese su cuerpo.

Cuando llego a nuestro apartamento, estoy temblando y en un estado casi febril a causa del deseo de leer el diario, que aferro contra mi pecho mientras subo a toda prisa la escalera, como una drogadicta con un chute entre manos, con la esperanza de que Jack no haya llegado a casa temprano por casualidad, porque como no pueda zambullirme ahora mismo en la lectura, acabaré explotando.

No hay fechas. Solo líneas de tinta azul atravesando las páginas, guiándome letra a letra por un peregrinaje que yo misma estuve a punto de emprender hace cuatro años, pero que suprimí. Deseos que suprimí para poder salvar a mis seres queridos.

Me dejo caer en el sofá, me siento sobre las piernas y empiezo a leer.

> Me golpea como el puño gélido de una tormenta de nieve temprana. La piel sigue pensando en el sol, recordando su calor, y siente cada copo de nieve como si fuera una hoja afilada.
>
> Cuchilladas cuyo dolor se expande. Se expande hacia el interior y se transforma en placer.
>
> Me transformo.
>
> Sin embargo, sigo siendo la misma.
>
> La verdad no es una revelación. Pero sí lo son nuestras reacciones al conocerla. Nuestras reacciones conforman el mundo.
>
> Construimos el mundo tal como es a través de nues-

tras reacciones. Lo hacemos más de lo que es. Lo retorcemos para adecuarlo a nuestros propósitos y a las cosas que creemos necesitar para validar aquello que pensamos que no deberíamos sentir. O que no nos debería gustar.

Pero nos gusta.

Lo lamemos, lo lamemos, nos encanta, lo detestamos. Vivimos.

Algunas personas creen que debería sentirme asqueada por las cosas que he hecho y que he visto.

Y yo trato de explicarme ofreciéndoles más, enseñándoles más, creando más, siendo más.

Pero la mayoría no me escucha porque es incapaz de ver.

Algunas no desean ver, y le dan la espalda a propósito a todo lo que hay ahí fuera. Gritan que no lo entienden en vez de escuchar.

Pero yo digo que ellas son las repulsivas. ¿Qué es repulsivo? ¿Es que la revulsión no es otra cosa que las normas patriarcales de la sociedad que aferran aterradas por la posibilidad de que encontremos nuestra libertad llevando los grilletes que nosotras mismas hayamos elegido?

Quiero sentirlo todo.

Si eres valiente, la vida es fácil.

Yo soy fácil.

Quiero llegar más lejos de lo que jamás he soñado, flotar hasta los cielos a través de ese techo cuya existencia desconocía.

Ansío sorprenderme por la amplitud del espacio entre un límite y el lugar al que me dirija a continuación.

Quiero que me posean.

Lo que se da libremente no se puede robar. Es imposible.

Los regalos son regalos son regalos.

Poseer y tomar son regalos.

Cada respiración es un obsequio.

Cada obsequio tiene un precio. Lo que se aprende no se puede desaprender. Conocerse a sí misma es un camino de una sola dirección, porque mentirte a ti misma será lo más difícil que hayas hecho en la vida y se convertirá en un veneno que te consumirá desde dentro y se expandirá como el moho hasta invadir toda tu mente, como un tinte en el agua de una piscina. Húmeda. Oscura. Ineludible.

Consigues algo, pero pierdes algo.

Conocimiento por ignorancia.

Algo por nada.

Pero hay ciertas cosas que merecen ese intercambio.

El corazón me late desbocado en el pecho mientras leo las palabras de otra mujer que se sentía tal y como yo.

Como yo me siento.

En el fondo de mi mente, las cosas que intenté suprimir y olvidar se remueven y se liberan de las cadenas hasta expandirse por mis venas con un zumbido. Se expanden con cada latido de mi corazón. Llegan a la cabeza, al pecho, entre los muslos.

Necesito más.

Por un instante, acaricio las páginas y siento el relieve allí donde Inanna presionó más el bolígrafo al escribir ciertas palabras, movida por la pasión, la furia, la honestidad. Siento el vínculo que nos une a través del tiempo y del espacio. Me la imagino escribiendo, me la imagino sabiendo que algún día sería yo quien tendría su diario en mis manos.

Hay una foto de Inanna tumbada en un suelo de baldosas blancas, desnuda, con el pelo recogido en un moño despeinado del que caen mechones sobre la frente y las orejas. Se percibe el brillo del sudor en la frente y sobre el labio superior.

Yo también me pongo a sudar al ver el aparato que tiene entre los muslos. Parece un telescopio sujeto a una base muy amplia y sobre él, un consolador que está medio enterrado en su vagina.

Bajo la foto hay algo escrito:

> Quería ver qué se agotaba antes. La humana o la máquina.

Mis pulmones se colapsan.
Tengo la impresión de que he visto esa imagen antes.
No es algo que puedas encontrar en la red, no. No son como esas bestias mecánicas que se mueven y vibran, y que logran que las mujeres alcancen el éxtasis y el placer más absoluto. Esto no es igual, pero me tiemblan los dedos cuando busco en internet algo semejante, desesperada por encontrar más imágenes, un vídeo, algo más.

¿Cómo sería Inanna con una de esas máquinas?

Esto no parece porno del que se encuentra en internet, bien iluminado y montado. Busco palabras clave, para ver si doy quizá con una galería de fotos donde haya rastros del vídeo. Debo de tener la mente confusa, porque solo consigo encontrar mujeres vibrando y ondulándose como si fueran serpientes, algo que me asusta y me excita al mismo tiempo. Pero comparadas con Inanna, estas féminas parecen niñas jugando. Inanna irradia una presencia mucho más sensual, como si hubiera tenido tiempo para madurar y conocerse a fondo... y como si supiera bien todo lo que puede hacerte.

La diferencia entre una niña y una mujer.

Conocimiento. Experiencia. Sabiduría.

Fronteras y límites que se han expandido una y otra vez hasta que el borde de la posibilidad se une a ese contorno que jamás deberías cruzar. Aunque tal vez lo puedas pisar un poquito con el dedo gordo para convertirte en alguien mucho mayor de lo que jamás imaginabas.

Frustrada porque no encuentro información sobre el vídeo de Inanna, busco referencias sobre la máquina que está usando para saber cómo se mueve.

Me palpita el coño en respuesta a las lentas, o rápidas, embestidas de la máquina. En una ocasión vi un pozo de petróleo, y el movimiento lento e hipnótico de la torre de perforación se parecía mucho a esto. Estoy segura de que se oculta alguna metáfora en la imagen relacionada con el combustible fósil, pero la humedad de las bragas me distrae mucho. La naturaleza mecánica, incluso los movimientos del extremo del consolador unido a la máquina... Inanna dijo que quería ver quién se agotaba antes. ¿Cuánto tiempo sería capaz de funcionar un chisme semejante?

¿Horas? ¿Días?

¿Que te follen sin parar y te corras sin parar, horas y horas y horas?

¿Cuánto placer puede soportar una persona? ¿Acabó agotada y admitió la derrota o, al igual que Dorian Grey, rompió la máquina? ¿Le gritó alguien en ese caso «¿No te da vergüenza?»? No, jamás. Porque no se lo contó a nadie, quería que fuera un secreto. Tal vez fue un proyecto a medias en una serie relacionada con la resistencia y el placer.

Regreso al sofá y paso la siguiente página del diario, temerosa ante la posibilidad de que no revele nada.

> El aumento del placer se convierte en un refugio donde protegerme del orgasmo al cabo de un rato. El doloroso anhelo que te obliga a contraer los músculos, a contener el aliento y a enfadarte con Dios. El camino es resbaladizo y difícil de encontrar. Pero hoy es fácil. Si cierras los ojos, estás perdida. Si los abres, será tu muerte. Así que los párpados entornados y las pestañas se convierten en un filtro para el incesante vaivén. Sustento, veneno, oscuridad, rayos de luz.
>
> ¿Cuánto durará el placer sin otra persona, sin que la fatiga le ponga freno a la lujuria, al ansia de gozo? ¿Será eterno? ¿Acabaríamos follando hasta la muerte, pero con ganas de más, siempre más?
>
> ¿Cuánto puedo aguantar? ¿Hasta dónde llegaré? Lo mismo da siete que ocho. Doce que veinte. ¿Qué importa una hora más cuando has aguantado diecisiete?
>
> El orgasmo es tan demoledor como el asteroide que se acerca a la Tierra. Una forma placentera de morir.
>
> Después de diecisiete horas pierdo la cuenta de los orgasmos. Ya no me duele la parte baja de la espalda por retorcerme y frotarme contra el instrumento de mi tortura. Solo quería más. Mi nombre era Insaciable a esas alturas, la devoradora de mundos. Estábamos hechos para esto, para follar, para olvidarnos de nosotros mismos. De las cosas que creemos saber.

Abandónalo todo, arráncatelo de los huesos. Conviértete en el placer que buscar. Me doy asco. Me imagino una orgía romana, manos y bocas sobre mí. Imagino que llevo grilletes para no poder resistirme al placer. La mente debía luchar para sobreponerse a la materia.

Después de veinte horas, imaginaba que la máquina era capaz de sentir también y que quería más. Empecé a mover las caderas de forma que le gustara. Quería demostrarle que yo también podía mantener un ritmo firme, que podía adaptarme a sus movimientos en vez de quedarme allí tumbada como una decepción. Era una polla dura y gruesa, y tenía que aferrarla con firmeza. «¿Te gusta cuando me muevo para ti, cariño?» Empecé a decirle guarrerías, imaginando que podía conseguir que se corriera.

Después de veinticuatro horas se me olvidó cómo respirar y me tomé una pastilla de éxtasis para poder seguir. Si la máquina es artificial, yo puedo usar algo que sea fabricado por el hombre. Al fin y al cabo, esto no deja de ser un experimento.

Después de veintiséis horas, se me olvida lo que soy.

Después de veintiocho horas, vuelvo a nacer.

Después de treinta y una horas, descubro la verdad.

Vive detrás de nuestros párpados cuando nos abrimos lo suficiente como para ver.

Sabía que podía continuar durante más tiempo. Pero también sabía que la máquina necesitaba cumplir su propósito. La máquina tenía que ganarme, tenía que follarme hasta someterme. Pero yo también soy una máquina, una extraordinaria, y no pensaba rendirme.

Después de treinta y cinco horas, me quedo quieta, recibiendo en vez de entregarme o responder. Pasiva, como solo puede serlo una mujer, para ver lo que la máquina me daba.

Más de lo mismo. Más y más y más. Todo lo que podía soportar y luego más, pero me necesitaba para dirigir el proceso. Arriba, abajo, más adentro, en este ángulo, en aquel. Tenía que ayudarla para correrme como si fuera un amante con el talento, pero sin el conocimiento. El potencial sin la habilidad.

Me pasé las siguientes dos horas follando a conciencia. Me corrí tres veces más.

La máquina sufrió un calentón dos horas después. Mujer contra Máquina.

La mujer ganó. La mujer ganó y lo celebró con la voz ronca de tanto jadear, pero todavía podía hablar.

Y cuando llegué a casa, me corrí una vez y otra y otra más usando mis propias manos hasta que pensé que se me iban a romper los dedos, hasta que perdí el conocimiento, babeando y en trance, como una drogadicta. Dormí durante tres días seguidos y tuve unos sueños tan extraños que todavía los estoy asimilando, una semana después.

El placer es una droga que todos buscamos.

Embotellarla. Somos adictos. Venderla. Somos soñadores atrapados en pesadillas. Si nos dan algo mejor, lo compraremos hasta arruinarnos.

Follaremos hasta que no podamos más.

Yo lo hice, y quiero hacerlo otra vez.

Imaginarme la insaciable perfección de Inanna, tumbada en la cama después de haberse corrido en incontables ocasiones y, sin embargo, masturbándose con ferocidad, me parece demasiado.

Dejo el diario en el suelo e introduzco una mano por la cinturilla de los vaqueros, sin molestarme en desabrochármelos. Siento la humedad, aguardándome, esperándome para que la use, así que me mojo los dedos y la extiendo, sobre el clítoris, sobre mi piel.

¿Cuánto resistiría yo con la máquina que ella rompió? ¿Cuánto duraría?

Es como el día de la mansión con Freddie y Dickie (y el enmascarado, DeVille, aunque en aquel entonces no lo sabía), pero destierro ese pensamiento a medida que la memoria sensorial recorre mi cuerpo gracias a los recuerdos que el diario ha despertado.

«Una muralla de carne masculina me separa del resto de la sala, como resguardándome. Y me siento segura.

»Cuando algunos se van, otros ocupan inmediatamente su lugar. Y yo quiero justo eso. Cuantos más, mejor.

»Pierdo la cuenta de cuántos rostros enmascarados y pollas anónimas se me acercan, inclinando la cabeza a medida que avanzan, implorando atención. Cojo todo cuanto queda a mi alcance con todo lo que tengo, y una vez que lo pruebo me doy cuenta de que sigo con ganas de más. Cuanto más tengo, más hambre siento, y no parará hasta que yo quiera. Y no quiero.

»El sexo se pone cada vez mejor y mejor y mejor. Los orgasmos se vuelven más y más intensos, y justo cuando creo que ya he alcanzado el límite, llega otro que me lleva aún más alto y no quiero que esto pare, porque el placer es rabiosamente intenso.

»Es como si tuviera el cuerpo sacudido por la electricidad. No solo cada vez que me corro. Cada vez que me tocan. Como si me dispararan descargas con una pistola eléctrica, una y otra vez, y otra. Experimento un placer tan grande que lo percibo como dolor. La dopamina me inunda el cerebro, la adrenalina me fluye por el cuerpo y pierdo la noción del tiempo.

»Es como si estuviera follando sin parar durante veinticuatro horas. Y supongo que, si de veras quisiera, probablemente podría seguir otras veinticuatro. Mi cuerpo seguiría adelante siempre que mi cerebro recibiera estímulos. Y esa es la cuestión: la mente nunca se cansa de la actividad física, solo se distrae y se aburre. Es entonces cuando se instala la fatiga. Pero si consigues mantener la mente concentrada, es imposible saber hasta dónde puedes llegar.»

Muevo la mano más rápido.

¿Cómo se puede imaginar algo ilimitado? El deseo carece de fronteras. Si las tuviera, seríamos capaces de alcanzar nuestros deseos y estaríamos satisfechos, pero es algo imposible que jamás conseguiremos.

El placer me recorre las piernas. Estoy a punto de llegar al orgasmo.

«Yo también lo he experimentado, Inanna.»

Yo también lo he experimentado, pero con personas en vez de con una máquina, con una muralla de carne masculina, de manos, de bocas y de pollas. Las mías eran de carne, pero sé lo que se siente cuando puedes seguir eternamente, correrte sin parar, aunque jamás me he desafiado a mí misma como ella. Los cuerpos se cansan, las pollas eyaculan y las erecciones desaparecen, con lo que salen de tu cuerpo y abandonan el ritmo. ¿Qué se sentiría con una máquina que mantenga un ritmo estable y firme, que no se preocupara de tus deseos, que solo te diera, te diera, te diera?

Aminoro la cadencia, cierro los ojos e imagino que es el consolador el que me penetra, me imagino a Inanna mirándome con esos ojos oscuros y profundos, instándome a seguir, a disfrutar de cada caricia. Me meto los dedos tanto como puedo sin perder el ritmo de la máquina que imagino en mi cabeza. El compás frío y perfecto de una máquina creada para el placer.

Me muerdo el labio y gimo... estoy a punto.

Pero la máquina no lo sabe y sigue castigándome el coño con sus deliciosas caricias.

—¿Cath?

La voz de Jack se introduce en mis pensamientos y el sobresalto me aleja del orgasmo. Abro los ojos y lo descubro a mis pies, mirándome asombrado. Separo los labios para hablar.

7

Se me echa encima y me inmoviliza sobre el sofá antes incluso de poder sacarme la mano de los pantalones y de darme cuenta de lo que pretende. Me besa con ferocidad y pasión, sin darme opción siquiera a decir una sola palabra.

Su lengua acaricia la mía y explora el interior de mi boca para tomar lo que quiere de mí.

De no haber estado empapada de antemano, eso me habría mojado.

Jack. Jack el agresivo, el alfa, tomando lo que quiere.

Me mete una mano por debajo de la camisa, por encima del abdomen. Me araña la piel mientras sube en dirección a los pechos, y jadeo sin separarme de sus labios. Tengo la mano derecha atrapada bajo su peso, que presiona sobre mí, de manera que uso la izquierda para abrirle la camisa y poder llegar a sus sensibles pezones, que pellizco hasta que lo oigo gemir también. La vibración del sonido en mis labios es como una canción cuyo propósito es ser devorada.

Poco a poco empieza a mover las caderas, presionando el dorso de mi mano con su polla dura y me desquicia no poder sacarme los dedos del coño y acariciársela con fuerza usando mi propia lubricación. Sin embargo, al mismo tiempo también deseo meterme los dedos más profundamente. Y él sabe lo que quiero, pero tiene el control, me domina con su peso y con mi deseo, que me debilita. Tengo la boca hecha agua por el anhelo de saborear su semen.

Usa las caderas para moverme la mano y, joder, es muy erótico que me obligue a follarme a mí misma. Me estremezco y pronuncio su nombre.

—¿Y si no hubiera venido solo? —me pregunta.

Con la mano libre, le tiro de los pantalones y de los calzoncillos, y se mueve lo justo para que pueda bajárselos por el culo y liberar su polla, que ya está más que preparada para mí, con la punta reluciente por la lubricación. Me saco los dedos del coño empapado y se la agarro antes de que pueda detenerme.

—¿Si no hubieras venido solo? ¿A quién habrías traído? —Lo miro a los ojos mientras se la acaricio con los dedos mojados, y gime.

—A alguien de la oficina, quizá. A alguna chica nueva. Impresionable.

Se la aprieto un poco más.

—¿Ah, sí? A lo mejor solo finge ser impresionable porque le gusta. No creía que a ti te fuera ese rollo.

—¿Qué rollo? —me pregunta entre jadeos.

Me lo imagino entrando en casa con Inanna y me duelen los pezones.

—El de espiar cómo me corro mientras me masturbo. O cómo me corro mientras tú me follas. O a lo mejor follamos entre nosotras y tú nos miras. —Me muerdo el labio y sonrío al darme cuenta de que contiene la respiración.

—¿Eso es lo que quieres?

—Lo que quiero es esta polla.

—¿Dónde la quieres? —Me da un chupetón justo debajo de una oreja al tiempo que frota las caderas contra las mías, y aquello hace que desee tener más de un coño para que Jack les dé placer a todos.

—Quiero quedarme aquí tumbada mientras me follas la boca —contesto, y me echo hacia atrás.

Me baja los vaqueros hasta quitármelos, junto con las bragas, y después se pone a cuatro patas y camina por el sofá hasta que sus testículos están a la altura de mi barbilla. Se la lamo de abajo arriba, dejando el rastro húmedo de la saliva. Él se aleja y me pone la punta de la polla en los labios, mojándomelos con su regusto salado, y me los lamo en cuanto se aparta.

Pero no paro de pensar en lo que podría haber pasado si Jack hubiera vuelto a casa acompañado con un amigo, con un desconocido, con alguien a quien yo no conozco todavía. Con alguien atrevido, porque lo más probable es que dicha persona fuera un hombre. Dios, la idea de que Jack me ordene ponerme de rodillas para hacerle una mamada a su amigo casi me arranca un gemido.

Se la acaricio con la mano de arriba abajo y me detengo casi en la base al tiempo que me la llevo a la boca y muevo la cabeza sobre el reposabrazos para que el ángulo sea mejor.

Las manos de Jack temblarían cuando se desabrochara los pantalones y se tocara la polla para masturbarse mientras me observara chupándosela a su amigo, dándole placer a otro hombre.

Recorro delicadamente el pequeño orificio con la lengua, sin apenas tocarlo, pero siento el respingo que dan sus caderas. Solo han pasado unos días desde la última vez que follamos, pero parece que fue hace siglos. Jamás me canso de Jack. Tengo los pezones duros y doloridos por el deseo. Me humedezco los labios con la lengua y me la meto en la boca, primero la punta y después entera, hasta la base, y empiezo a moverme con rapidez, sacándomela y metiéndomela mientras lo miro a los ojos, velados por el deseo. Él adelanta las caderas para metérmela más, frotándose contra mi lengua. Y después se retira.

A lo mejor me obligaría a incorporarme sin que dejara de chupársela a su amigo, y me la metería por detrás, haciendo que con cada una de sus embestidas sintiera más adentro la polla del desconocido.

La idea me gusta.

—¿Te gusta que te la meta en la boca así? —me pregunta mientras se la acaricio con la lengua y le paso los dedos por los testículos, concentrándome primero en uno y luego en el otro.

Coloco la lengua en la base y voy subiendo hasta la punta como si estuviera comiéndome un helado. Después, le lamo bien la punta y me la meto de nuevo en la boca.

—Mmm —murmuro a modo de respuesta afirmativa, a sabiendas de que la vibración aumentará su placer.

Jack gime.

Quiero sentir cómo se me acelera el corazón por la sorpresa cuando él me someta, cuando me la meta tan adentro en la boca que no pueda respirar. Hoy no quiero darle placer sin más.

Quiero que él me domine para obtenerlo.

Abro más la boca y me meto su miembro despacio, acariciando la parte inferior con la lengua a medida que pasa a través de mis labios. Me mojo un poco más.

Me la meto más adentro y después me aparto. Repito el movimiento y me separo al sentir que mueve las caderas con impaciencia, como si quisiera más. Me agarra el pelo con las dos manos.

Me ahogo un poco, pero sonrío cuando noto la punta de su polla en la garganta.

Lo miro a los ojos y le transmito complicidad con ellos para que sepa que me gusta, y sigo aceptándolo en la boca, encantada de sentirlo tan adentro.

Quiero más.

En ese momento me agarra la cabeza con más fuerza, cosa que me provoca un dolor repentino en el cuero cabelludo; me inmoviliza y empieza a follarme la boca.

Quiero que se corra y que su semen caliente me llene la boca a borbotones, pero también quiero que me la meta en el coño. Quiero tenerlo dentro cuando se corra para poder sentir cómo su semen me resbala después por los muslos hasta secarse en ellos.

Me acaricia la cara con las manos mientras sale de mi boca. Asiento con la cabeza al tiempo que me abro de piernas y él retrocede hacia mis pies para acomodarse entre mis muslos.

Lo miro mientras se coge la polla, tan perfecta, y la guía hacia mi coño para meterme la punta y sacarla unas cuantas veces a fin de lubricarse, hasta que mi flujo la deja resbaladiza.

A estas alturas me retuerzo por el deseo, estoy desesperada por que me la meta hasta el fondo y me llene como mis dedos jamás podrán hacerlo.

Me mete la punta y sonríe, consciente de lo mucho que me está torturando, pero haciéndolo de todos modos. Dios, cómo quiero a este hombre. Me acaricia la entrada de la vagina con un dedo, mojándoselo primero con mi flujo, y después lo dirige hasta el clítoris, que está hinchado por el deseo. Empieza a acariciarlo con suavidad y rapidez, torturándome más y retirándose cuando levanto las caderas para frotarme contra su mano.

—Jack, por favor —imploro, y las palabras son apenas un gemido estrangulado.

—¿Sabes lo erótico que ha sido entrar y verte así en el sofá? —Sonríe y me penetra despacio. Su polla me llena de una forma deliciosa mientras sus dedos me acarician el clítoris.

Meneo la cabeza.

—Cuéntamelo —jadeo. «Muévete, fóllame, haz lo que quieras conmigo.»

—Te he observado un rato. No sabías que yo estaba aquí —me dice y me tortura metiéndomela un poquito más—. Si hubiera venido acompañado, mi amiga te habría visto acariciándote este coño tan bonito. —Que esté hablando así me sorprende. Ha mejorado, pero esto es un nuevo nivel. Si algo lo vuelve loco, es pensar en verme con otra persona—. Te habría encontrado en tu momento más sensual y se habría unido a la fiesta conmigo. Ahora mismo estaríamos los tres desnudos y follando, no solo nosotros dos.

Apenas dice eso, todo mi cuerpo se estremece de placer. Me la mete hasta el fondo, abriéndose paso por mi vagina hasta llenarla por completo, y se queda quieto para que yo disfrute de la sensación de plenitud, pero sin dejar de acariciarme el clítoris con los dedos mojados.

Siento el orgasmo cada vez más cerca, la tensión crece en mi interior. Jack cambia el peso del cuerpo y noto cómo su polla se mueve dentro de mí. Joder, voy a correrme ya, y se lo digo.

—Quiero ver cómo te corres con mi polla dentro —me dice mientras me mira a los ojos.

Asiento con la cabeza y me humedezco el labio superior, y enseguida noto el regusto salado del sudor que se ha ido acumulando y también el sabor de Jack, que todavía perdura en mis labios.

Voy a correrme.

—Lo sé —me dice y comprendo que debo de haberlo dicho en voz alta, pero a esas alturas ya siento las oleadas.

Jack.

Me corro, Jack.

Es increíble.

Me estremezco, mis caderas se levantan y Jack aprieta los dientes y gime mientras mi coño lo aprisiona y se cierra alrededor de su polla. Siento que me tiemblan las piernas por el placer, pero todavía no hemos acabado.

Jack sigue bien duro dentro de mí y empieza a moverse con rapidez. Cada embestida me proporciona un placer más intenso que la estimulación clitoriana.

Pero la idea de que Jack me la esté metiendo hasta el fondo es casi tan buena como el orgasmo en sí, de manera que bajo la mirada para ver cómo me la mete y me la saca, empapada con mi flujo vaginal, que a estas alturas me moja los muslos y también sus testículos.

Me encantaría ahogarme en nuestros flujos, sentir cómo nos cubren como si fueran aceite de masaje mientras nuestros cuerpos se deslizan uno contra otro, porque hacer el amor no solo implica las zonas obvias, sino también el resto del cuerpo. Cubrirnos con nuestros líquidos. Arte moderno. Joder, vaya arte.

Le agarro el culo y levanto las caderas, porque quiero que se corra hasta perder el sentido para que, cuando lo recupere, yo sea lo primero que vean sus ojos.

Suelta un gemido tan ronco y masculino que siento otro orgasmo a punto de estremecerme desde lo más hondo mientras él sigue follándome sin parar. El placer se adueña de mi cuerpo y lo separa de mi mente, y grito su nombre al tiempo que me estremezco alrededor de su polla.

Al cabo de un instante siento que se corre en mi interior, que su semen me llena. Su aliento me quema el cuello cuando me abraza con ternura, un gesto con el que me conquista más que con cualquier otra cosa.

Estoy acurrucada junto a Jack en la cama, oyendo su pausada respiración, pero no puedo dormir. No dejo de pensar en el diario, pero ahora mismo no quiero sumergirme entre sus páginas. Parte de mí quiere demostrar que todavía no estoy obsesionada con Inanna, que puedo olvidarme de la lectura durante un rato, de manera que abandono los brazos de Jack y voy al salón para mirar una película.

La aventura. Llevo pensando en ella unos días y ya no puedo posponerla más.

Durante unos minutos me dejo llevar por la imagen de la costa, del mar, de las rocas. Todo parece más peligroso, pero también más bonito. Mi preferida es Claudia. Monica Vitti siempre me ha gustado, y no puedo no desearle un final feliz, aunque ese tipo de final no está garantizado en las películas serias que son un reflejo de la vida.

Las cosas rara vez acaban bien.

Sandro le dice a Anna que las palabras crean malentendidos y le pregunta si no tiene bastante con los actos.

Supongo que en aquella época los cinco lenguajes del amor no eran muy conocidos.

Y Sandro tiene razón. Hoy en día las parejas siguen utilizando etiquetas para poner límites de forma caprichosa al amor y a las relaciones sentimentales. ¿Es natural la monogamia?

No.

También formamos parte de la naturaleza, y va en contra de nuestro mecanismo biológico, y también fisiológico, sobre todo en lo referente a la reproducción. Los hombres están programados para esparcir su semen a lo largo y a lo ancho con el fin de inseminar al mayor número de mujeres y así asegurarse de que sus genes sobreviven. Las mujeres estamos programadas para buscar una pareja que sea más grande y fuerte que los demás, de ahí que muchas se vean atraídas por el chico malo o el gilipollas del grupo. Se trata de una reminiscencia de la época prehistórica, cuando los más fuertes eran los que pensábamos que podían protegernos mejor a nosotras y a nuestra futura progenie de los peligros reales a los que nos enfrentábamos.

La monogamia social es real, pero con frecuencia los niños de esas supuestas parejas monógamas no siempre son fruto de los dos miembros de la pareja.

Las damas buscaron otros pastos.

Vivimos en un mundo artificial. Si nos alejamos de todo aquello que no es natural (viajar por el aire, el maquillaje, las fibras sintéticas, el queso en aerosol), nuestras vidas se asemejarían a las de los pueblos que muelen grano y viven en yurtas en el Tíbet.

La monogamia puede funcionar, pero es una opción entre otras. Por nuestro bien y el de nuestra pareja, debemos definir lo que queremos de la relación y después respetar dichas definiciones.

Sin embargo, Claudia y Sandro se muestran la mar de dispuestos a estar juntos en cuanto Anna desaparece de la imagen.

Claro que no se va precisamente. ¿O sí? Tal como está escrito el guion, no lo sabemos. Anna huyó o la secuestraron. Está viva o muerta. Pero eso no es lo importante. El objetivo de la película no es que nos preocupemos por Anna... debemos preocuparnos por Claudia.

Es más una especie de recurso a lo Hitchcock que nos obligan a creer, y tan pronto aceptemos esa idea, sucederá algo malo. Me convierto en defensora de las verdades de otras personas, pero ¿es cierto que las estoy protegiendo o más bien lo hago por interés propio? Todo lo que hago me acerca más a Anna. Si hubiera continuado mi búsqueda, me habría arruinado y habría sacado a la luz las preferencias privadas de otras personas. Muchos elegimos el interés personal por encima del desinterés.

Quito la película porque me siento sucia a causa de mi pasado, y vuelvo a coger el diario de Inanna.

Otra mujer que ardió como un meteorito. Jamás estuvo destinada a ser vulgar o a encajar en la sociedad como un robot que trabaja de nueve a cinco. Soy incapaz de aceptar que la mujer de las páginas del diario se suicidara, pero a lo mejor se debe a que me recuerda a mí misma. La similitud entre los deseos de Inanna y los míos me provoca un sobresalto.

Necesito meterme un poco más en la cabeza de esa mujer. La mejor manera de conocerla es ser ella. Y al hacerlo tal vez pueda conocerme a mí misma de una forma más segura, más aceptable.

En el diario encuentro un párrafo subrayado varias veces:

> Debo explicárselo. Si me quiere, lo entenderá. En el amor, todo es posible. Le explicaré que es mía por voluntad, y no por la detestable ridiculez del sexo.

Busco aquellas palabras en internet y descubro que pertenecen a un libro, *Fantazius Mallare: A mysterious oath*. El título me recuerda un poco al *Malleus Maleficarum*, un tratado de brujería, pero retomo de nuevo la cita y la leo dos veces en voz alta.

¿En el amor todo es posible? ¿Si alguien te quiere lo suficiente, te entiende de verdad? ¿Y si las cosas que quieres en realidad le resultan incómodas o incomprensibles?

Inanna tenía seguidores. Sin embargo, muchos de ellos la abandonaron (al igual que hicieron muchos amigos) cuando descubrieron cuál era su nueva misión en la vida. ¿Eso es amistad, amor? El amor es paciente, el amor es bueno. El amor no te critica cuando te embarcas públicamente en un peregrinaje por el BDSM y la expresión sexual, y lo documentas a continuación. ¿Estaba tan establecida su imagen como musa, como icono de las firmas de moda, que no querían perder el poder que ella representaba y concedía?

Estamos tan dispuestos a crucificarnos los unos a los otros, que cualquiera diría que vivimos en un mundo de hace dos mil años.

Taylor Swift, o T Swizzle para sus fans, dejó el country por el pop, seguramente para que el álbum recaudara más dinero, y algunos empezaron a acusarla de haberse vendido. Creo que a lo mejor se cansó de quedarse dentro del antiguo molde de lentejuelas del country. Pero a veces evolucionar tal como pretendemos, en vez de hacerlo como quieren los demás, parece un crimen.

El recuerdo de la cara espantada de Jack sobrevuela mi cabeza, una imagen que he reprimido. No me entendió cuando le dije que quería ir más allá. Que anhelaba que se desmelenara conmigo.

Que me hiciera daño.

Le excita pensar en un trío conmigo y con otra persona, pero cuando se trata de los dos a solas se contiene, por más que yo insista en que no lo haga. En realidad, es imposible que hagamos un trío con alguien. Sobre todo con otro hombre. Él es demasiado conservador y normal... en su caso.

Yo soy como Inanna, aunque sin su peregrinaje. O más bien di un primer paso en el camino y después traté de echarme atrás y fingí que nunca lo había pisado. Hice ver que, en el fondo, no me había cambiado. Pero no se puede desaprender lo aprendido. De manera que, aunque vivo con Jack y parezco feliz con la tranquilidad cotidiana de nuestras vidas, todavía siento algo que se retuerce en mi interior: preguntas sin respuesta que me obsesionan, el doloroso deseo de ampliar mi experiencia sexual y mis anhelos.

El simple hecho de admitirlo ante mí misma es como si

me hubieran extirpado un forúnculo infectado, y solo de esa forma se hubiera aliviado parte de la presión. Estoy dividida entre dos versiones de mí, la que soy y la que podría ser. Adoro a Jack, ansío la seguridad y la estabilidad que me ofrece nuestra relación y he intentado reprimir a conciencia mis deseos sexuales a fin de no estropear nuestra relación y de disfrutar de cierta normalidad. Por Dios, la cara que puso cuando le dije que me pegara... Jamás volveré a sugerirle algo parecido.

No puedo arriesgarme a que me malinterprete, a que recule otra vez. Percibo su amor con sus palabras y sus caricias, pero quiero que me toquen y me deseen como Sandro cuando mira a Claudia.

Aunque al mismo tiempo, sigo teniendo los sueños sexuales recurrentes y febriles de siempre. Esa parte de mí que no puedo negar.

Ya no se trata del mismo sueño de antes. Ahora se ha trasladado a algún momento del futuro, a un lugar en mi interior que no reconozco, a unos escenarios sexuales que son más intensos e impactantes... y eso me asusta, la verdad sea dicha.

Sueño que estoy allí otra vez y las cosas cobran un sentido lúgubre. Aunque estés arrodillada delante de alguien con el poder de destruir vidas, negocios o un país sin arrepentirse siquiera, te das cuenta de lo perfecto del momento cuando lo que le haces con la boca consigue que se le olvide respirar. Tu lengua paraliza la suya.

Estoy hablando de poder. De poder real.

Hace cuatro años, si me hubieran dicho que iba a masturbarme en público, me habría escandalizado como cualquier otra mojigata.

Pero a diferencia de las mojigatas, yo tengo un interés que me quema por dentro y que hace que me ruborice por motivos muy distintos. Me habría mojado solo con imaginar que pudiera hacer algo tan atrevido. Tan libre. No se trataba de que me avergonzaran mis deseos, ni siquiera en aquel entonces. Más bien pensaba que lo correcto era sentirme incómoda, y ese hecho me llevaba a creerme un poco tocada porque sabía que corría el riesgo de acabar cayendo en la desgracia.

Me he mojado en público muchas veces, ese deseo frío que me empapaba las bragas después de que Jack se hubiera despedido de mí con un beso antes de irse a hacer sus cosas. O aquellas ocasiones, todavía mejores, en las que salía a la calle después de haber follado y notaba cómo su semen se deslizaba en mi coño para mojarme las bragas.

Pero los pensamientos indecentes que me corren por las venas siempre han provocado que mi conciencia me eche la bronca.

No debería ir al supermercado sin haberme cambiado de ropa.

No debería gustarme sentir las bragas mojadas.

No debería sonreírles a los hombres que me miran con deseo.

No debería imaginar lo fácil que sería que un desconocido se acercara a mí por detrás, me levantara la falda y me la metiera aprovechando esa humedad de la que él no es responsable y me follara encima de las chuletas de cerdo, a la vista de todos.

Un desconocido usando el semen de Jack como lubricante para follarme en público.

En mis sueños me libro de muchos de esos «no debería», como si fuera una serpiente que se frota contra una piedra para quitarse esa piel demasiado estrecha de encima y lucir una nueva y resplandeciente. Más tersa, más ligera, más lustrosa.

Más feliz.

Hacer el amor no provoca esa sensación. Follar, sí. Cualquiera que te diga que el sexo es algo puramente físico seguro que lo está haciendo mal.

En la vida real, no puedo evitar pensar que estoy un poco... deslustrada. En este momento, sentada en el sofá, mientras recuerdo cómo me sentía cuando me abrumaban las posibilidades, me estremezco con un pecaminoso delirio y aprieto los muslos cada vez más de manera que los músculos frotan el clítoris.

Mira, mamá, sin manos.

Hoy en día todo el mundo está tenso, como un nudo gordiano, y todos lo hacen para protegerse o para convencerse de que son más complicados de lo que son en realidad. En el fondo no se puede ser más simple. A fin de cuentas, todos queremos lo mismo: más.

A lo mejor yo puedo conseguirlo sin poner en peligro lo que Jack y yo hemos construido, lo que nos estamos trabajando.

Pero Jack se va durante una semana con DeVille, lo que significa que cuento con siete días para sumergirme en la vida de Inanna e intentar aproximarme a lo que ella sintió. Me sumergiré antes de desembarazarme del interés que me provoca, como si fuera un perro sacudiéndome el agua del pelaje.

Después, lo abandonaré.

8

Nevada.

Cuando la mayoría de la gente piensa en Nevada, se le ocurren varias cosas. Sin City, la ciudad del pecado, reluciendo en mitad del desierto como un tumor fulgurante, maligno y hambriento, deseando quedarse con todo lo que posees. Y sí, tiene hambre, pero es como una cucaracha que va a sobrevivirnos a todos por su resistencia innata, porque nada debería ser capaz de subsistir en un entorno tan inhóspito. Si el agua se acabara de verdad, ¿cuánto tiempo duraría?

Sin embargo, el espectáculo continúa incluso después de que hayan pasado décadas desde su máximo esplendor, con la salvedad de que ahora lleva una capa de autobronceador y unos kilos de más han cambiado la silueta de su mono de lentejuelas convirtiéndolo en algo por lo que las chicas ya no gritan, pero por lo que la gente está dispuesta a pagar para deleitarse.

Algunas ciudades de Estados Unidos están diseñadas con la finalidad de atrapar a la mayor cantidad de turistas posible, sin vergüenza, con absoluto descaro y suma eficacia. Pero algunas se ocupan mejor que otras de sus víctimas, ya que reconocen que la simbiosis es necesaria para sobrevivir, de modo que protegen su modo de vida. Solo he estado en Las Vegas en una ocasión… y con eso me bastó. Asistí a unos cuantos conciertos, perdí algo de dinero y follé con Jack en un hotel muy lujoso con ventanas que no se abrían.

El sitio entero parecía estar famélico. Cuando paseas por el Strip, tienes que esquivar a los relaciones públicas que intentan arrastrarte a su garito y te dan un montón de folletos que no quieres. Aunque te esfuerces por no parecer un turista, el lugar está diseñado para ser abrumador, para bombardear los sentidos de modo que compres lo que ellos pretenden venderte. Las rutilantes mentiras están ahí para entretenerte y ocultar la cruda realidad: las lentejuelas ocultan las imperfecciones de una stripper pasada de años que se tapa las estrías con una capa extra de purpurina.

Lo mejor es no establecer contacto visual.

Pero incluso cenar fuera era descabellado si no ibas a restaurantes caros de cinco estrellas. Los bufets eran los reyes en la ciudad para paliar el coste de todo lo demás. ¿Quién coño se va a comer todo eso? Sin embargo, estoy segura de que la gente se trasladaría directamente a las mesas de un bufet libre para comer hasta reventar en un intento por compensar lo que acababan de perder en las mesas de dados.

El equilibrio no funciona de esa manera. Algunas pérdidas no pueden compensarse con salchichas gratis en el desayuno, pero la gente va a morir en el intento.

No tardó mucho en revolverme el estómago.

Atravieso la ciudad en este momento mientras intento

verle la belleza, y las luces son bonitas, pero me recuerdan a los depredadores que acechan en las profundidades del mar y que usan su bioluminiscencia para atraer a sus presas. La presa ve un espectáculo, pero el depredador consigue una cena gratis. Es la maldad en su estado más hermoso. La naturaleza en su salvajismo más impresionante. Innovador.

Inanna se mudó a este sitio un año y medio antes de morir, y si bien vivió con el prestigio de una corista, no me la imagino disfrutando mucho tiempo de ese modo. Perseguía la verdad y los límites, y no creo que hubiera sido capaz de pasar de la podredumbre existente debajo del elegante maquillaje.

La oportunidad de paladear la depravación seguramente fue lo que atrajo a Inanna a este lugar. En sitios así puedes hacer muchas más cosas porque se espera que las lleves a cabo. Los lugareños se disfrazan de leyendas y mitos, se visten con ostentación, con lujo y descaro, para los turistas… Los que intentan como mínimo metértela doblada.

Los que pretenden ganar dinero no son los únicos que hacen posible el salvajismo. Gracias al turismo y a la cantidad de personas que se muda a este sitio para hacerse un hueco en el mundo del espectáculo, se produce una rotación de la población alucinante. En otras ciudades pasa lo mismo. Los Ángeles, Nueva York, Nueva Orleans también cuentan con este trasiego que hace que todo parezca nuevo… y temporal a la vez, como si las cosas no fueran a durar.

Es algo bueno o malo según lo mires. Las Vegas tiene poca memoria y te permite ser todo lo friki que quieras de una manera que sería imposible en otra ciudad. Puede acogerte y comerse hasta la médula de tus huesos, dejándote envejecido y desilusionado antes de tiempo. Las ciudades así no recuerdan tu nombre, pero se acordarán de tu tipo: ha sido, nunca fue, modelo/actriz, puta/camarera. Tu sabor es el mismo que el de las cosas bonitas que devoró ayer.

Sin embargo, en Nevada acecha algo peor que sus artistas obsoletos y sus abrumadores relaciones públicas. Algo más despiadado que la propia ciudad, algo que te jode sin recordar tu nombre. Algo de lo que nadie habla.

El amianto.

Usado en otro tiempo para insonorizar e impermeabilizar, entre otras cosas, lo abandonamos y lo prohibimos cuando nos dimos cuenta de que mataba a la gente que lo respiraba. Pero, entendámonos... despacio. Sea como sea, es peligrosísimo.

¿Qué tiene esto que ver con Nevada? Pues da la casualidad que toda la zona está contaminada de amianto natural, que flota en el aire como un maligno diente de león.

No es un secreto: los científicos llevan años intentando concienciar a la sociedad, al gobierno, aunque este se resiste con uñas y dientes.

El turismo es su salsa. ¿Cuántas personas seguirían viniendo todos los días si supieran que están respirando fibras que pueden irritar sus pulmones y hacer que se forme un mesotelioma dentro de diez o veinte años? No mataría la industria turística (sí, he usado la palabra a conciencia), pero le haría pupa.

Tal como está la economía, cualquier noticia que pueda dañar los ingresos se minimiza al máximo. El gobierno siempre se sale con la suya y pasa del tema gracias al manido «Hacen falta más pruebas», qué básicamente es la versión de la industria del entretenimiento del «Te mandé el cheque por correo».

A lo mejor es más fácil olvidarse del asunto porque sucede de manera natural en vez de venir provocado por una empresa malvada que jode la vida de los demás. No puedes demandar a la Tierra, aunque el planeta esté intentando matarnos a todas horas.

Terremotos, riadas, incendios, maremotos, volcanes. No ganamos para sustos en nuestro querido planeta Tierra.

Pero aquí estoy, deslizándome por una carretera con las ventanillas bajadas, respirando la brisa de la tarde. El conocimiento es poder, pero volverse paranoico con cosas que podrían matarnos es una ridiculez. Estamos muriendo desde la primera bocanada de aire que tomamos cuando el médico nos da un cachete en el culo. Subo el volumen de la radio y canto desafinada al ritmo de la música, con una extraña sensación de optimismo, como si hubiera cruzado la frontera a otra vida.

Y en cierta forma lo he hecho.

Según con lo que he dado en internet, cuando Inanna llegó a Las Vegas, se mudó a un pequeño apartamento en el Strip, ansiosa por sumergirse en el bullicio del lugar e investigar un misterioso proyecto del que soy incapaz de encontrar información, deseosa por sentir el pulso de Sin City. Sin embargo, menos de un año después, se trasladó a un bungalow a las afueras de los límites de la ciudad.

Su hermana me dio la llave y también permiso para explorar todo lo que quisiera.

Debería sentirme culpable por la satisfacción que siento al tener acceso a su casa, debería avergonzarme, como un acosador que consigue adentrarse plenamente en el cajón de la ropa interior de su víctima, pero no es así. La satisfacción me envuelve como una segunda piel, y por primera vez en varios días tengo la sensación de que estoy cerca de algo importante.

Algo voyerista, pero catártico.

El bungalow de Inanna se sitúa al lado izquierdo de la carretera. Un conjunto de ángulos modernos mezclados con una valla rústica y robusta confeccionada por troncos serrados. No hay vegetación que bloquee el camino de entrada a la puerta… Estamos en el desierto. Ya vayas, vengas o te quedes, le da igual y no va a intentar ocultar tu presencia. Lo único que pasa es que el viento echa más arena sobre todo rastro de vida.

No hay huellas de neumáticos ni de pisadas en el corto camino de entrada.

Lola dice que ha sido incapaz de venir desde que encontraron a Inanna en el interior. Tampoco puedo culparla. A lo mejor debería haber vendido el bungalow para librarse de él, pero tal vez sea el último vínculo con su hermana. Aunque está vacío a excepción de los malos recuerdos, no deja de ser una conexión. Se trata de un lugar que Inanna recorrió, donde comió y se sentó con la vista clavada en la ventana, en el que tocó cosas. Si lo vendiera, ¿qué le quedaría?

Nunca sabemos lo que vamos a hacer hasta que nos enfrentamos a las decisiones en primera persona.

La puerta es gruesa y está cerrada a cal y canto, pero empujo hasta abrirla y enciendo la luz, sorprendida al detectar una capa de polvo arenoso sobre todas las superficies, una pátina que oculta el color de los muebles y del suelo. Presiento que me voy a encontrar a una anciana con un viejo vestido de novia a la espera de su amante perdido, o de venganza, pero el interior está tan silencioso como un cementerio.

No hay moqueta para absorber el polvo, de modo que el suelo de baldosas se ve opaco y mis botas dejan leves huellas. Las paredes están pintadas de un amarillo claro, un tono que da calidez al apagado vacío, pero lo cierto es que me había esperado algo más chillón para su propietaria.

Claro que ella habría sido lo más brillante en cualquier estancia en la que se hallara, con independencia de la decoración. Supongo que no quería competir con los muebles.

A pesar de que el lugar no tiene un aspecto precisamente desastroso, es evidente que está abandonado. Lola me dijo que puedo quedarme aquí si me apetece, pero necesita una buena limpieza antes de que pueda alojarme aquí.

La gente vive de forma distinta en su casa. Hay quien la trata como un almacén, llenando todas las habitaciones libres y todos los cajones de cosas, ocupando el espacio, pero sin llegar a vivir en él. Da la sensación de que ese tipo de gente no ha deshecho el equipaje, de que no va a quedarse.

Otras personas la usan como una banda de rock se serviría de una habitación de hotel, desgastando las cosas a un ritmo alarmante, aprovechando el espacio, pero sin cuidarlo ni tratarlo como un hogar permanente. Es increíble lo mal que la gente trata un lugar si no tiene que limpiarlo.

Las casas que se tratan como hogares provocan una sensación distinta, huelen diferente.

Pese a la suciedad y el abandono, la de Inanna es como estas últimas. Vivió y amó en este lugar. Quiero verla como la veía ella cuando vivía entre sus paredes, de modo que me dirijo a la cocina y, cómo no, encuentro productos de limpieza bajo el fregadero. Empiezo a limpiar el polvo de todas las superficies y también la suciedad de las ventanas. Saco la alfombra de debajo del sofá y la cuelgo en el poyete del porche delantero para que se airee. Vuelvo al interior y me encargo del polvo de los rincones.

Encuentro una aspiradora y me dispongo a darle al sofá y las dos sillas del comedor.

¿Hacía Inanna eso mismo o, como la mayoría de las estrellas, tenía a alguien que se encargaba? Hay un buen trecho para llegar hasta la casa, pero bien que se lo podía permitir.

Un par de horas después ya lo he adecentado y puedo admirar el sutil encanto de la casa una vez puesta en orden. Me acerco a la ventana del salón y acaricio el alféizar mientras me imagino a Inanna haciendo lo mismo años atrás. Estoy tocando el rincón que seguramente ella rozó. Pero también murió aquí, recuerdo con un respingo, y busco el móvil en mi bolso para comprobar los informes policiales de Inanna, de cuando la encontraron.

No había marcas en el suelo donde su brillante estrella se fundió a negro, atiborrada de pastillas y con las muñecas cortadas, supongo que como medida de seguridad por si los comprimidos no hacían su trabajo. Me siento en el sofá con la vista clavada en el punto donde exhaló su último aliento. ¿Cómo se sintió al final? ¿El arrepentimiento se coló en su conciencia o estaba ansiosa por pasar a la siguiente fase, fuera la que fuese, con la misma curiosidad que tenía por todo lo demás que había probado?

No me entra en la cabeza que hiciera esto. Que acabara con todo.

Aunque sospecho que es macabro, me pongo de rodillas

y luego me tumbo donde la encontraron. Su corazón se detuvo aquí.

Su vida, tal como la conocemos, acabó aquí.

¿Por qué?

¿Tiene razón su hermana al decir que fue asesinada? Pero aunque Inanna se suicidara, tampoco podría descartarse una sobredosis accidental. Salvo por las muñecas. Quienquiera que lo hiciese y por el motivo que fuera, no fue un accidente.

Un montón de gente, casi la población de un pueblecito entero, se ha tirado del Golden Gate para matarse. Pero ¿sabes que casi treinta personas saltaron... y sobrevivieron? El denominador común en sus historias coincide en que, durante el breve lapso desde que sus pies dejaron el puente para tocar el agua, se dieron cuenta de que todo lo que creyeron insalvable, todos los problemas a los que eran incapaces de encontrar solución, se redujeron a la nada. Triviales, absolutamente salvables. Salvo uno.

El hecho de que acababan de saltar de un puto puente.

Algunos rezaron para que Dios los salvara y les diera otra oportunidad. Otros ni siquiera tuvieron tiempo.

¿Qué hicieron con sus vidas después del «milagro»? Eso sería una buena historia.

Claro que la valía es algo relativo. Si alguien dejó un trabajo muy bien pagado para convertirse en productor de nabos en Arkansas porque así es feliz, los demás pueden pensar que está como un cencerro.

La felicidad también es algo relativo.

Después de tomarse las pastillas y cortarse las muñecas, ¿experimentó Inanna un instante de arrepentimiento y deseó con todas sus fuerzas volver atrás? ¿O a esas alturas los comprimidos ya habían convertido sus ondas cerebrales en sirope espeso, haciendo que no le importase nada, provocando que la muerte fuera otra aventura por vivir?

Qué desperdicio. Se me encoge el corazón por todos ellos y me asalta, me abruma casi, la repentina necesidad de hablar con Jack, de decirle lo que representa para mí, de modo que saco el teléfono y lo llamo.

—¿Diga?

Sonrió al oír su voz.

—Te quiero, Jack.

—Has llegado bien.

—Ajá. Es un sitio muy aislado para alguien como ella.

Le he ofrecido a Jack una versión muy reducida de mi historia acerca de Inanna. No pareció entusiasmarlo mucho, pero de todas formas tenía planeado ese viaje con Bob. Tampoco íbamos a estar en casa juntos si yo no hubiera decidido hacer esto.

—A algunas personas les gusta la tranquilidad.

—Supongo. ¿Cómo estás?

Una voz femenina se oye de fondo. Jack carraspea.

—Oye, Cath, tengo que dejarte. Van a entrevistar a Bob y debo ayudarlo a prepararse. Hablamos luego.

La irritación por tener que competir con Bob hace que titubee y que inspire hondo dos veces antes de decirle a Jack que lo quiero, pero ya ha colgado. Suelto el aire, frustrada. ¿Es demasiado pedir que demuestre un poco de entusiasmo por lo que estoy intentando hacer? A lo mejor no es lo principal para él, pero sí para mí. Eso debería bastar para que también le importara, ¿no?

Tal vez esta historia resulte tan crucial como la campaña de Jack. Solo tengo que concentrarme. Vuelvo la cabeza y clavo la mirada en la estantería de Inanna, al otro lado de la habitación. Compuesta de un solo mueble, con nueve cuadraditos del mismo tamaño, me percato de que sus libros parecen muy leídos. Algunas personas los tienen por pretenciosos y acumulan ejemplares de los más vendidos (gracias, Oprah) y de los clásicos a los que nunca les meterán mano. No abundan los verdaderos bibliófilos, que aman los libros de la misma forma que la gente ama a sus hijos, y que adoran las primeras ediciones o los ejemplares firmados por los escritores a los que admiran.

En la época actual en la que todo es digital, en la que podemos descargarnos bibliotecas enteras en el móvil, los libros físicos que se conservan tienen un significado. Hace cientos de años, la gente solía meter flores entre las páginas de los libros, flores que recibían de atentos pretendientes con buenas intenciones y buenos modales. Se trataba de una época en la que el tipo de flor y el color significaban algo muy concreto.

Prefiero el lenguaje directo actual, porque las mujeres también podemos dejar constancia de nuestros sentimientos.

Hay un libro negro muy anodino que casi se me pasa por alto, pero el título me atrapa.

Fantazius Mallare: A Mysterious Oath de Ben Hecht.

El libro al que hacía referencia Inanna en su diario.

Lo cojo y vuelvo corriendo al sofá, ansiosa por repasar sus páginas para encontrar la cita.

> Debo explicárselo. Si me quiere, lo entenderá. En el amor, todo es posible. Le explicaré que es mía por voluntad, y no por la detestable ridiculez del sexo.

¿Qué le encontraba de relevante a ese párrafo para que lo anotara en su diario y lo subrayara tres veces? La cita sugería un amor no sujeto a lo físico, pero tampoco se refería a uno altruista. ¿Acaso se relaciona con la mente? ¿Dominación sensual y completa, la posesión de otra persona, sin que el sexo forme parte de la ecuación? ¿A qué se refiere con «la detestable ridiculez del sexo»?

El sexo puede ser hilarante cuando te paras a analizar cualquiera de sus partes, pero no creo que aludiera a eso. ¿Acaso el sexo no es suficiente? La forma en la que la gente le atribuye otras características y emociones, compromiso y significado, ataduras sentimentales, a algo tan sencillo como follar. Nadie está en su mejor momento con una polla en la boca, pero el aspecto que se tenga no es importante.

Lo importante es lo que se siente.

A lo mejor eso fue lo que le llamó la atención a Inanna. A ella nunca le importó lo que su peregrinaje pareciera a ojos de los demás. Le merecía la pena lo que ella sentía. Inanna usaba su cuerpo en vez de palabras, pero ¿quién habla su lenguaje? Por desgracia, pocas personas.

Yo conozco las reglas básicas, pero no hablo con soltura. Aun así, lo entiendo lo suficiente como para saber que entendía algo.

Lo que ella hacía, lo que mostraba, me provoca ciertas sensaciones. A lo mejor era eso precisamente lo único que buscaba Inanna.

Tal vez eso era suficiente.

Pero tengo que asegurarme. Tengo que conocer sus pensamientos, sus perspectivas. Tengo que ver lo mismo que ella.

Encuentro la cita en las páginas 71 y 72 del libro.

Pero también hay una dirección y las palabras «La Notte».

Las busco en internet, pero no me sorprende mucho la ausencia de resultados.

¿Se trata de uno de los lugares preferidos de Inanna? No es tarde, las 21.38, de modo que le mando un mensaje a su hermana preguntándole si sabe algo de La Notte y de la relación de Inanna con ese lugar.

Su respuesta pone en marcha un plan.

«La Notte es donde Inanna estuvo trabajando seis meses antes de desaparecer. Es un hotel.»

El mismo lugar al que iré mañana.

9

¿Recuerdas lo que dije sobre que algunos hoteles funcionan como esos lugares donde prueban las nuevas estrategias militares? ¿Una forma de cometer errores para que no se puedan reproducir en el mundo real?

Pues este hotel, el sitio al que he venido en busca de respuestas, es de ese tipo. Un modelo que nunca llegaría al mercado. Se trata de un lugar diseñado para permitir las indiscreciones que se deben ocultar al mundo real, apetitos y perversiones que hay que mantener enterrados. Un lugar para gente que tiene algo que perder.

¿Cuánto? Inanna lo había perdido todo.

No existe mayor riesgo que ese.

Enfilo un camino de tierra y lo sigo a través de un pequeño valle, y cuando doblo un recodo, aparece ante mí.

La Notte es un monolito negro muy alto en mitad del desierto rojo, y resulta intimidante incluso desde lejos, con esa estructura que se arquea ligeramente, de modo que parece elegante y delgada en vez de cuadrada. Peligrosa como una pantera al acecho antes de que ataque. Su oscuridad refleja el amanecer panorámico y ciega todo lo que no estoy observando mientras miro el propio hotel.

El Burj Al Arab Jumeirah de Dubái no le llega a la suela de los zapatos a La Notte.

Entro en el aparcamiento para visitantes, aunque no distingo carteles indicadores. Todo aquí es anónimo, supongo, lo que no me ayudará a la hora de investigar, pero tampoco me supondrá trabas.

No sería la primera vez que tengo que soslayar las normas un poquito para conseguir una historia, pero no me esperaba algo de este estilo.

Cuando te hablan de un «hotel» cerca de Las Vegas, te imaginas algo más pequeño, más vulgar y sucio que esto. Esa corista entradita en años, todavía vistosa, pero ya lejos de su esplendor.

Sin embargo, mis tacones resuenan en unas impolutas escaleras de mármol italiano y no hay una sola grieta en la impecable fachada del edificio. El portero me abre la puerta y entro.

El vestíbulo huele a riqueza. Ya sabes a lo que me refiero. Ese olor indefinido pero palpable que lo grita a los cuatro vientos.

Las boutiques de Milán, aquellas en las que nada tiene etiqueta, porque incluso cuando compras algo, hablar de dinero y de precios resulta vulgar.

El interior de un bolso de piel de cocodrilo de Birkin.

El interior de un Maybach Exelero.

Los polvos que usan algunas mujeres cuyos bisabuelos nacieron con fondos fiduciarios. El olor de no haber tenido que trabajar en la vida.

El aroma del privilegio. De la clase.

El vestíbulo reluce de limpieza, pero aunque te propongas echar un vistazo a cada hora en punto, no pillarás a nadie limpiando, porque eso deslustra la ilusión de perfección... y aquí no apesta a vinagre en las ventanas, solo a la elegante brisa del aire que circula con suavidad. Seguramente usan los mismos filtros de aire que los hospitales, unos que hacen que el hedor de la muerte no exista.

Las puertas están cerradas, y las pocas ventanas están cubiertas con gruesas cortinas.

Nada de cotillear para intentar descubrir al Mago de Oz.

Lola me dijo que Inanna era conserje VIP en el hotel, lo que le habría dado acceso ilimitado a la información sobre los huéspedes y el propio establecimiento. Parece una extraña mezcla entre el secretismo y las relaciones públicas. Básicamente, el conserje es la cara del hotel, la persona que todos ven, a quien se supone que puedes acudir para que te conceda todas tus peticiones, así que ha de ser profesional, competente y atractivo, alguien que te dé una sensación de confianza.

Pero también es la persona que conoce todos los secretos. Como recepcionista VIP, Inanna habría realizado tareas para famosos y para otros clientes importantes. ¿Que una estrella del rock que supuestamente es abstemia quiere una botella? Ella se la habría llevado... o se habría asegurado de que alguien de confianza se la hiciera llegar. ¿Que una actriz casada te dice que un «amigo» llegará en mitad de la noche? Cierras la boca y tienes en espera el taxi de la vergüenza para cuando se marche a las tres de la madrugada, apestando a sexo.

La etiqueta VIP vende seguridad, es la que transforma los sueños ilícitos en realidad como un puto genio, pero sin la lámpara, porque los famosos son los que mantienen este tipo de negocios. Eres la luz en mitad de la oscuridad cuando todo se tuerce, y eres esa sombra esquiva en la rendija de la puerta, mientras te aseguras de que todo va sobre ruedas. Ah, se supone que los recepcionistas no permiten ni habilitan la comisión de un acto ilícito o ilegal.

Claro que los famosos no delimitan el mundo con las mismas líneas que nosotros, el resto de los mortales. Tienen lápices con colores de los que ni hemos oído hablar.

Si una auténtica celebridad se mea en tu restaurante, puedes rentabilizarlo en los siguientes diez años. Aunque nadie más se quede a comer, llegarán los turistas... o los lugareños, a la caza del famoso.

Sin embargo, este lugar es distinto por su propia naturaleza.

Algo me dice que se la traen floja las críticas de Yelp o del público. ¿Y lo de ser un negocio auspiciado por el turismo? Los cojones. La clientela tiene que recibir una invitación.

Rodeo el mostrador de recepción situado al otro lado del vestíbulo y enfilo un corredor que se abre a la izquierda. Los pasillos son largos y están bien iluminados, no excesivamente brillantes, pero no noto actividad, no hay grupitos de personas a los que puedo seguir para entrar en algún evento o en el bar. De manera que atraigo mucho la atención, como un pez fuera del agua, como si llevara una dichosa gabardina con gafas de sol.

Pero consigo mantener el tipo cuando un joven delgado, ataviado con un traje que refleja sutilmente la decoración en negro y dorado del hotel, me da un golpecito en el hombro.

—¿Puedo ayudarla?

—¿Es el encargado? —pregunto al tiempo que le miro el pecho en busca de la chapa identificativa, pero no lleva. No porque los invitados vayan a olvidar su nombre, sino porque su nombre no importa, da igual quién es. Su función es lo único que interesa a los que se alojan aquí.

Frunce el ceño.

—¿Ha venido para solicitar el puesto?

—Sí. —La palabra brota de mis labios con un soplo aliviado. Es mi salvoconducto.

—Sígame.

Me hace retroceder por donde he venido (para mi consternación) y me lleva al otro lado del mostrador de recepción, a un pequeño despacho. ¿El que pertenecía a Inanna? ¿Pasó mucho tiempo aquí?

—Siéntese.

Me siento en la silla enfrente de él. El despacho del conserje es amplio, pero carece de ventanas. No se cuelan miradas curiosas, salvo la pequeña cámara de seguridad emplazada en un rincón en el techo. Finjo no verla y me concentro en el cuadro de la pared. Sé que vale más que mi coche o que yo misma… y no es una lámina.

—Aceptaré su currículum.

Titubeo y él frunce el ceño.

—No lo he traído.

—Que no…

—Lo siento, pero siempre puedo enviárselo por correo electrónico después. Verá, según mi experiencia, el noventa por ciento de cualquier trabajo no viene escrito en el currículum. Lo encuentras en lo que pasa cuando tratas con las personas. En lo que sucede cuando tienes que improvisar porque las cosas se tuercen y solo tú puedes arreglarlas. Leer mi currículum laboral será impresionante, pero no tan práctico como si me ve en acción.

—¿Cómo se llama?

Se lo digo y lo teclea en el ordenador, seguramente está haciendo una búsqueda. Enterarse de que soy periodista tal vez vaya en mi contra en un sitio que vive de la confidencialidad, pero a lo mejor juega a mi favor... porque los periodistas sabemos cómo mantener la boca cerrada para proteger a nuestras fuentes. Además, estoy aquí. Saber cómo llegar es haber ganado la mitad de la batalla. Ojalá que pueda ganar el resto a base de faroles.

El teléfono que tiene al lado en la mesa suena y levanta un dedo para que espere un momento. Sus respuestas consisten casi todas en asentimientos y exhalaciones, pero parece que hay una conversación. No ha sonreído ni se ha relajado, lo que detecto como una mala señal. De alguna forma me las he apañado para causarle una mala impresión.

Lo cierto es que no quiero el trabajo de verdad, pero se trata de un asunto de principios. Inanna trabajó aquí. Quiero saber si yo también podría hacerlo. Y si pudiera ocupar su antiguo puesto aunque fuera por un solo día, conseguiría una información valiosísima sobre su vida y acerca de las personas que formaron parte de ella.

De repente, nada me parece más urgente que conseguir el trabajo.

Mi entrevistador es muy bueno a la hora de transmitir mucho con pocas palabras, pero aprovecho la oportunidad para echar un vistazo por la habitación mientras finjo cierto desinterés.

En cuanto a despachos se refiere, es del tipo estándar, pero no me importaría pasar unos cuantos minutos a solas con el contenido de ese escritorio o con el ordenador, en hibernación en ese momento con un salvapantallas que muestra un logotipo negro y dorado dando vueltas. El escritorio, la estantería y los archivadores son de madera oscura, de palisandro o tal vez de caoba. Al igual que el resto del hotel, no hay una sola mota de polvo o de suciedad a la vista, pero esa habitación tiene un leve olor a rosas, y a algo cítrico y delicado… ¿A mandarina?

Cuelga y me examina con esos ojos verdosos, hasta que detiene la mirada en mis zapatos (que de repente me gustaría que fueran más elegantes, pero a la mierda con eso). Enderezo la espalda y lo miro fijamente, olvidando por completo mi ropa. A lo mejor una princesita recauchutada y más rutilante que yo encajaría mejor con el ambiente, pero tengo habilidades que él ni se imagina.

Y tenacidad a espuertas.

—¿Y alguna vez has trabajado en un hotel, Catherine?

—Nunca he trabajado en un hotel, pero… —Dejo la frase en el aire mientras lo observo y me pregunto cuál es la mejor manera de atacar. No distingo si su acento es fruto de haber nacido en algún lugar de Europa y haberse trasladado a Estados Unidos de pequeño o si se trata de una afectación pretenciosa, pero, sea como sea, es evidente que tiene cierto poder y que se toma su trabajo muy en serio. Mantengo una expresión sincera y seria a la vez—. Quiero trabajar para el mejor. Me dijeron que aquí lo haría. —Me encojo de hombros—. No encontrarás a nadie más abnegada que yo.

Entrecierra los ojos.

—¿No has trabajado nunca en el sector?

Meneo la cabeza.

—No. Pero conozco a las personas. He pasado el tiempo suficiente en la escena política para resultar útil en la industria hotelera.

—¿En qué sentido puedes ayudar aquí? —pregunta él.

Sonrío.

—Sé cómo mantener la boca cerrada con independencia de lo raro que se ponga todo.

Por primera vez me devuelve la sonrisa.

—¿Cuándo puedes empezar?

10

Mañana.
Mañana empiezo a trabajar en el hotel.
Mañana veré lo que Inanna vio.
Hablaré con la gente con la que ella habló.
Haré las cosas que ella hizo.
Seré quien ella fue.
Jack y yo nos enviamos unos cuantos mensajes de texto, pero está distraído y no me presta mucha atención. Intento una videoconferencia erótica en la bañera, pero no consigo ponerlo de humor porque dice que está agotado, que tuvo una reunión a primera hora. Su trabajo lo mantiene muy ocupado últimamente, pero esperaba que hablara más conmigo ahora que estamos separados. Se supone que el cariño aumenta con la distancia. No está muy convencido cuando le hablo de mi operación encubierta, cuando trato de describirla como algo más emocionante y menos raro de lo que es en realidad. Tal vez la campaña no marcha tan bien como esperaban, porque noto algo raro en él.

Todavía somos jóvenes, pero nuestra relación no es tan

voraz como antes. ¿A este punto nos ha llevado la fase cómoda de la convivencia? Sin duda que los dos estamos muy cansados y tenemos horarios dispares, pero ¿cuál es la diferencia entre ser aburrido y estar aburrido, entre darse un respiro para dormir una siesta y tomarse un descanso para alejarse del otro?

Supongo que la clave radica en la intención. No follamos cuatro veces al día y no pasa nada, creo. Siempre y cuando el deseo siga ahí, y en mi caso, ahí está.

Sé que Jack me quiere y que no tengo que preocuparme por nada. Él tampoco se muestra inquieto en ese sentido, y a veces la certeza de su confianza hace que me sienta menos deseable de lo que debería.

Como si él pensara que nadie va a tratar de apartarme del camino. Preocuparse por algo así es ridículo, pero ¿alguien consigue aplacar sus emociones cuando hay pasión de por medio?

Estas cortas vacaciones para nuestra pareja serán beneficiosas para los dos. El trato continuo provoca desdén. Las relaciones necesitan un puntito de misterio para mantenerse frescas y, además, solo son unos días. Espero que la próxima vez que nos veamos me devore.

Dormir en la cama de otra persona es una especie de tabú. Aunque las sábanas estén limpias, te estás tumbando donde otros se acuestan, sueñan, se masturban, follan. Si las camas tuvieran la capacidad de percibir las cosas, necesitarían «ver, oír y callar» para contrarrestar la capacidad de absorción de los colchones con efecto memoria.

La de Inanna decepciona porque es inofensiva. Un colchón de efecto nube, de dureza media. Esperaba algo más erótico. Una cama con cuatro postes, cadenas y sábanas rojas de satén para mantener la chispa de su característico desenfreno.

Pero apenas es una cama.

Lo más pervertido que hay en su dormitorio soy yo. El hecho de estar acostada aquí, preparándome para realizar su trabajo mañana ha acabado convirtiéndose en algo terriblemente inapropiado.

¿Hacerlo mientras llevo su ropa? Todavía más.

Hay un dicho que, a pesar de ser conocido, poca gente utiliza.

«Lo heredado no es hurtado.»

Es algo que te está esperando.

Hace más de cien años, en Estados Unidos existía la costumbre de colgar las botas del familiar o del trabajador muerto en la valla de la propiedad, a modo de recuerdo. Dichas botas también podían ser la señal de que había trabajo en la granja, un puesto de trabajo que había quedado vacante. No sé si el nuevo trabajador seguía usando las botas del muerto cuando lo reemplazaba en el lugar, pero da que pensar.

¿Depredación? Sí. ¿Oportunismo? También. Pero resultaba práctico, y en aquel entonces no se derrochaba sentimentalismo como ahora.

Otra explicación del dicho procede de las manidas disputas por las herencias.

Tu padre o tu abuelo muere y lo que era suyo ahora te pertenece. A menos que otros miembros de la familia lo quieran también. En ese caso, se puede echar en cara el dicho anterior: «Lo heredado no es hurtado». Esas cosas que deseas, pero que no te pertenecen.

Hay muchas supersticiones con respecto a los objetos

heredados, como los platos rotos o los animales disecados, que supuestamente emiten malas vibraciones.

Si te peinas con el peine de un difunto, puedes seguir sus pasos.

En mi caso, no se trata de un peine ni de unas botas, lo que llevo puesto es el camisón de la difunta.

Y ahora, antes de que me critiques, debo confesar que lo de hacer el equipaje se me da fatal y que se me ha olvidado traer algo cómodo para dormir. Quería sentir algo sobre la piel que hubiera estado en contacto con la piel de Inanna cuando me deslizara entre las frías sábanas de su cama. A primera vista, el camisón corto y holgado con encaje no debería quedarme bien, Inanna era mucho más delgada que yo, pero me lo deslizo por la cabeza y cae sobre mi piel como si fuera una cascada de satén confeccionada expresamente para mí.

No hay televisor en su dormitorio, y en cierto modo me gusta el silencio. Me pregunto adónde irían a parar sus cámaras. A lo mejor se las llevaron durante la corta investigación. Me gusta la idea de que este fuera su remanso de paz para reflexionar y soñar. Para soñar despierta.

Resisto hasta que ya no puedo más y cojo su diario, que guardé debajo de la almohada cuando me fui al hotel.

A lo mejor no lo hice para esconderlo. Más bien tenía la sensación de que debía estar en contacto con su colchón, como si de esa manera lo estuviera devolviendo a su lugar de origen.

¿Lo dejaba ella ahí? ¿Trataba de ocultarlo? ¿Le preocupaba que otros lo leyeran? Quizá fuera un objeto para entablar conversación, como los libros que se dejan en la mesa del sofá para quien quiera hojearlos.

Creo que Inanna era el tipo de persona que cuando te daba permiso para entrar en su hogar no te imponía límites. Su espacio era su santuario y no te permitiría la entrada si no le importaras. Si traspasabas su puerta, podrías hacer uso del frigorífico, de la ducha, leer sus libros o rebuscar en el armario.

Era una persona de mente abierta en muchos aspectos, tal como a mí me gustaría ser.

A lo mejor por eso me aferro con tanto ahínco a su diario.

Lo abro.

>Examinamos las habitaciones, pero ellas también nos examinan a nosotros.
>
>Ojos sin ojos en sitios sin mente. De noche. *Nuit. Notte.*
>
>Me da igual.
>
>A veces hay rostros que son difíciles de olvidar, así que es mejor que solo haya ojos. Menos que ver mientras ellos miran.
>
>¿Cuál es la forma de comunicación más pura?
>
>¿El sonido?
>
>¿La vista?
>
>¿El tacto?
>
>Algunas emociones son más difíciles de esconder que otras, pero el tacto lo sabe.
>
>Las palabras no son necesarias. No hace falta ver. Puedes sentir las emociones de las personas a través de sus caricias.
>
>Ojalá supiera más cosas. ¿Qué piensan los ciegos del sexo? ¿Qué pasa por sus cabezas cuando están encima de sus amantes? ¿Qué sienten sus compañeros al estar

con alguien que se comunica a través del tacto? Y ya puestos, ¿qué pasa con los sordos?

Nota: buscar parejas más diversas para experimentar estas cosas, para poseerlas y saberlas.

En una ocasión, yo fui una estatua. Rígida, orgullosa, rutilante, aburrida.

Admirada.

Pasada por alto.

Destacada, pero solo era una parte más del fondo. Del decorado. Un objeto decorativo decorado, sola en una habitación, el centro de todas las miradas. Incluso de las que no estaban allí. De la mirada de aquel rostro que estaba allí, pero oculto.

Él.

Hice un espectáculo para él. También para mí, pero sobre todo para él, y ¿qué significa eso cuando jamás podremos acercarnos? La libertad máxima que he buscado en mi interior, pero que no quiero compartir con él. Sin embargo, estoy atrapada en su trampa. Todo es suyo. Es la araña, la telaraña y el veneno que corre por mis venas. Pero con su distanciamiento aumenta mi deseo.

¿Esto es todo lo que hay? El brillo y los oropeles no son oro... Gold.

El oro es maleable si lo calientas.

Pero Gold rechaza mis caricias.

¿Quién es este hombre, ese tal Gold, que no quería estar con ella? ¿Alguien a quien persiguió antes de morir? ¿Un amante, un novio? Tal vez estaba casado. Si la mataron, ¿podría ser ese el motivo? ¿Estuvo este hombre relacionado con su muerte?

Tiene que haber más.

Hojear el diario en busca de más referencias sobre este hombre tal vez fuera el método más rápido para descubrir algo, pero así no podré meterme en la cabeza de Inanna, y el contexto es importante. Sus palabras lo son todo, su arte lo era todo y sé que no se habrá olvidado de los detalles. Que no encuentre nombres concretos no significa que no estén ahí.

Tengo que leer en orden. Cada palabra es un eslabón de la cadena, y quién sabe lo que puedo perderme si voy saltando páginas.

¿Supersticiosa? A lo mejor.

O tal vez soy sistemática. Tomo nota de las frases que parecen más relevantes de entre aquello que va desgranando con su monólogo interior.

Pero en mitad de todo eso, doy con una descripción de algo que me provoca un estremecimiento.

> Durante el sexo, todo el mundo se concentra en lo mismo. Follar hasta llegar al orgasmo. Seguir el camino de la energía kundalini a través de la espina dorsal hasta salir de uno mismo y convertirse en mucho más.
>
> Si tienes un buen orgasmo, descubrirás que nuestros cuerpos son solo la mitad de lo que somos, tal vez menos.
>
> Estamos atrapados en nuestro interior, pero la mejor manera de conectar con nuestros cuerpos es follando con otra persona. Sin embargo, el acto en sí, si se hace bien, es lo que nos libera de nuestros cuerpos, lo que deja al descubierto las almas. Lo que nos recuerda nuestra esencia para que veamos de nuevo el rostro de los dioses.

Existe mucho más de lo que podemos llegar a imaginar.

A veces los dioses caminan a nuestro alrededor de forma corpórea, y nos engañan al hacernos creer que somos la cúspide de la evolución cuando hay mucho más mirándonos a la cara, observándonos, a la espera.

A la espera de que nos convirtamos en algo más de lo que somos.

Para ellos. Para nosotros mismos.

Antiguamente la masturbación estaba considerada como una autolesión, algo que parece demasiado violento para describir lo que haces con las mejores partes de tu anatomía. Pero si alguna vez has visto masturbarse a alguien, hay que reconocer que resulta intenso.

Los hombres en concreto ponen cara de enfadados y adoptan movimientos furiosos en su afán por llegar al orgasmo, un detalle que me hace reír, porque parecen involucionar hasta convertirse en los simios con quienes compartimos antepasados. No es muy sensual, pero es tan animal que resulta erótico. Cuando ves que alguien adopta una actitud tan atávica delante de ti, no puedes evitar responder de la misma manera.

Te conviertes en los gruñidos.

En las uñas que le arañan la espalda.

Te conviertes en un animal, al igual que él, y vas hacia atrás hasta adoptar la naturaleza de algo más puro que la persona que finges ser todos los días.

A veces detrás de los modales más refinados se esconden hombres que solo están un eslabón por encima del fluido primordial.

Hay un dios rubio, Gold para sus escasos amigos, un empresario multimillonario, filántropo y playboy. El hombre es tan rico que puede comprar a políticos, alterar elecciones y manipular las leyes con un cheque. El único objetivo de su palacio del placer, que atiende a la flor y nata en un ambiente que ofrece discreción absoluta, es conseguir más influencia.

Yo he logrado verlo. Yo me convertí en el objeto de atención.

Dentro de una estancia tan opulenta en experiencia como la caja acorazada de un banco en riquezas materiales, le ofrecí algo a cambio de nada a un hombre que lo tiene todo.

Le ofrecí un espectáculo sensacional.

Me follé a su mejor amigo. También quiero montármelo con su mayor enemigo de la misma manera, para ver cómo se le dilatan las pupilas por la rabia, los celos y el interés.

A lo mejor lo hago la próxima vez.

Pero la puerta no se abre para cualquiera. La oportunidad se presenta rara vez. De modo que voy a llamar a esa puerta con tanta frecuencia como pueda hasta que se me olvide que dicha puerta existe.

Una puerta de oro.

¿Estaba siendo literal al decir que se había follado a alguien mientras otro los miraba?

La idea es erótica, pero presenta ciertos problemas logísticos.

Si me follo a alguien, no es por el espectáculo, es porque me gusta follarme a esa persona. ¿Cómo te puedes acostar con alguien en beneficio de un tercero? ¿No da la impresión de que es un numerito y te imposibilita disfrutar del momento? No sé si podría correrme en caso de estar preocupada por la imagen que estamos ofreciendo en vez de concentrarme en sentir.

Aunque tal vez eso forme parte del asunto. Quizá el observador no quiera sentir que está asistiendo a un espectáculo. Tal vez quiera percibir que está siendo testigo de un momento íntimo entre dos personas. El voyerismo resulta más erótico en sí que las cosas que el voyerista observa, o al menos es el responsable de gran parte de su atractivo.

No se trata de que no esté familiarizada con la experiencia de sentirme observada. Con ese hormigueo que me provoca la mirada de otra persona en la piel. Cualquier mujer medianamente atractiva sabe a la perfección lo que significa entrar en algún sitio y notar que todas las cabezas se vuelven para mirarla.

A veces lo deseas, anhelas la atención.

Otras veces quieres que la gente deje de mirarte para poder esconderte en público, fundirte entre la multitud.

Pero el Gran Hermano siempre te observa, aunque el resto de los hombres de la estancia no lo haga, y ve más allá del recogido desastroso, las chanclas y las gafas de sol enormes. Al frío ojo de la lente le importa una mierda que tengas los labios agrietados o que te escondas debajo de un jersey gigantesco.

En la vida real no hay filtros bonitos y coloridos.

Según se dice, nos graban una media de cien veces al día. Las cámaras de seguridad de las tiendas, las de tráfico, nos registran en los bares y en los restaurantes.

A saber cuántas personas te hacen fotos y te filman diariamente sin que tú seas consciente mientras estás haciendo tus cosas. ¿Por qué?

Por unos cuantos motivos.

Por emulación. Me encanta tu corte de pelo y creo que me sentaría bien. Te hago una foto para enseñársela a mi peluquero la próxima vez que vaya a verlo. O a lo mejor me gusta tu bolso y quiero recordar cómo es. O tus zapatos, tu falda o tu abrigo. A lo mejor llevas las uñas monísimas y pretendo hacerme una manicura exactamente igual esta tarde.

No se trata siempre de un acoso al estilo de *Mujer blanca soltera busca*; la imitación es la forma de halago más sincera que existe, aunque tú no siempre eres el centro de atención. La gente ve tu bolso y no piensa que te está haciendo una foto, se la está haciendo al objeto que da la casualidad que llevas tú. Te hacen la foto y no vuelven a pensar en ti. No es algo personal.

Salvo cuando sí lo es.

Aunque no siempre es algo malicioso. Tal vez una mujer te haga una foto cuando vas despatarrado en el metro para después subirla a las redes sociales y darte caña de manera anónima, a ti y a todos los hombres, para ver si aprendes a comportarte como ella cree que debes hacerlo.

Tal vez un tío te ve comiendo un bagel en el autobús como si no hubiera un mañana y lo único que quiere es grabarte para echarse unas risas después con sus amigos. O subirlo a las redes sociales para avergonzarte y hacer que te comportes como la dama elegante que él cree que deberías ser.

Tal vez eres una de esas personas que baila en público, o que canta, o que hace algo raro que puede convertirse en viral, el premio gordo de la fama en las redes sociales. *Flash mobs*, el arte urbano de Banksy, famosos sin maquillaje. Celebridades a cara lavada echándole la bronca a una camarera. La gente quiere capturar esos momentos para formar parte de ellos.

Y luego hay ocasiones en las que la gente quiere hacerte una foto por motivos extraños que es mejor que desconozcas.

El conocimiento no siempre es poder.

En la siguiente página del diario hay un bosquejo de algo, de una moneda, dibujada con tinta verde y con el trazo marcado en la página, de modo que resalta por sí misma. Al parecer, Inanna presionó mucho con el bolígrafo mientras la dibujaba y me distraigo recorriendo las marcas con los dedos. Me resulta familiar, pero no acabo de ubicarla. Son dos caras, de perfil.

Hay algo que... De repente, caigo en la cuenta. «¡Jano, claro!» El dios romano de las puertas, los comienzos y los finales, que se representa con dos caras que miran en direcciones opuestas, una figuración del pasado y del futuro.

En la actualidad Jano está íntimamente ligado al placer y a la sexualidad de dos maneras. De forma accidental y de forma deliberada. El estudio más importante sobre la sexualidad humana desde la publicación del informe Kinsey a finales de los años cuarenta y principios de los cincuenta, data de 1993 y se titula *El informe Janus*, y lleva el nombre de la pareja que lo escribió, Samuel y Cynthia Janus.

Tras mis coqueteos con el mundo del sadomasoquismo en los clubes clandestinos de sexo, recuerdo haber oído rumores sobre la Hermandad de Jano, uno de los grupos de dominación y sumisión sexual pionero en Estados Unidos, ubicado en San Francisco y de naturaleza pansexual, que fue fundado en 1974 por una mujer llamada Cynthia Slater. Eligió el nombre del dios Jano para simbolizar la naturaleza dual de las relaciones de dominación y sumisión: siempre hay alguien que domina y otro que se somete.

A mí me gusta interpretar los dos rostros de Jano de otra manera. Uno está apartando la mirada de forma deliberada para no ver lo que hace el otro. No sé si todo se reduce a que las personas tenemos dos caras, una oscura y otra luminosa, pero casi todos hemos escuchado esa vocecilla de la conciencia que nos recrimina cuando estamos a punto de hacer algo que se considera inapropiado.

La otra parte no se rinde sin pelear. Se nos da muy bien justificar las cosas que hacemos ante nosotros mismos. Supervivencia, confianza en uno mismo. Autoengaño. Egoísmo. Esas son las cosas que nos permiten seguir adelante cuando lo inteligente o lo fácil sería no hacerlo. Mírame a mí, vestida con el camisón de otra mujer, acostada en su cama mientras mi pareja se relaciona con un hombre que puede llegar a convertirse en el presidente más peligroso de toda la historia de Estados Unidos. Si gana las elecciones. ¿Cuál es la probabilidad de que no salga victorioso? ¿Quién está vigilando a DeVille? Si escarban lo suficiente, ¿qué podrían encontrar?

¿DeVille quiere que yo sea un fantasma de su pasado? Tal vez.

Pero lo que hagas con la información es el origen del poder.

¿El fin justifica los medios?

Supongo que pronto lo descubriré.

11

¿Qué es lo mejor de conocer un secreto? Contárselo a otra persona y ver cómo se le ilumina la cara por el espanto, la repulsión o el asombro. A lo mejor le brillan los ojos a causa de la admiración, admiración provocada por el hecho de que seas tú quien está en posesión de esa información tan valiosa... de que alguien haya confiado en ti hasta el punto de revelarte semejante escándalo.

Tal vez lo mejor de un secreto no sea conseguirlo o compartirlo, sino tenerlo. ¿Será por la sensación de que el conocimiento te quema por dentro, esa certeza de que podrías contárselo a alguien en cualquier momento, pero que te lo guardas para saborearlo en privado? Te lo quedas para ti. La certidumbre de que si divulgaras esa información, podría cambiar la manera en la que alguien mira a otra persona u observa un lugar... pero con la seguridad de que nunca lo harás.

Dicen que si le cuentas a una persona un secreto, esa persona se lo contará a su vez al menos a otras tres, pero quizá yo sea la excepción a esa regla.

Verás, me gusta el poder que conlleva saber algo que

los demás desconocen. Sí, va en contra de lo que hace un periodista, pero eso me impulsa a seguir buscando información, como una urraca que buscara cosas brillantes. Quiero exponer la verdad de las cosas, pero por eso a veces me cuesta conectar con algunas historias: si me da igual conocer a la persona o el secreto de la empresa, ¿qué sentido tiene?

A veces un secreto encaja bien con lo que le interesa al público, así que consigo mi historia. Estoy encantada de compartir mis juguetes.

Pero incluso mientras escribo el artículo, me complacen enormemente esos escasos momentos, esos días o esas semanas, en las que solo yo conozco cierto factor o perspectiva, y que si dejara de escribir, la gente nunca llegaría a enterarse de la verdad.

Claro que podrían descubrirla a través de otra persona, pero al menos durante un tiempo, yo sería la única que la conocería. Y nadie más sabría que yo estaba al tanto. Viviría con esa certeza expandiendo mi mente como una polla lo hace con mi coño. Los secretos son muy íntimos, joden la mente, joden el alma.

Ser periodista implica conocer toda clase de secretos, pero el trabajo en el hotel tiene secretos de verdad. Muy jugosos.

Todo, desde los nombres reales de los huéspedes (según los que aparecen en sus tarjetas de crédito) pasando por las raras peticiones culinarias (¿por qué cierto cantante de rock indie que se hospeda solo pide nueve comidas al día?) hasta las cosas que las limpiadoras comentan en cuanto a higiene personal. Sabemos cuántas toallas necesitas, cuánto papel higiénico usas y si has dormido o no en tu cama.

Los hoteles parecen impersonales, pero acabamos conociendo a nuestros huéspedes muy bien.

A lo mejor demasiado bien.

Todo el mundo tiene un secreto. ¿Cuál es el tuyo?

¿Estás segura de que nadie lo sabe?

¿A quién se lo has contado?

¿Confías en esa persona?

A lo mejor no es un secreto que una supermodelo sueca se aloje en la planta veintiséis, pero ni de coña debería ir paseándose desnuda. Tal vez esto se capitalizaría en algunos hoteles de otros países (o en aquellos más baratos a los que les interesa que todo el mundo se entere de que cuentan con una clientela famosa), pero en un hotel tan prestigioso como este, se convierte en un problema.

La pillo de casualidad en una cámara de seguridad en el momento justo y me doy cuenta de su comportamiento errático y descoordinado mientras recorre el pasillo. La veo cuando se sienta en una de las escaleras, acurrucándose en el descansillo como un gato.

Cojo un mullido albornoz limpio del armario de la ropa blanca de camino al ascensor y me bajo en la planta veinticinco para acercarme a ella desde abajo por si se ha puesto en movimiento mientras iba a su encuentro.

O es una de esas artistas hippies, o va drogada. Si no conoces a la persona, estas dos opciones se parecen muchísimo.

En ambos casos no conocen la vergüenza y se quitan la ropa como quien se aparta un pelo de encima.

Ambos casos presentan un patrón narcisista y egocéntrico y un evidente desdén por lo que dicen los demás, una especie de síndrome de la guapa; están tan acostumbradas a que todo el mundo se pegue codazos para oír la chorrada que tengan que decir que empiezan a creer que son una especie de gurú y sueltan ideas como una manada de vacas se desharía de la mierda en un campo de Nebraska.

Cuando me doy cuenta de que está justo en el sitio en el que la dejé al verla en la cámara de seguridad, carraspeo para llamar su atención. Levanta la cabeza de los brazos, donde la tenía apoyada, y la vuelve hacia mí.

Sus facciones andróginas se iluminan al verme.

—¿Has visto mi habitación? —Se inclina hacia mí, con un brillo nada natural en los ojos, y susurra—: Creo que la han movido.

Drogas. No cabe la menor duda de que se ha metido algo, pero los europeos parecen ser más bohemios que nosotros y tienen una actitud más laxa en cuanto al nudismo. Por aquí estamos desensibilizados en cuanto a la violencia; ellos, con respecto a los pezones. Su forma de ser me parece mejor, pero tal vez de haber nacido en otro estado pensaría algo distinto. Todos somos fruto de nuestro nacimiento. A esta chica le tocó la lotería genética.

De cerca parece incluso más joven de lo que creía, dieciocho o diecinueve años a lo sumo, y de repente me compadezco de ella, sola y colocada hasta las cejas. La gente se droga porque su realidad es una mierda... ¿De qué huye alguien tan guapo como ella?

Le enseño el albornoz.

—Le he traído esto.

—Mi color preferido es el verde. ¿Tienes alguno verde?

—Lo siento, se nos han acabado. Tal vez la próxima vez. Este es muy suave.

Lo acaricio para tentarla, y ella me observa con atención antes de extender las manos para cogerlo.

—Lo quiero.

—Ya me parecía a mí... —La ayudo a ponérselo—. Ahora... a ver si hay manera de que encontremos esa habitación díscola.

Me sigue, dócil, hasta el final del pasillo. Uso la llave maestra y abro la puerta de su cuarto. Las luces siguen encendidas, pero por suerte no hay muchas cosas fuera de sitio. La llevo a la cama.

—¿Necesita algo antes de dormir?

—No.

—¿No necesita hacer pis o beber agua?

Al ver que titubea, le doy una botella del minibar y ella le da unos cuantos sorbos. La gente drogada hace que te sientas como una madre cuando estás sobrio a su lado.

En cuanto compruebo que ha bebido bastante y que empieza a trazar círculos sobre la humedad condensada en la botella, se la quito.

—Va a quedarse en su habitación ahora, ¿verdad?

Ella asiente con la cabeza.

—Tengo sueño.

—Pues está en el sitio perfecto. —Hay algo en ella que hace que me sienta como su hermana mayor.

—He hecho un montón de cosas esta noche. —Estira los brazos por encima de la cabeza y luego se echa a reír, cosa que hace que el albornoz se abra un poco—. Pero el cuadro tenía ojos que miraban.

—Interesante.

Se estremece.

—Sé quién estaba detrás de la cara.

—¿Quién?

La arropo con la manta con la esperanza de que la reconforte y se quede en la cama en vez de salir corriendo de nuevo y meterse en más líos. Hay algo muy tierno en ella, y pese a su falta de pudor y la peste a sexo que la acompaña, la envuelve una vulnerabilidad infantil que me provoca un afán protector.

—Oro. Mirando, siempre mirando. Le gusta —susurra al tiempo que vuelve la cabeza en la almohada.

Y lo veo. Un pequeño rastro de oro en los delicados pliegues de su oreja. Se me acelera el corazón mientras mi mente repasa las páginas del diario de Inanna en busca de algo.

> Gold, para sus escasos amigos, es un empresario multimillonario y filántropo playboy. El hombre es tan rico que puede comprar a políticos, alterar elecciones y manipular las leyes con un cheque. El único objetivo de su palacio del placer, que atiende a la flor y nata en un ambiente que ofrece discreción absoluta, es conseguir más influencia.

Gold, ese «oro», tenía que ser Maximilian Gold, el esquivo dueño del hotel.

Es lo único que tiene sentido. Maximilian Gold ha visto follar a Inanna. ¿Su trabajo y sus juegos embrollados terminaron por culpa de ese hombre, a causa del tinglado que tiene montado aquí, y alguien llevó las cosas demasiado lejos? ¿Inanna llegó demasiado lejos, justo hasta ese punto que ya no podía controlar, de modo que tomó la única salida que tenía disponible?

¿De qué se puede librar una persona del estatus y la influencia de Maximilian Gold?

¿De un asesinato? Como poco.

—¿Se refiere a Maximilian? —pregunto.

Ella esboza una sonrisilla.

—No es la primera vez. Es lo que le gusta. —Se quita un trocito de pan de oro del hombro—. ¿Ves? ¿Oro?

¿No mencionó Inanna algo sobre convertirse en una estatua durante una actuación para el hombre del que no se cansaba?

—¿De qué estáis hablando? —Un hombre con voz grave y sedosa habla a mi espalda y me sobresalta, de modo que me aparto un paso de la cama.

La chica se echa a reír y sostiene en alto el trocito de pan de oro.

—Yo. Yo soy oro, como una estatua que cobra vida. —Me dirige una mirada elocuente que disfraza con una sonrisa mientras me ofrece el trocito de pan de oro con una floritura—. A lo mejor nada es real. A lo mejor ni siquiera yo soy real.

Acepto el trocito de pan de oro con la mirada clavada en el hombre que acaba de hablar. Tiene entre cuarenta y cinco y sesenta años, y lleva el pelo apartado de la frente gracias a un producto brillante, pero no grasiento, que solo los hombres de esa edad parecen usar. Se queda junto al pie de la cama, ya que es evidente que no quiere dejarme a solas con la chica. Siente afán protector, pero salta a la vista que no es su padre.

¿Qué les pasa a los hombres como él, que nunca persiguen a mujeres de su edad? ¿Se debe a que tienen que esforzarse más para impresionarlas y solo tienen su dinero como carta de recomendación? Las mujeres mayores parecen saber mejor lo que quieren... y tienen muy claro lo que no están dispuestas a aguantar. ¿Es el ego el culpable de que los hombres crean que deben tener lo más brillante, lo más grande y lo mejor de todo por el mero hecho de aparecer con sus rebosantes cuentas corrientes y con la creencia de que tienen derecho a todo? Como es de esperar, anhelan lo que ya no tienen: la belleza de la juventud. La posee con unos ojos que se parecen a los de Mastroianni sobre Claudia, una leona a la espera del trono que todavía no está dispuesta a entregar su lujuria juvenil.

A lo mejor, muy de vez en cuando, es amor verdadero. La omnipresente opinión general dice que los polos opuestos se atraen, pero no puedo menos que preguntarme qué tienen en común una chica de dieciocho años y un hombre de sesenta.

No mucho, claro que tampoco es asunto mío, así que le sonrío.

—Los dejaré solos. Llamen a recepción si necesitan algo.

Él asiente con la cabeza, pero no me ofrece una propina. La habría rechazado de todas formas. No debería haberla dejado sola en su estado. ¿Dónde coño estaba una hora antes, cuando necesitaba de verdad que estuviera a su lado? Este fallo en la seguridad no va a ayudarla a superar sus problemas con la figura paterna.

Claro que también sé que la chica no se refería a la interpretación de una estatua cuando comentó lo del «oro».

Se refería a Maximilian. Mi jefe.

Tengo que encontrar toda la información que pueda sobre él en el diario para armarme con ella... y luego conocerlo y ver lo que puedo descubrir sobre Inanna. Estaban conectados por una relación que iba más allá del plano laboral.

La certeza va montada en mi hombro como un diablillo mientras bajo al vestíbulo. Elias, el tío que me entrevistó, me está esperando en el mostrador de recepción a mi regreso, y se pone de pie y señala el ascensor con la cabeza.

—Acompáñame.

Me pregunto si el hombre que se está tirando a la modelo se ha cabreado conmigo y ha decidido intentar que me despidan para ocultar algo, pero me obligo a controlar la paranoia. Tampoco pregunto por Gold, pero me arde la lengua por los puntos que acabo de enlazar. Otra cosa que no pregunto es adónde vamos, porque lo sabré enseguida, es evidente, pero también porque es una pregunta de aficionado.

Las palabras se las lleva el viento… la política me ha enseñado mucho acerca del postureo. Hacer preguntas sobre el lugar al que nos dirigimos demuestra inseguridad, y eso nos dejaría en una posición en la que el otro tendría la sartén por el mango.

Elias me dirige unas cuantas miradas elocuentes, como si se muriera por verme la cara cuando comprenda adónde vamos, pero mantengo la vista clavada en las luces del ascensor con tal de no parecer ansiosa ni angustiada.

—Por cierto, buen trabajo con lo de antes —dice.

El Gran Hermano siempre al acecho.

—Gracias.

—Estarás en el mostrador de recepción encargándote de muchos asuntos, pero gran parte del tiempo, la mayoría en realidad, te ocuparás de los invitados de este club.

El ascensor pita al detenerse, como si quisiera poner

punto y final a sus palabras, y las puertas se abren con un entusiasmo bien engrasado que raya en la conciencia.

El ritmo me golpea al mismo tiempo que la oscuridad. Es un club.

Los cuerpos se enroscan entre sí. Hombres trajeados, mujeres ligeras de ropa. Pero también hay varones medio desnudos deambulando por la estancia.

La decoración es ostentosa, de un estilo que le habría encantado a Luis XIV. A pesar de la luz tenue, todo parece resplandecer, todo tiene aspecto pulido, y transmite una sensación de opulencia, aunque tal vez solo se deba al brillo del lubricante y de la brillantina corporal... o podría serlo de estar en otro sitio menos aquí. Max nunca permitiría semejante fallo en su hotel.

Todo es grandioso: techos altos, sillones enormes tapizados con terciopelo... Una mala elección cuando hay fluidos corporales de por medio.

Claro que Max no va a tener problemas para costear el precio de cambiar la tapicería cada diez minutos, cuando empiecen a parecer un poco deslustrados.

El club no solo ofrece la impresión de opulencia, es la opulencia misma. Supongo que las columnas no son de granito, sino de mármol; las molduras no están pintadas de dorado, sino revestidas de pan de oro por alguien originario de Italia o de Francia y que sabía lo que estaba haciendo y que contaba con una legión de ayudantes que cumplían las órdenes que les gritaba.

Es la típica fachada de un club dedicado al BDSM, la estética más tópica, un coqueteo con ese mundo, inmerso en la imaginería sin el compromiso, la comprensión o el respeto.

En cuanto desvío la mirada al otro lado de la estancia, me doy cuenta de que lo que he tomado por enormes obras de arte en la pared, colgadas de recargados marcos dorados, no son cuadros, sino espejos que nos devuelven unas imágenes que parecen algo que habría pintado El Bosco en una discoteca.

Los espejos son la zona de juegos preferida del ego. Los hombres y las mujeres como los que están aquí tienen autoestima de sobra para llenar los espejos de más de tres metros y medio.

No basta con pasárselo bien y que vean que te lo pasas bien. Tienen que mirarse a sí mismos mientras otros los observan pasárselo bien.

Todo está labrado, pulido y decorado.

Justo lo contrario a la gente que hay dentro. Miradas hambrientas, como si nunca hubieran disfrutado en la vida, que lo contemplan todo desde unas caras que reflejan la indiferencia de aquellos que están de vuelta de todo.

Aunque tal vez sea el bótox lo que les impide exteriorizar las emociones.

Es un club de sexo dentro del hotel. Me recuerda a la Fábrica de Follar, pero descafeinado, y seguramente tenga un nombre ridículo.

Por un instante abrumador, me asaltan los recuerdos de otro lugar y otra época. Un rubio en la barra. Presionándome contra la pared desde atrás. La gente que se agolpaba para mirar.

El mismo tío está sentado a la barra ahora.

Pero no, se da la vuelta y me percato de que no es él, sino una mujer andrógina. Observo los alrededores con cuidado de no detener demasiado la vista en lo que sucede en los rincones, pero... ¿en serio? Es Perversión para Tontos, y muy suave para lo que yo he hecho.

Un recuerdo se estremece en mi subconsciente, pero lo destierro y me concentro en la alta dominatriz de tetas enormes que, con un látigo en la mano, coquetea con un hombre de negocios y su mesa llena de acólitos. Una vez más mi piel cobra vida con los secretos que hierven bajo ella.

—¿Qué te parece? —me pregunta Elias.

Tengo las palabras en la punta de la lengua, me abruma el ansia de contarle las cosas que he hecho; cosas mucho más impactantes que lo que sucede en esta estancia, algunas que harían que él enarcara las cejas y se llevara las manos a la cabeza.

Me encojo de hombros.

—La decoración es estupenda.

Ni la mitad de estupenda que mis recuerdos, una nimiedad comparada con mis sueños. Pero es mejor guardarme esas palabras. Me está enseñando esto no para que yo aporte historias de mi pasado, sino para analizar mi reacción.

Pero ¿qué más hay? ¿Pretende que esto forme parte de mi jornada laboral rutinaria? ¿Quiere comprobar si escondo alguna perversión personal? Los hombres solo quieren enterarse de lo que te va cuando les apetece meterse en faena contigo. No le preguntas a una desconocida cuál es su postura sexual preferida a menos que quieras, como poco, imaginártela en dicha postura, seguramente contigo, metiéndole aunque sea un dedo en un orificio para sentirla por dentro. Esto no es personal, es laboral... pero algo me dice que aquí nada es unidimensional.

Todo es multidimensional. Se asemeja a un prisma con muchas caras que no descubres hasta que alguien las ilumina.

Además, ¿qué es este sitio?

Es un club para los turistas que creen que les van las perversiones. No se parece a lo que yo deseo, sino a una desvaída imitación, pero de alguna manera estoy encantada de poder acceder a esto de nuevo, aunque solo sea mientras estoy investigando a Inanna.

—¿Mi predecesora también se ocupaba de este sitio?

Elias asiente con la cabeza.

—Sí.

Entrelazo las manos a la espalda y sonrío por el giro de los acontecimientos.

—Soy más que capaz de hacerlo.

Elias sonríe.

—No será un problema para alguien como tú, ¿verdad? —Su mirada recorre lentamente mi blusa almidonada y mi estricta falda de tubo.

¿Lo más gracioso de todo? El secreto de hoy es que no me he puesto bragas para venir al trabajo.

—En absoluto.

Es esa clase de satisfacción rara que he estado ansiando toda la vida.

Si esta va a ser mi rutina nocturna en el trabajo, me muero por ver lo que pasa a continuación.

12

Según tengo entendido, se dice que la gente de mi edad forma parte de la Generación Privilegiada, y me lo creo. Sabemos lo que queremos y lo queremos ya, con el menor esfuerzo posible. Nos han enseñado que todos somos únicos, que poseemos un potencial ilimitado y que podemos convertirnos en lo que queramos ser, y que la sociedad debe hacernos un hueco en cualquier mesa a la que nos apetezca sentarnos porque todos somos especiales y al mismo tiempo, todos somos el mejor.

Una chorrada impresionante, pero que desde luego ha generado mucha confianza, algo fantástico para justificar el fracaso a la hora de conseguir algo que pensabas que sería pan comido.

Ese trabajo, ese ascenso.

Ese regalo que daban con la compra y que se agotó antes de que llegaras a la tienda y que, aunque en realidad no lo necesitabas ni siquiera pagando, te sientes engañada cuanto te lo quitan.

Y vuelvo de nuevo al tema de las marcas. Porque en el fondo crees que son ellas las que te diferencian.

Si no conoces a un hombre como Will, seguro que has visto a alguno similar en la televisión. Con un moño antes de que se pusieran de moda y una barba con tres pelos que le hace un flaco favor a la imagen que quiere proyectar: la de un follador nato. Es un tío que participó en un programa de telerrealidad antes de convertirse en actor, o una estrella del AMM convertido en músico, pero ya no hace casi ninguna de esas cosas. Ahora es el rey de los cameos y exprime al máximo la poca fama y notoriedad que ganó con sus quince minutos de gloria, y le brillan los ojos cada vez más a medida que su estrella y el interés del público se van apagando.

Es un tren a punto de descarrilar en cualquier momento.

El modelo de todos los tíos y la pesadilla de cualquier publicista.

Seguro que la parte posterior del cuello le huele a coño rancio, porque en todas las fotos de Instagram sale con una aspirante a modelo subida a hombros a fin de hacerse el deseable. Es vociferante y molesto, porque no ha aprendido lo que significa la humildad durante su meteórica carrera a la fama, que le llegó de la noche a la mañana, y por eso se siente con derecho a todo. Se enorgullece de no preocuparse por nada, pero como cualquier niño pequeño, se molesta cuando las cosas no salen como él quiere.

Llevo diez minutos con una sonrisa educada en la cara mientras él despotrica porque no le di una habitación mejor de forma inmediata, y gratuita, dada su condición de celebridad. Está convencido de que su presencia aumenta nuestro prestigio y el valor de la propiedad.

No es así. Porque no es un famoso de verdad, es un pseudofamoso, al igual que les sucede a las demás estrellas del pop entradas en años y a esas celebridades de medio pelo que eran conocidos diez años, cuatro intentos de rehabilitación y dos exfoliaciones químicas antes. Además, en este hotel hasta las habitaciones más baratas dejan a la altura del betún a las mejores suites que he visto en toda mi existencia, de modo que la excusa del prestigio o la calidad a la que se aferra sin disimulo resulta más que discutible.

El olor rancio a cerveza de su aliento no le ayuda precisamente a persuadirme, ni tampoco la mirada lasciva que me echa mientras me grita en el vestíbulo del hotel. Parece el tipo de tío capaz de follarse un Hot Pocket y de presumir de ello en las redes sociales con tal de ganar visitas, tal como hizo un chico hace un tiempo.

Me pregunto qué estará haciendo ese chico ahora. ¿Qué haces con tu vida después de ese punto? ¿Te conviertes en un inadaptado social como el que tengo delante? Un día eres un adolescente cachondo y al siguiente te estás follando objetos inanimados en un intento por escandalizar al mundo y llamar la atención. ¿Será ese su legado? Llevará pegadas a su nombre las migajas del escándalo sexual, de la misma manera que el relleno caliente del Hot Pocket se le pegó al paquete.

Sexo simulado, otra vez.

Pero digamos que el muchacho sigue con su vida, se convierte en una persona seria y se pone a trabajar con ahínco a fin de convertir el mundo en un lugar mejor para las generaciones venideras. Puede inventar una ratonera más efectiva, curar el cáncer, fabricar una nueva fuente de energía renovable... y de todas formas me apuesto lo que sea a que todos aquellos que estén presentes el día que le entreguen el premio Nobel se susurrarán al oído: «¿Sabes que se folló un Hot Pocket?».

Reinventarse a uno mismo resulta difícil en la era de internet, donde nada se olvida y el conocimiento no es poder, sino una herramienta que se usa para doblegar a los demás con el objetivo de sentirte mejor. La mayoría de la gente desea esa fama virtual, pero carece del estómago para conseguirla. A lo mejor eso es bueno. De lo contrario, se convertiría en una competición desquiciada y la gente empezaría a hacer locuras cada vez mayores para superar lo que sus competidores acaban de hacer, hasta llegar a un punto en el que se pregunten: «Y ahora ¿qué?».

¿Las Olimpiadas del Dolor? Empieza de forma inocente, tal vez con un concurso para comprobar quién es capaz de comerse la salsa más picante. Pero ¿has visto el meme ese? El de «Te has pasado… y lo sabes». No puedo mirarlo sin pensar en el vídeo ese de las Olimpiadas del Dolor.

Una ida de olla que se les fue de las manos. Si juntamos el ego masculino con el espíritu competitivo, la cosa ya está liada. La emoción se viene abajo cuando alguno se amputa el pene, u otro se corta las pelotas para exprimirlas y que salga… A lo mejor era falso, pero los vídeos me parecieron sumamente reales.

Lo triste es que no son los únicos que hacen ese tipo de barbaridades.

Hoy en día cualquiera dispone de una audiencia gracias a internet.

—¿Me estás escuchando? —Will, el pseudofamoso, chasquea los dedos delante de mi cara.

—Por supuesto —contesto con una sonrisa insípida. Hablando de cortar pollas…

—Pues entonces dime qué vamos a hacer para solucionar mi problemilla. —Se cruza de brazos con ese gesto típico de los tíos inseguros, presionando los bíceps con los puños en un intento ridículo de parecer más cachas. Es el equivalente masculino de las tías que posan en Instagram con esa postura que te hace los brazos más canijos.

Dejad de hacer eso. No engañáis a nadie con esos ángulos tan raros y esas contorsiones tan poco naturales.

El problemilla imaginario de Will se ha convertido en un problema real para mí y, por desgracia, no hay nadie cerca a quien pueda endiñárselo con la excusa de mi falta de experiencia. O dejo que el gilipollas siga vociferando en el vestíbulo y acabe molestando a un VIP de verdad que por casualidad pase por aquí, o lo quito de en medio lo antes posible. Aunque sea un gilipollas, se trata de un cliente, y mi trabajo consiste en asegurarme de que los clientes están contentos.

La clave para engañar a la gente consiste en hacer que sienta dos cosas.

La primera, que es especial. Y de nuevo volvemos a la idea de que en nuestro interior brilla una chispa única plantada por esas abuelas tan prestas a consentir a los nietos o por unos padres que se dieron cuenta de que eras capaz de tocar una nota en el piano y ya imaginaron una lluvia de dinero, así que decidieron darte el empujoncito para convertirte en lo más de lo más. Consiste en hacerle creer a esa persona que es lo bastante perspicaz como para notar el trasfondo de la situación e identificar las mentiras, de modo que la halagas por ser tan lista. De esa manera consigues que sienta que forma parte de un club exclusivo y de repente descubres que deja de arrugar la nariz como si estuviera oliendo mierda.

Y la segunda, que va a salirse con la suya. Toda la gente quiere llevar la razón, por más equivocada que esté, por más ridículo que sea lo que te esté pidiendo («¿Cómo que no es época de granadas? ¡Si me comí una el jueves!»). ¿Cómo te atreves a mentir al respecto para dejar a esa persona por imbécil? A veces este tipo de situaciones representan un callejón sin salida, porque no puedes sacarte de la manga una fruta que no está disponible en el mercado, pero como un buen mago, recurres a la distracción. «Por supuesto, pero no quería decir nada delante de los demás huéspedes. Tenemos algo mejor que las granadas: peras recogidas por las vírgenes de la tribu tibetana que atiende al dalái lama. Solo tres han soportado bien el viaje, pero las estamos reservando para alguien que sepa apreciar la calidad.»

Sí, es una mentira como una catedral, pero a la gente le encanta tragarse ese tipo de rollos porque así se siente bien.

Y todo el mundo quiere sentirse bien.

Sobre todo Will.

Me invento una leyenda absurda sobre una de las habitaciones de la segunda planta, que supuestamente teníamos reservada para alguien muy conocido, de quien doy ciertos detalles y dejo algunas lagunas para que sea él quien sume dos y dos sin que yo tenga que especificar nombres o negarlos. Si quiere que ese actor sea quien ha cambiado la reserva para la próxima semana, dejando libre la habitación para que él la ocupe, mejor para mí.

Porque es una trola, claro está.

Siempre hay mejores habitaciones disponibles en los hoteles. Siempre.

Da igual que te digan que el equipo olímpico de hockey

se aloja en el hotel, y que se están celebrando una convención de juguetes eróticos y tres bodas durante ese fin de semana. Siempre hay habitaciones disponibles, porque se aseguran de que estén desocupadas por si acaso aparece alguien mejor.

Y si se trata de un famoso, siempre queda habitación para uno más.

Will ha dado con el hotel, y eso ya es algo. Aunque lo haya hecho a través de un amigo. Que tal vez sea la persona a quien verdaderamente nos interesa contentar.

Me aseguro de que se aleje del mostrador de recepción de camino a su «habitación mejor» con una sonrisa en la cara. La nueva habitación es idéntica a la que tenía reservada, pero con una distribución simétrica y con una terracita a la que puede salir y fingir que es importante.

A los pseudofamosos les encanta mirar a la gente por encima del hombro. Literal y figurativamente.

Acabo de colgar el teléfono después de pedir que suban una botella de whisky normalito a la habitación de Will, a cuenta de la casa, cuando alguien golpea el mostrador, justo al lado de mi mano.

El señor Gold.

Max. Lo he visto caminar por los pasillos como si nunca tuviera prisa, pero sin dejar de moverse, como si lo arrastrara una corriente de aire que solo él puede percibir.

He leído cosas de él en el diario de Inanna.

—Catherine, he visto cómo manejabas la situación.

Es la primera vez que me dirige la palabra, la primera ocasión que lo oigo hablar, de hecho. Es más bajo de lo que imaginaba, pero tiene un porte imponente, tal como les sucede a las personas seguras e influyentes. Su mera presencia absorbe todo el oxígeno de la estancia, como si las moléculas se apresuraran por saber qué deben hacer a continuación. Tiene la voz grave, aunque da la impresión de que lo hace así a propósito.

Mantengo una expresión neutra, porque no sé si la conversación va a acabar en un halago o en una recriminación.

—¿Ah, sí?

Asiente con la cabeza. El tono rosado de su piel sugiere que está conteniendo una emoción que le resulta molesta o que se está recuperando de una quemadura solar. Tiene los ojos demasiado juntos como para considerarlo un hombre atractivo, al menos para mi gusto, pero hay algo irresistible en él. Me mira fijamente un instante antes de hablar de nuevo.

—Lo has hecho muy bien. Elias me ha contado lo del otro día. Hemos acertado al contratarte, Catherine.

Se trata del hombre que mira. El dueño de todo. El hombre que Inanna deseaba, el tipo que tal vez la arrastró al borde de la obsesión.

—Gracias, señor —respondo, enfatizando la última palabra para evaluar su reacción, sin alejarme y sin moverme para no delatar nada.

—Me recuerdas a alguien —dice de repente, y me humedezco los labios con la esperanza de que se esté refiriendo a Inanna.

—¿Ah, sí?

—Te he visto merodeando por la habitación catorce.

Mierda. Es cierto. Inanna la mencionó y yo quería averiguar qué se esconde detrás de la puerta, pero es la única puerta que no se abre con mi llave maestra.

Ni tampoco abre la zona reservada a los clientes importantes, ambas cosas están fuera de mi alcance.

He estado merodeando por los pasillos durante los dos últimos días, buscando puertas sin número, escaleras que llevan a un piso por encima de lo esperado, ascensores que se mueven hacia un lado y te llevan a esos lugares que quiero visitar... a la tierra situada detrás de las cortinas. Sonrío.

Me mira la mano, pero no la coge.

—Acompáñame.

Andamos unos minutos en silencio. Es él quien le pone fin.

—Ya has firmado el acuerdo de confidencialidad con el que trabajamos en todos mis hoteles, pero lo importante no es que estés obligada a guardar silencio sobre algo en concreto. Ya sé que eres capaz de mantener la boca cerrada, de otro modo no te habría contratado.

Interesante. Le ofrezco un murmullo de asentimiento.

Él extiende las manos.

—Lo fundamental es mantener contentos a los clientes, y algunos tienen unos... gustos distintos a los de los demás. Ciertas inclinaciones que no desean que el resto del mundo conozca. —Percibo un hormigueo en la piel provocado por la emoción cuando veo que se detiene delante de la habitación catorce y que se mete una de sus grandes manos en un bolsillo—. La primera vez que entras en la habitación no sabes lo que vas a encontrar detrás de la puerta, lo que se te pedirá que hagas. No recibes instrucciones previas, careces de información privilegiada. Entras desnuda. Metafóricamente hablando. Ese es el juego. Tienes que adaptarte. Con rapidez. Pensar sobre la marcha. Si te pillan, has fracasado, has perdido el lugar que te correspondía. La competición lo es todo. Pero no consiste en el Mejor del Espectáculo, sino en el Mejor del Sexo. Follamos como perros para ganar. ¿Lo entiendes?

Me suena demasiado familiar como para que me resulte cómodo, pero asiento con la cabeza y mantengo una expresión neutra en el rostro. ¿Va a tratar de obligarme a hacer algo? Hasta este momento pensaba que solo pretendía mostrarme alguna cosa, un secreto, no que me follara a alguien. Como intente que le haga una mamada en algún armario de la limpieza...

Se saca una llave negra del bolsillo, una llave tradicional, no una tarjeta como la mía, y la introduce en la cerradura al tiempo que me mira con una ceja enarcada.

—Lo que estás a punto de ver cambiará tu vida. Aún estás a tiempo de darte media vuelta, pero pronto será tarde.

Mi cuerpo se debate entre el deseo de poner los ojos en blanco y darle un empujón para quitarlo de en medio a fin de poder abrir antes la puerta y comprobar qué narices hay del otro lado. ¿Inanna llegó a verlo? ¿Era esto de lo que hablaba? ¿Escuchó este sermón también durante su primer día o tuvo que ganárselo?

¿Fue su peregrinaje de autoexpresión sexual el motivo por el que Max la contrató, a sabiendas de que sería inevitable que acabara recorriendo este pasillo?

Sonrío.

—No me sorprendo con facilidad.

Esboza una sonrisa afectada que tiene bien ensayada.

—Que conste que te he avisado. —Abre la puerta y revela una segunda abertura. Entro en el espacio que queda entre ambas y él hace lo mismo, tras lo cual cierra la primera puerta. Aunque el recibidor es reducido, se cuida mucho de rozarme, lo que hace que me sienta aliviada y decepcionada a la vez. Es un hombre odioso, pero fascinante al mismo tiempo.

Me rodea con un brazo para meter otra llave en la cerradura de la segunda puerta y cuando la abre, revela un pasillo en el que reina la oscuridad. Experimento un *déjà vu* cuando distingo un gesto con el brazo con el que me invita a seguir andando.

Tal vez debería sentirme nerviosa mientras me adentro en lo desconocido con alguien que me provoca una leve repulsión, en un lugar tan remoto y donde resultaría tan sencillo deshacerse de un cadáver.

Y desde luego que debería estar preguntándome por qué me ha elegido Max para que vea esto, a juzgar por el poco tiempo que llevo en el hotel.

Pero lo único que siento es curiosidad. Emoción. Ese subidón que notas cuando abrazas lo desconocido, no movida por una imprudente indiferencia hacia tu seguridad sino por el deseo de explorar. Y una parte importante de mi persona se pregunta si a Inanna también le hicieron esta oferta, esta tentación de atravesar la puerta que le abrieron.

Tal vez Max esté intentando instruir a su sustituta para que la reemplace en aquello que ella hiciera.

Quiero saber qué era, de manera que convertirse en su sustituta se transforma en algo vital. Por eso, cuando abre la puerta, me pregunto vagamente si ella también la habrá atravesado.

Si lo habría hecho, sin titubear, deteniéndose solo para dejar que el momento se derritiera sobre la piel a fin de saborearlo y rememorarlo al detalle después. Lo que más me gusta del diario de Inanna es su forma de bombardear los sentidos con sus descripciones.

Así que con ella en el pensamiento cierro los ojos y percibo el aire frío que me acaricia la piel mientras inspiro hondo para captar el olor, pero huele igual que en el pasillo que acabamos de dejar atrás.

Oigo las notas graves de un contrabajo a lo lejos. Las paredes son gruesas, seguras. ¿Hay otras entradas o salidas? Seguro que sí.

Quiero encontrarlas a todas.

—¿Nerviosa? —me pregunta Max con un deje sarcástico en la oscuridad.

—Más bien lo contrario. Quiero recordar este momento con todo detalle. Sé que es importante.

—Buena chica. Bienvenida a la sección VIP.

Doy un paso y mis tacones resuenan en los peldaños de la escalera. Extiendo el brazo para aferrarme al pasamanos, y descubro que no hay nada que me sostenga o que me impulse hacia delante.

13

La música suena más fuerte al final de la escalera al filtrarse bajo la rendija de la puerta de color vino tinto. Max está pegado a mí, así que, sin titubear, la abro. Las brillantes luces y las notas graves de la música tecno me golpean el cuerpo y aumentan considerablemente mi energía.

Creía que el club de la planta alta era el único del hotel.

Max me deja ir por delante mientras recorremos la habitación. Debería darme igual, pero me importa... No por el lema de «Las damas primero». Me está dejando que yo vaya adelante por algún motivo.

Un musculoso asiático ataviado con vinilo negro está sentado en una antigua bañera con patas cerca de la puerta, con una pelota roja en la boca y un letrero pegado en las manos atadas que reza ESCÚPEME.

A juzgar por la expresión de su cara, por su cuerpo y por los dos centímetros de líquido que contiene la bañera, la gente no solo le ha escupido, sino que también le ha echado las bebidas o le ha orinado encima.

Allá donde fueres...

Lo miro a los ojos un instante y él echa la cabeza hacia atrás mientras sonríe alrededor de la pelota.

Le escupo a la cara y él gime y cierra los ojos con un violento estremecimiento de placer.

Max esboza una sonrisilla, aunque no sé si porque le hace gracia o porque le sorprende. Creo que ambas reacciones son buenas en lo que se refiere a este hombre. Como el resto del uno por ciento, lo peor que les puede pasar es aburrirse. En ese caso, ellos, y las personas que tienen a su alrededor, acaban metidas en un lío.

A los millonarios solo se les da un pelín mejor que a los multimillonarios eso de entretenerse. Cuando alcanzas cierto nivel de riqueza y tienes todo lo que te pide el corazón, ¿qué más puede existir?

Dejas de seguir a tu corazón y empiezas a perseguir tus sueños.

Y cuando acabas con eso, vas a por tus pesadillas.

O a por las pesadillas de los demás. Depende de la personalidad de cada cual. ¿Te convertirás en Donald Trump o en Bill Gates?

¿Tus creaciones buscarán construir o destruir?

¿Construirás un club de perversiones bajo un hotel palaciego con aspecto de monolito en el desierto?

Me vuelvo hacia Max.

—Interesante. ¿Sigo en horario laboral o estamos hablando de una actividad extra?

—Es una recompensa por lidiar con Will... que no conoce este sitio. Pero a lo mejor se trata de una prueba para saber si eres capaz de soportarlo.

—Como todo lo demás, ¿no?

En cierto sentido, me lo he ganado, pero no quieren

darme demasiada carta blanca en el club de las perversiones sexuales, porque de lo contrario no me habría acompañado para observar. Y no ha dicho que el horario laboral se haya terminado.

Este sitio rezuma «perversión».

El club que vi con Elias rezumaba riqueza y elegancia. Un lugar donde podrías llevar al invitado más exquisito y no sería capaz de quejarse ni del diseño ni del ambiente. Este sitio es justo lo contrario, y por un motivo de peso.

Verás, las personas para las que se ha creado este territorio ya nadan en pompa y boato. Cuando quieren desmelenarse, la sensación de que se están rebajando les ayuda.

De modo que este sitio... ¿La sección VIP que tiene su entrada particular, separada del club principal? «Agresivo» se queda corto a la hora de describirlo.

Es de metal, hormigón y cristal negro. Líneas afiladas contra las que apoyarse cuando quieres una dosis de dolor... o deseas provocárselo a otra persona. Es tu prerrogativa. Me recuerda a las cloacas de la ciudad, a los distritos rojos, a los chanchullos de drogas en los callejones.

Está pensado para que parezca desenfrenado y peligroso. Y lo consigue.

El suelo es negro y las paredes son oscuras con algunos toques de color, como una mancha de aceite. La música abusa de los graves para que tu cuerpo y tu mente se aquieten; es más escurridiza y más rítmica que la música trance que suena en el otro club.

Aquí hay menos personas, pero es más pequeño, y aunque no falta espacio, tampoco da la sensación de que esté vacío. Hay más reservados para escabullirse si quieres un poco de intimidad tú sola o con un amigo... o dos o tres.

También distingo varios aparatos en la estancia, que tiene aspecto más o menos octagonal, y puertas numeradas a través de las cuales se abandona la zona principal. Abro la puerta de la habitación 3.962, la que está más cerca. La sensación de familiaridad me asalta cuando veo al hombre que está dentro. Mentón cuadrado, pelo corto salpicado de canas. Hay algo en esas cejas perfectamente depiladas... Conozco su cara, pero no termino de ubicarla hasta que esas facciones se relajan entre azote y azote del látigo.

Ni de coña.

El presentador preferido de Jack.

El hombre que, con una exclusiva muy bien planeada, derrumbó el turbio imperio de Bundy como si de una temblorosa torre de fichas de madera se tratara. Un hombre sin encanto y con menos autenticidad todavía: Forrester Sachs.

El simple hecho de estar tan cerca de semejante escena ya sería bastante sorprendente, pero que esté atado a una cruz de San Andrés, desnudo y abierto de piernas, hace que mi cerebro se bloquee un segundo.

Dicen que el contexto lo es todo, que puedes cruzarte con alguien a quien conoces muy bien, pero que si estás en otra ciudad o en otro país y no esperas encontrarte a esa persona, tu mente necesitará un momento para reconocerla.

Pi, pi, pi.

—Más —gime él por encima del hombro, y la mujer alta suelta el látigo con una sonrisa desdeñosa, unta un consolador del tamaño de mi brazo con suficiente lubricante como para llenar una piscina hinchable y se lo mete en el culo de golpe.

Vlad el Empalador parecería un aficionado al lado del sadomasoquismo moderno.

Soy incapaz de apartar la mirada.

Lo mejor de todo es que el consolador con el que se lo está follando no es normal. No, es un modelo de Jesús crucificado, y el brazo horizontal de la cruz le ofrece el agarre perfecto con el que meterle por el culo a Sachs los pies y las piernas de Jesús en el madero.

Al menos está gritando el nombre correcto.

Jesús... desde luego que sí.

Mentiría si dijera que no me muero por sacar el móvil y grabar un vídeo, como una especie de recuerdo con el que ponerme mientras veo al compuesto y severo Sachs destrozando a otra persona en una entrevista televisiva supuestamente imparcial. Pero algo me dice que, con un vídeo o con fotos, no pasaría de la puerta, así que ni me molesto en intentar inmortalizar el momento.

¿Qué pensaría Jack de esto?

¿Se tiraría de los pelos al saber que estoy aquí o se mostraría tan indiferente como ha pasado en los dos últimos meses cada vez que le he hablado de mi trabajo? Me olvido de mi novio y me alejo de la cruz, porque no me agrada en absoluto el regusto de la culpa y de la frustración que saboreo en la lengua.

Tendría sentido que Inanna se hubiera topado con la misma sociedad secreta que yo, que se hubiera sumergido en ella un tiempo y que luego encontrara resistencia cuando intentó abandonarla. Las cosas que hizo, las cosas que le interesaban, habrían sido compatibles, bien recibidas y alentadas, pero no se callaba y ella misma era una forma de comunicación.

Seguro que no estaba acostumbrada a ceñirse a las reglas de otra persona.

Pero la Sociedad Juliette no acepta un no por respuesta... ni tampoco le gustan las personas a quienes no puede controlar.

Sería el colmo de la buena suerte que este sitio les perteneciera y que ella lo hubiera encontrado.

Diseñado para mantener contentos a los empresarios cuando están cerca de Las Vegas en un congreso. Vienen aquí, tienen la sensación de que forman parte de una especie de élite, de algo prohibido, y están encantados de pagar una pasta gansa por el privilegio de que los follen.

Como Sachs.

El colmo de la buena suerte no existe en el mundo real. Es un lugar retorcido, y cuando buscamos las estructuras, las cosas empiezan a ponerse peligrosas.

Vemos cosas que no existen.

Encontramos aquello que queremos ver, nos inventamos algo de la nada. Un orden en el caos.

Hechos en la ficción.

Sin embargo, sigue siendo un lugar cojonudo para pasar un par de horas.

¿Por qué me han traído aquí?

Una pregunta con una respuesta clara: todavía no lo sé. Me vuelvo para preguntárselo a Max, pero ya no lo tengo a mi lado. ¿Cuándo se ha ido? Lo busco por la estancia, pero no lo distingo por ninguna parte. A lo mejor ha visto una escena en la que quería participar... o que quería observar. Tal vez se ha ocultado tras una sombra o una máscara y me está mirando.

¿De qué va realmente esto?

¿Es una recompensa? ¿Una prueba? ¿Han reconocido en mí la capacidad para esto, el interés, y quieren analizar mi reacción?

Tal vez se sorprenderían más de mi reacción de lo que a mí me ha sorprendido el hecho de enterarme de que este sitio ha estado vibrando bajo mis pies todo el tiempo.

Una mujer con un traje de látex azul y el pelo recogido en una coleta alta pasa a mi lado, llevando con una correa de pelo a un hombre delgado que gatea por el suelo.

A lo mejor son extensiones… ¿Quién sabe lo que es falso y lo que es real aquí? Salvo las tetas.

Falsas.

Esto no tiene por qué gustarme. A las mujeres no tiene por qué gustarnos nada de esto a menos que haya un hombre encima descubriéndonos el camino hacia el «despertar» sexual.

Pero me gusta. Me sigue gustando. Tal vez haya dejado atrás la vida ligada al sadomasoquismo, pero eso no me ha impedido disfrutar de las fantasías en internet, calificándolas de «investigación». He descubierto que los únicos deseos o perversiones de los que hablamos las mujeres son espantosos, fantasías abusivas de violación, y son esos los que los medios de comunicación tradicionales parecen aceptar, algo que afianza todavía más la cultura de la violación que tan desesperadamente tenemos que eliminar. Esto es lo que ha calado en los medios de comunicación tradicionales en vez de los verdaderos deseos de las mujeres, porque nos han arrebatado el poder.

En realidad, es todavía peor. No se trata de que nos hayan arrebatado el poder de que disponíamos. Hemos dejado que los medios de comunicación nos aplasten en lo referente al sexo. Nos lo piden y presionan a las mujeres a las que no les gusta el sexo anal para que lo practiquen, pero como expreses interés en follártelos, prepárate para ser testigo de cómo se encienden las luces y cómo el público sale corriendo despavorido del cine. La hipocresía en su máxima expresión, porque los hombres jamás permitirán que se les coloque en una situación de vulnerabilidad.

Pero podríamos recuperar el poder si fuéramos conscientes de que tenemos las riendas cuando nos conectamos a internet y hablamos las unas con las otras.

¿Por qué no podemos compartir más historias de mujeres y de sus obsesiones sexuales que no son «chabacanas» y que no sirvan de cebo en busca de clics? Sé que hay mucho de eso. Soy consciente de que hay hombres con deseos de explorar las aventuras más raras, peligrosas y transgresoras. Pero estas perversiones no pueden pertenecerles en exclusividad, nosotras también tenemos deseos. El ansia y el deseo de sentir más, de intentar otras cosas. ¿Se debe a que los hombres son más abiertos a la hora de compartir sus deseos más ocultos, como una fraternidad en la que alardear de sus conquistas sexuales? A las mujeres les gusta mantener sus perversiones en un armario, y el secreto les produce más placer a sus placeres, y de ese modo no amenazamos el frágil ego masculino.

En serio, es más habitual ver a mujeres dominantes (dominatrices) que a un hombre con una mujer sobre las rodillas.

¿Y las vírgenes? Responde más a un ideal que a un estilo de vida. ¿Sabes a quiénes les gusta follarse a vírgenes sin contar con ese grupúsculo de la comunidad?

A otras personas también vírgenes.

A las vírgenes se les da fatal el sexo porque nunca lo

han experimentado. También les duele, al menos a las mujeres. Las mujeres a quienes les encanta el sexo desde su primera experiencia no son lo habitual.

Así que supongo que los sádicos tendrían un aliciente añadido, pero el interés es limitado, es lo único que digo. Creo que mientras tu pareja y tú estéis de acuerdo, todo vale. «Adultos» y «consentimiento» son las dos palabras que abren las puertas de tu interior y te llevan a lugares a los que no sabías que podías ir.

¿Qué lugares encontraré en este hotel?

¿Quién me encontrará?

Quiero explorar todas y cada una de las estancias de este sitio, pero quedarme quieta me ha convertido en un objetivo, así que echo a andar con decisión hacia la barra del bar situada en un rincón, iluminada desde abajo con un brillo azulado, como una llama de gas natural.

Tengo la sensación de que necesitaré un trago para lidiar con lo que sea que vaya a encontrar. Me inclino sobre la barra y espero a que el camarero me atienda, con los ojos clavados en la habitación que tengo a la espalda para que nadie pueda pillarme desprevenida.

No es la clase de estancia en la que me gustaría que me sorprendieran.

—¿Qué le sirvo? —le pregunta el camarero a la mujer que tengo a mi lado.

En cuanto noto la manchita rosada que tiene debajo de un ojo me quedo de piedra.

La última vez que lo vi estaba más oscuro, de piel y de pelo. Ahora parece un personaje de iZOMBIE: el cabello de un rubio claro, la piel más clara, como si hubiera pasado todo este tiempo bajo tierra, tanto literal como figuradamente.

A lo mejor se queda bajo tierra estos días, si este es su nuevo ambiente.

Puede que lleve el pelo distinto y que esté más delgado, pero no creo que haya dos personas sobre la faz de la Tierra que se hagan un puto tatuaje de un dónut Krispy Kreme debajo de un ojo como un gánster devoto de la diabetes tipo 2.

Bundy.

Los recuerdos de hace cuatro años me ponen la piel de gallina y me la dejan sudorosa y tensa. Tengo la sensación de estar respirando a través de un húmedo pantano.

El sonido parece desaparecer de la estancia y doy una vuelta muy despacio, observándola al detalle, esperanzada, temerosa.

Esperanzada.

Anna. ¿También está aquí?

Me bombardean imágenes, recuerdos de mi alocada, libre e imprudente amiga.

Las magulladuras en su piel blanca.

La forma en la que se inclinaba y hacía que todo pareciera un secreto.

La forma tan directa, sin filtros, en la que contaba cosas de los chicos, temas sexuales que deberían haber sido demasiado personales y sucios, pero tal como ella los contaba parecía que estaba leyendo datos de una hoja de cálculo.

Esos ojos verdes que he echado de menos, sonriéndome con su brillo travieso, como si fuéramos hermanas del alma, dos mitades de un todo o las dos caras de una misma moneda.

O al menos eso fuimos hasta que se marchó.

Es posible que también haya cambiado de aspecto, pero sigo buscando su melena rubia y su sonrisa traviesa. ¿Qué le diría?

«¿Adónde cojones te fuiste?»

«¿Dónde coño has estado?»

«¿Qué coño haces aquí?»

«Te he echado de menos.»

Sin embargo, la lenta rotación solo muestra una estancia llena de desconocidos, y cuando termino de dar la vuelta y miro de nuevo a Bundy, sé que Anna no está aquí.

Es una tontería, tal vez una superstición, pero me parece haber sentido su presencia como si estuviera.

Me inclino sobre la barra del bar y clavo la vista en Bundy Royale Tremayne.

—No es necesario preguntar qué hace un tío como tú en un sitio como este, ¿verdad, Bundy? —digo por encima del furor de la música.

Se queda petrificado y luego se vuelve hacia mí. Sus ojos se iluminan como si fuéramos viejos amigos que se reencuentran en un programa matinal de entrevistas.

De vez en cuando, la persona bumerán que echamos de nuestras vidas regresa y nos encuentra donde menos la esperamos.

En un club subterráneo.

Bundy Tremayne el Bumerán.

Se lanza sobre la barra y me aprisiona en un incómodo y agobiante abrazo.

—¿Cate? No puedo creer que estés aquí.

—Catherine —lo corrijo, y me aparto tras darle unas palmaditas en la espalda—. ¿Y Sachs está aquí? ¿No es básicamente el que destruyó tu carrera?

Bundy agita una mano.

—Agua pasada. Además, la cosa estaba muy parada.

Un caso de revisionismo histórico, pero comprobar cómo le dan por el culo a Sachs debe de provocarle a Bundy cierto grado de satisfacción y favorecer que se muestre magnánimo. La última vez que lo vi fue en su apartamento, que estaba atestado de basura de varias semanas, y aun así las bolsas no olían tan mal como sus pies. Me confesó varios detalles personales en cuanto a preferencias púbicas.

Me dijo que no había matado a las chicas de aquel reportaje de Sachs, el que le hundió la vida… Joder, es que se la enterró. Me dijo que nunca le haría daño a Anna, que había hecho todo eso para conseguir acercarse a ella, y le creí.

Pero ¿ahora? No puede tratarse de una coincidencia que Bundy esté aquí, trabajando donde Inanna. Otra mujer que se suicidó, como hicieron algunas de las chicas de sus páginas web de porno aficionado. Unas páginas de internet que Sachs sacó a la luz en su informativo. Más de una mujer decidió quitarse la vida por culpa de los vídeos que Bundy grabó y que compartió con todo el mundo.

Supuestamente. De todos modos, sigo sin poder considerarlo un asesino. Es un salidorro inofensivo, no un genio diabólico, y gran parte de lo que grabó lo hizo de forma anónima… y con permiso, supieran o no que los vídeos acabarían colgados en la red y que le engrosarían la cuenta corriente. Hasta que todo se vino abajo.

—¿Ahora estás aquí? ¿Este sitio es tuyo? —pregunto.

Asiente con la cabeza.

—Ya sabes de qué va esto. Quien quiera odiar lo hará como sea, y los hombres como yo siempre caemos de pie. ¿Qué te sirvo?

—Una Coca-Cola. Sigo trabajando.

Nada más reconocer a Bundy, decidí no permitir que me sirviera alcohol.

Sonríe y me pregunta:

—¿Trabajas aquí?

—No aquí precisamente, pero sí en el hotel. —No quiero que crea que es mi jefe ni nada parecido.

—En fin, bienvenida al espectáculo. —Sonríe y coloca una pajita roja en mi vaso.

No sé qué hacer con las manos ni con los pensamientos. Es como si el pasado y el futuro chocaran entre sí: aquí estoy, delante de Bundy, en busca de una mujer distinta, otra vez.

—¿Cuánto tiempo llevas en esto? —pregunto.

Entrecierra los ojos.

—Dos años, mes arriba o mes abajo.

Si lleva trabajando dos años aquí, tuvo que coincidir con Inanna.

—¿Recuerdas a una mujer, a Inanna Luna?

Sus ojos empiezan a brillar como un Papá Noel degenerado.

—Conozco a muchas mujeres, Catherine. No puedo acordarme de todas.

En eso tiene razón, aunque estoy segura de que los recuerdos que ellas conserven de él serán un pelín menos alegres. Recuerdo la entrevista que Sachs le hizo a la madre de Bundy.

«Empujó a esas chicas al suicidio, Charmaine», dice Sachs, y está examinando sus notas tranquilamente mientras lo dice, porque sabe que lo hace de puta madre, que podría hacerlo mientras duerme.

—Trabajaba aquí —digo—. Guapísima, alta, piel morena, ojos oscuros. Melena negra. Le iban este tipo de perversiones. —Intento atravesarlo con la mirada, pero está sumergido en el móvil.

—No me suena, pero tampoco salgo mucho de aquí. Si estuvo en este lugar, a lo mejor, al verla, se me enciende una bombilla.

Le doy un sorbo a la bebida para no abrir la boca y revelar mis traicioneras emociones, por si Max sigue observando.

—La recordarías si la hubieras conocido. —Tengo que dejar de hablar de Inanna, pero la única alternativa que se me ocurre es qué hay más allá de las otras puertas de la estancia y si Jack podría estar en algún sitio tan peligroso como este.

O si Inanna llegó siquiera a estar aquí.

—¿Qué sabes de este sitio, Bundy?

Se inclina hacia delante y me enseña una foto en su teléfono, es de una furgoneta Chevy verde, sucia, en el aparcamiento, con un perro sentado en el asiento delantero. Desde su caída en desgracia nacional, me dice, estuvo deambulando por las autopistas y las carreteras de circunvalación del país con un perro desdentado en una furgoneta Chevy, a la que llama «el Follamóvil», y de alguna manera acabó en el desierto. Un día, estaba en un bar de mala muerte y uno de los parroquianos empezó a hablar con él. Bundy le cuenta que cuando entró en el bar (que está en

Wonder Valley, donde solo hay casuchas abandonadas en las que cocinaban metanfetamina), todo el mundo dejó de hablar y se volvió para mirarlo. Le preguntaron: «¿Por qué has venido? Nadie viene por aquí a menos que huya de la ley o quiera morir». Supongo que eso es lo que le pasaba a Bundy, porque enseguida uno de ellos lo condujo hasta aquí. Entró en un bar y empezó a hablar con la gente... y terminó en el mismo sitio que alguien como yo.

La sección VIP.

No sé si debería sentirme insultada por el destino o acojonada por la coincidencia.

Bundy se encoge de hombros cuando lo digo en voz alta.

—Has llegado hasta aquí por un motivo. Dales tiempo y las cosas hablarán por sí solas.

Cosas que no quiero recordar, que he reprimido con fuerza para poder olvidar, se abren paso tras mis párpados, a la espera de que me relaje y cierre los ojos para verlas de nuevo.

Miro fijamente a Bundy.

Pero en algún momento tengo que parpadear.

14

Sin embargo, ahora que lo he visto, solo quiero ver más.

Me mantengo pegada a la barra un rato, con la intención de no quitarle el ojo de encima a Bundy y de sonsacarle tanta información como pueda.

—Así que ¿ahora eres camarero? —le pregunto, un tanto sorprendida.

—El hombre que sirve el alcohol es quien maneja el mundo.

—Deja de masacrar letras de canciones. —Me apoyo en un codo y me inclino hacia delante para poder observar a la gente con más disimulo—. No lo entiendo. Esto es muy evidente.

—¿Evidente? Estamos en el sótano.

—Me refiero a que nadie parece tímido o preocupado por el hecho de que las habitaciones no se cierren con llave. —Sachs es un personaje muy conocido. Si llegara a publicarse una sola foto de lo que estaba haciendo...—. No parecen inquietos por mantener un mínimo de intimidad.

—No necesitas intimidad cuando no hay motivos para

esconderse. El ambiente te parece tan abierto porque aquí todos nos hemos desnudado. De no habernos despojado de nuestras defensas, no habríamos conseguido acceder a un lugar como este. La entrada es gratis, pero el coste de la admisión es la piel protectora que el resto del mundo ve. Aquí nos despojamos de ella, y nos frotamos los unos contra los otros sin mentiras y sin barreras.

Hago un mohín al oír la metáfora.

Él se echa a reír.

—Tú también estás aquí, niña. Piénsalo. Todo está presente en los secretos que nos mostramos los unos a los otros. Aquí nadie se preocupa por la imagen que proyecta, porque debajo de las mentiras que le vendemos al resto del mundo, todos somos iguales. Si te crees distinta, mírate en un espejo. No te pasará nada. Todos los que estamos aquí hemos hecho cosas para poder entrar y para que nos concedieran la invitación.

Max en persona me ha traído hasta aquí, así que tal vez esa sea mi invitación.

—No me creo que haya gente aquí que no tenga nada que ocultar.

Bundy ladea la cabeza.

—Según mi experiencia, la gente ve justo lo que espera ver.

Dicho de ese modo me parece una especie de desafío, así que me bajo del taburete y echo a andar hacia otra habitación del club para seguir explorando.

¿Todos hemos aceptado una invitación para venir a este sitio?

¿Todas estas personas son como yo en cierto modo?

Descubro una puerta acolchada y negra. Está forrada

con vinilo y tiene un cartel con el número 3.939. Lo mismo da entrar aquí que en cualquier otra.

Empujo para abrir. Me topo con una estancia grande, pero de techo muy bajo, para que parezca más acogedora de lo que es en realidad. Las paredes están pintadas de un tono verde oscuro y en el ambiente flota un olor a humo dulzón, como si estuvieran fumando tabaco de fresa en una pipa de agua, aunque no distingo humo por ningún sitio. A lo largo del perímetro de la habitación hay unas mesas bajas con velas gruesas encendidas para ofrecer la única luz de la estancia, aunque basta para verlo todo.

Y menudo espectáculo.

Hay un hombre con el cuerpo rodeado de cuerdas, arrodillado y maniatado a la espalda con unos nudos muy complicados y una serie de argollas, mientras una negra muy alta, una dominatriz a juzgar por la altura de sus tacones y su atuendo de cuero, camina despacio a su alrededor como si fuera una depredadora cariñosa jugando con su merienda.

Unas cuantas personas se han reunido alrededor para observar, de manera que me acerco y descubro que es una demostración doble de *bondage*. Al lado del hombre hay una mujer a la que también están atando, pero con unas tiras de suave seda blanca. No puedo evitar percatarme de la diferencia, las ataduras del hombre parecen cualquier cosa menos delicadas, pero él se muestra ajeno a la incomodidad.

Está desnudo y tiene una erección agresiva e impresionante.

Un hombre enrolla el cordón de seda alrededor del brazo de la mujer, y la dominatriz lo detiene para ajustarlo un poco más en torno al bíceps.

—Tienes que tener cuidado con las arterias. Queremos aplicar presión, pero no cortar la circulación, porque eso podría hacerle daño. —Retuerce el cordón, le da un tirón en el lugar adecuado y la mujer jadea. Acto seguido, la dominatriz se dirige a la audiencia—. Tened en cuenta que si colgáis a vuestro sumiso después de atarlo, las cuerdas presionarán más en ciertas zonas. Ajustadlas a medida que avancéis, pero es mejor dejar un poco de holgura e ir apretando más adelante, porque una vez que estén colgados no podréis aflojar nada.

Acto seguido, le pide a un par de personas que la ayuden a colocar en posición a su sumiso. El hombre gime y se estremece, y una gota de semen aparece en la punta de su polla. ¿Tanto le gusta?

Cuerdas, presión y altura. Nada más. ¿Es la mirada de la gente lo que aumenta la excitación?

El sexo empieza en el cerebro antes que en el cuerpo. Un pensamiento puede excitarnos tanto como una caricia. La dominatriz nos invita a acercarnos a la mujer que ha atado en el suelo para que comprobemos las marcas que los cordones le han dejado en la piel. Se trata de una segunda mujer, oculta a mis ojos hasta ese momento por los cuerpos de los espectadores. Me adelanto para ver las señales que luce su cuerpo.

Y no soy la única. La rodeamos con afán casi clínico, y acariciamos las marcas que han dejado las ataduras. Ella se estremece bajo nuestras manos y pone los ojos en blanco mientras el flujo vaginal se desliza por sus muslos hasta el suelo.

—Está en otra dimensión —explica la dominatriz—. Cada caricia es abrumadora, por muy delicada que sea. Su cuerpo está atrapado en un plano donde todo es agradable. Cuidado, no todos los sumisos alcanzan este estado después de haber permanecido suspendidos en las cuerdas. Al principio resulta muy doloroso. Pero si os ganáis su confianza y lo hacéis bien —continúa al tiempo que le pasa una mano por las marcas que la cuerda ha dejado en un muslo, haciendo que la mujer jadee, arquee la espalda y su coño se estremezca—, podéis conseguir que se corran sin necesidad de follar.

¿No sería erótico que Jack me atara de esa manera, me ayudara a llegar a esa dimensión y me tocara, me tocara y me tocara, para excitarme más y más y más? A la mierda con las caricias, ¿qué sentiría si me follara mientras me estremezco tan solo con su cercanía?

Presiono los muslos y noto lo mojadas que tengo las bragas. Me pregunto si esta mujer da clases particulares y cuánto cobrará, pero oigo unas carcajadas y mi interés se desvía hacia una puerta abierta situada en el otro lateral de la estancia, y me acerco llevada por la curiosidad.

¿Qué le hace tanta gracia a la gente?

El olor a sudor me inunda las fosas nasales antes de alcanzar la puerta y de entrar, tras lo cual debo abrirme paso entre la multitud con delicadeza a fin de llegar al centro de la estancia donde se está desarrollando la acción. Donde se posan todas las miradas.

Un hombre, o más bien un titán porque debe de rondar los ciento treinta kilos, está atado a un poste enorme situado en el centro de la habitación con las manos levantadas por encima de la cabeza.

Su cuerpo brilla por el sudor o por otra cosa, no lo sé, pero está jadeando tras la mordaza.

Una dominatriz rubia y menuda aparece por detrás de él y le agarra la polla por la base. La tiene tan dura que está morada. Le empiezan a temblar las piernas y pone los ojos en blanco.

La mujer se acerca a él y le susurra algo que los demás no alcanzamos a oír, pero el hombre asiente frenéticamente con la cabeza y gime.

Ella se ríe y le acaricia la polla despacio. Después se detiene y se aleja de él, al tiempo que le guiña un ojo a la multitud.

—¿Qué está haciendo? —le pregunto al hombre trajeado que tengo a mi lado.

—Negándole el orgasmo.

—Ah. —Bueno, eso no parece muy extremo.

El hombre se inclina hacia mí.

—Lleva así cuatro horas.

Oh. Pobre hombre. La advertencia del medicamento («Si tomas este medicamento y la erección dura más de cuatro horas...») pasa por mi mente y contengo una carcajada. El hombre que tengo al lado sonríe mientras yo vuelvo a mirar el espectáculo.

La dominatriz se mueve alrededor de su sumiso, le acaricia el cuerpo y la polla. En un momento dado se detiene delante de él y se toca a sí misma. Los ojos del hombre brillan por el deseo, pero no puede hacer nada. Está excitado al máximo, pero no puede follar.

La dominatriz se la agarra y empieza a acariciarlo con brusquedad y rapidez, pero justo cuando creo que el hombre va a correrse, le baja la polla de manera que apunta al suelo y le asesta un par de puñetazos en los muslos. El hombre gime y las lágrimas se deslizan por sus mejillas.

Nunca he visto nada semejante. La excitación es una cosa, pero esto se parece más a una tortura pura y dura.

La escena es tan hilarante que me duelen las mejillas. Esa rubia diminuta dominando por completo a un hombre tan enorme. Estoy segura de que ahora mismo haría cualquier cosa que ella le pidiera.

La dominatriz empieza a acariciarle de nuevo los testículos y un hilillo de baba se desliza por la comisura de los labios del sumiso hasta caer al suelo. Está totalmente ido, solo es un cuerpo poseído por el deseo.

La diminuta mujer se mueve a su alrededor dando saltitos y nos pregunta si debería recompensarlo por haber sido un esclavo tan bueno.

Aplaudimos y vitoreamos, porque casi todos estamos desesperados por que se corra de una vez, como si el orgasmo fuera nuestro.

No pasan más de diez segundos antes de que el semen salga a borbotones de su cuerpo.

Nunca he visto tanto semen en un mismo orgasmo, y aplaudimos mientras el sumiso grita por el alivio. Echa la cabeza hacia delante mientras la mujer le quita la mordaza y le susurra algo al oído, tal vez lo esté felicitando, encomiándolo. El público empieza a abandonar la estancia.

Una mano se posa en mi brazo y cuando me vuelvo descubro al hombre trajeado.

—¿Quieres probarlo?

Es alto y atractivo, pero con aspecto venido a menos, y me mira como si yo pudiera hacerle lo mismo que la dominatriz le ha hecho a ese tío. Me observa como si yo blandiera algún tipo de poder, no solo el privilegio que conlleva mi puesto de trabajo. No encuentro palabras para describir lo mucho que me gusta esa idea, pero declino la invitación y salgo del club sin decir una sola frase más.

    Mirar es una cosa. Participar, otra. Quiero a Jack, y no me apetece poner en riesgo nuestra relación, pese a la tentación que palpita entre mis muslos al compás de los latidos de mi corazón.

15

Gena no puede estarse quieta, va, temblando, de una habitación a otra, parece incluso más frágil que la última vez que la vi hace unos meses. Pareciera como si, debido a las inminentes elecciones, hubieran decidido lacarla a fin de que se viera lo más brillante posible. Nunca sería una primera dama con la que una pudiera identificarse, comparable a la Kate de Guillermo, a la Diana de Carlos, aunque la edad fuera un elemento a su favor. No es la clase de señora que se mezcla con mujeres normales para intercambiar consejos maternales o bromas ingeniosas. De hecho, no es una mujer, es una dama, lo que la convierte en la candidata perfecta para el trabajo de estar plantada en algún sitio y salir monísima en las fotos de las campañas publicitarias.

De modo que el equipo ha buscado todo lo contrario y la ha convertido en una muñeca de plástico.

Se trata de una muestra de perfección antinatural solo comprensible para las bellezas sureñas. Tetas falsas, pelo falso, sonrisas falsas… y garras auténticas bajo las uñas postizas. Porque si alguien es capaz de sobrevivir a todo lo que le echen, esa persona es una chica del sur que ha tenido que mantener la compostura y la perfecta apariencia sin importar lo que la vida le haya puesto por delante. El bolso hace juego con los zapatos, siempre contiene sus sentimientos tal como dicta la decencia y apoya a su hombre por encima de todo, sin hacerles sombra a sus logros con los suyos propios, no, ella los complementa.

Hay otro perrito diminuto distinto al de la última vez que estuvimos aquí. Una constante rotación de perros con cerebros del tamaño de un garbanzo que han arrastrado sus culos por las antiguas alfombras del corazón de Gena estos últimos cuatro años.

No dejo de pensar en el ahora en comparación con el pasado.

Todo eso provocado por haber visto a Bundy. Ni siquiera la ignominia y la vergüenza por el hecho de que lo expusieran en la televisión nacional pudieron detenerlo. Le han dado otra oportunidad, un segundo acto en su carrera como escoria de mala calaña, gracias al patrocinio de Maximilian Gold, que le ha ofrecido un club propio que regentar en las entrañas de su hotel. Pero ¿por qué? Bundy era un hazmerreír, un don nadie, la carcasa de su ya de por sí insignificante persona. ¿Qué tenía para que Max se compadeciera de él... o hay algo más? Bundy es un superviviente. No es altruista, siempre busca su propio interés. A lo mejor es lo que buscas en alguien que trabaje para ti.

Haz que forme parte del negocio y dicha parte conectada a él siempre florecerá.

Los intereses propios son los que se protegen con más ahínco... y Bundy tiene una forma de ser muy convincente, logra que desees quedarte hasta el final del espectáculo, aunque a veces creas que deberías encogerte de asco. Ahora que lo pienso, lo suyo podría haber sido un sacrificio temporal por motivos desconocidos.

Pero ¿qué relación hay entre Bundy y Max? ¿Y entre Max e Inanna?

Todo está entremezclado como la mantequilla en el hojaldre, y prensado como dos capas de masa.

Jack me sacó del hotel para cenar en casa de Bob, pero llega tarde y me ha dejado envuelta en el pasado para que lo luzca como una toga. Él nunca se retrasa. Ni siquiera yo lo he conseguido con una mamada sorpresa antes de una reunión. Algo pasa, pero no sé de qué se trata. No tenía ganas de volver a este sitio, pero echaba de menos a Jack y él quería cenar con Bob y Gena. Ahora estoy frustrada y nerviosa, y me gustaría que Jack se hubiera reunido conmigo en casa y me hubiera librado de la tensión follando antes de venir aquí juntos.

No es solo porque la presencia de Bob me inquieta. Me irrita volver a ser Catherine. No estar inmersa en la vida de Inanna. Tengo la sensación de que me están arrancando mi autenticidad, la capacidad de comprenderla, con cada minuto que paso embutida en esta incómoda ropa que debo llevar por culpa de la política.

Y no es el sitio donde quiero estar.

No ahora.

Anoche estaba en el club VIP, sumergida en cosas que la mayoría de las personas nunca verán fuera de la pantalla de un ordenador. Vi cómo una dominatriz de poco más de cuarenta kilos le negaba un orgasmo a un tío que le triplicaba el tamaño hasta dejarlo hecho un ovillo babeante y lloroso mientras le suplicaba que lo dejara correrse.

Fue increíble. Cuando entré, solo se me pasó una cosa por la cabeza: ¿cómo narices va a dominarlo una mujer tan diminuta?

Fue una increíble demostración de poder. De poder real.

Ver algo así a diario obraría milagros en el mundo en el que vivimos. No solo en cuanto a lo que las mujeres podemos hacer, en cuanto a lo que somos capaces, sino en cuanto al poder de dejarse llevar y zambullirse en las experiencias para vivirlas con autenticidad.

Eso era lo que Inanna intentaba transmitir con su arte.

He estado unos cuantos días viviendo su vida y ahora me han arrastrado de vuelta a la mía.

En el mejor de los casos, tengo poquísima paciencia con Bob, pero ahora mismo, ahora que he estado llevando la vida libre de Inanna, que he estado viviendo en su cabeza y viéndolo todo como ella, las cosas están mucho peor.

La situación me irrita la piel como la etiqueta de una camisa, me araña, me pica, me distrae. Quiero quitármela y frotarme la herida.

Quiero volver a leer el diario de Inanna, recorrer las palabras que escribió, centrarme en lo que vio, quedarme dentro de La Notte para ver qué más sucede bajo tierra.

—¿Te sirvo más vino, Catherine?

Me sorprendo al darme cuenta de que he apurado la copa.

—No, gracias —le contesto a Gena con una sonrisa. Han pasado veintiocho putos minutos. ¿Dónde está Jack?

—Voy a la cocina y abro otra botella de vino para cuando llegue Jack, así se habrá aireado. Le gusta el blanco, ¿verdad?

—Sí —contesto, dado que es evidente que necesita un motivo para beber. ¿Airear el vino blanco? Supongo que es un vicio socialmente aceptable, y va a engancharse a la teta de la botella como una posesa antes de las elecciones.

Tampoco puedo culparla. Todos sus movimientos estarán vigilados por las cámaras. Cada sonrisa, cada ceño fruncido, cada traje.

Cada imperfección y cada error.

Es justo como me siento cuando vengo a su casa y empiezo a charlar de tonterías.

Es peor ahora que he vuelto a ver a Bundy.

Con la carrera política de Bob a punto de alcanzar el siguiente escalón, me da en la nariz que va a necesitar otro «evento» como el último al que asistieron juntos. Teniendo en cuenta hasta qué punto tuvo que llegar la vez anterior para liberarse del estrés, me pregunto qué tendrá que hacer ahora para sentirse mejor.

El tintineo de los cubitos de hielo al tocar el fondo de un grueso vaso de cristal anuncia la presencia de Bob en la estancia.

—Me ha contado un pajarito que llevas poco tiempo en un trabajo nuevo —me dice.

¿Por qué le iba a contar Jack lo de mi nuevo trabajo?

—No, sigo en el periódico.

—Los dos sabemos que no me refiero a eso.

—No sé de lo que hablas —replico, tirándome un farol antes de volverme hacia donde está, junto a la barra del bar, con el vaso en la mano.

Esboza una sonrisa falsa.

—A veces los periodistas van demasiado lejos. Se mimetizan más de la cuenta. Algunas historias se acercan exageradamente a la realidad. Sería una pena que Jack descubriera lo que has estado haciendo.

—¿Cómo dices?

Mira de reojo al guardia de seguridad que está en la puerta.

—Ya me has oído.

Pero es una tontería bajar la voz. Estoy segura de que su guardia de seguridad sabe que Bob no solo es el típico abogado ladino reconvertido en político, y los hombres así saben que es mejor taparse los oídos, porque cuanto menos se sepa, mejor.

—Lo que yo haga no es de tu incumbencia, Bob, y puedo asegurarte que Jack está al tanto... y cualquier detalle que él no sepa es insignificante e inofensivo y en absoluto es asunto tuyo.

—Ah, te equivocas. —Su sonrisa falsa se tensa como la de Gena, pero le falta la suavidad borrosa de sus ojos, y cuando se acerca a mí, parece un tiburón trajeado—. Estás conectada a Jack, quien a su vez está conectado a mí. Eso hace que todo lo que hagas sea de mi incumbencia. Sobre todo al hilo de ciertos sucesos.

Me obligo a dejar las manos a los costados, relajadas.

—Nada de lo que hago es de tu incumbencia.

¿Cómo lo sabe? ¿Qué sabe? No soy tan tonta como para admitirlo sin más.

—No creas que tu última... obsesión ha pasado desapercibida —dice—. Mis tentáculos llegan hasta sitios que ni te imaginas, tengo amigos en lo más alto...

—¿Y en lo más bajo?

—No te lo imaginas. La gente como tú desaparece a todas horas, Catherine.

En vez de encogerme cuando Bob invade mi espacio personal, me obligo a sonreír, con la esperanza de que sea una mueca tan fría como mis manos ahora mismo.

—¿En serio? ¿Debería sentirme halagada de que sigas tan obsesionado conmigo después de tanto tiempo? —Se me pasa por la cabeza que nunca he dicho nada sobre Bob, pero él tampoco ha tomado represalias contra mí, a pesar de que estoy enterada de todas sus inclinaciones.

A lo mejor no solo le retiene el miedo.

La idea es espeluznante y se me eriza la piel.

Bob clava la mirada en mi cuello.

—Quizá eres tú quien no ha podido olvidar aquella noche. —Bebe un sorbo del licor ambarino que tiene en el vaso y hace una mueca cuando le quema la garganta.

—¿Se te ha olvidado lo que pasó? Yo recuerdo que uno de los dos casi no vuelve a levantarse. ¿Quién fue? —Ladeo la cabeza.

—Me pregunto qué diría Jack si llega a enterarse de eso.

—Es la reacción de Jack la que debería preocuparte, no la mía. —Es la verdad.

Sonríe, el primer gesto auténtico y agradable de la noche.

—¿Jack? Creo que vas a darte cuenta de que la persona a la que Jack está más unido últimamente no eres tú.

¿Qué coño ha querido decirme con eso? Mantengo la calma.

—No te creas que para él eres más de lo que eres. Es decir, su jefe, Bob, no su padre. Yo soy la prioridad de Jack, no tú. —Me acerco a la mesa y tomo asiento, y jugueteo con la servilleta aunque quisiera metérsela a Bob en la boca hasta que se ahogue con ella. A decir verdad, de un tiempo a esta parte parece que Bob es más importante que yo para Jack.

—¿Y qué me dices de ti? ¿Qué soy para ti?

No lo sé.

—Insignificante.

Se le oscurecen los ojos y se acerca a mí, mirándome desde arriba.

—Los dos sabemos que no es cierto, como también lo saben nuestros amigos de la Cámara de Jano.

Mi mente vuela a la imagen de la moneda del diario de Inanna. Un estremecimiento me sacude por entero cuando Bob me coloca una mano en el hombro, un roce tan liviano que creo habérmelo imaginado, porque cuando levanto la vista, su mano no me toca.

—¿La Cámara de Jano? —¿Una parte de la Sociedad Juliette o algo más profundo, más peligroso?—. En el hotel de Gold —digo al darme cuenta—. Así se llama. —Ahora tiene sentido el dibujo de la moneda de Jano.

Él asiente con la cabeza.

—¿Te gusta el sitio?

Mantengo la boca cerrada y me niego a darle algo con lo que trabajar y retorcer hasta convertirlo en algo diferente. Por supuesto que me gusta el sitio. Una parte de mí cree que es mi casa.

—¿Y a ti te gusta? —replico.

—¿Cómo no me va a gustar? —Bebe un sorbo de la bebida y suspira, y el alcohol es un olor dulce en su aliento.

—¿Qué es la Cámara de Jano?

Me mira fijamente a los ojos un instante.

—Lo que tú quieras que sea. Es el lugar donde nacen los deseos y van a morir las inhibiciones.

¿Ha estado allí hace poco?

Bob se acerca un paso a mí.

—La gente como nosotros encuentra esos sitios de forma natural, Catherine.

—¿La gente como nosotros?

—Gente que necesita algo más de lo que los demás nos dan.

Me estremezco.

Y ahora es cuando Jack debería entrar para ver cómo Bob está inclinado sobre mí y me está incomodando. No haría falta preguntar qué pasa, porque lo vería en mi cara y sabría que, fuera lo que fuese, Bob es el culpable.

Me invitaría a levantarme de la silla con gesto posesivo, me colocaría detrás de él para defenderme mientras grita a Bob, dejaría su trabajo y saldríamos andando de la mansión.

Y nunca volveríamos la vista atrás.

Pero Jack no entra.

En cambio, el taconeo titubeante de Gena anuncia que está justo al lado de la puerta y Bob se aparta con tranquilidad de mí y adopta una expresión relajada antes de que su mujer entre con otra botella de vino tinto y una bandeja de rollitos de hojaldre que ella misma ha preparado. ¿Por qué para un borracho el vino blanco es como si fuera agua?

Los caballeros de brillante armadura solo existen en las películas, y el mío va con retraso. El mío me ha estado mandando mensajes de texto en vez de llamarme por el simple gusto de oír mi voz como hacía antes.

Gena se acerca a la ventana y clava la vista en el jardín mientras hace un comentario sobre los setos que soy incapaz de seguir. Bob se sienta a la cabecera de la mesa y extiende los brazos como Jesús en *La última cena*.

Contengo una sonrisa y me acuerdo de Sachs, me imagino a Bob en su lugar.

Si pudiera hacerle algo a Bob, ¿qué sería?

La oscuridad se cierne sobre mi visión como un torrente de sangre e ideas.

Instrumentos punzantes, pensados para hacer daño, le desgarran la piel hasta llegarle al hueso, pero pronto la sangre se convierte en piel enrojecida y ríos de cera roja derretida cuando la macabra escena toma un cariz sexual. Me monto encima de él y siento el vello de sus muslos hacerme cosquillas en la cara interna de los míos. La cera derretida me quema el abdomen cuando me pego a él, sellándonos. Le recorro el pecho con las manos y le retuerzo los pezones con crueldad de camino a su cuello, donde aprieto con fuerza mientras me meto su polla.

Bob se transforma en Jack y empiezo a estrangular a Jack mientras él me folla desde abajo, desesperado por correrse antes de perder el conocimiento.

Tiene los ojos abiertos como platos, con una expresión confiada, y se corre con un jadeo, llenándome tanto que no me cabe todo dentro y empieza a chorrear de mi maltratado coño, hasta mezclarse con el rojo de la cera derretida, de la sangre o de lo que sea que mancha nuestros cuerpos.

Quiero limpiarlo todo a lametones.

Aprieto los muslos por debajo de la mesa, desesperada por acabar con el palpitante deseo en el cuarto de baño, pero por fin llega Jack.

Lo abrazo un pelín demasiado fuerte y aspiro el aroma a limpio que lo envuelve, un olor saludable y algo cítrico.

—Te he echado de menos —le susurro, y de repente

solo me apetece estar a solas con este maravilloso hombre tan guapo y no volver a pensar en el mundo exterior.

—Yo también te he echado de menos. —Me da un apretón antes de soltarme y de saludar a Bob con un gesto de la cabeza—. Bob, Gena, ¿qué tal estáis?

—Estamos bien, hijo, ¿y tú?

Nos sentamos, separados, y quiero sellarnos de nuevo, reafirmar nuestra conexión tras lo que me parecen bastantes más que unos cuantos días separados.

Pero antes tengo que sobrevivir a la cena con los DeVille.

Jack empieza a hablar y se pone al día con Gena y con Bob, aunque a quien no ha visto durante varios días es a mí. Bob no deja de dirigirme miraditas elocuentes por encima de la mesa, como si esto demostrara que no soy lo más importante para Jack.

Me niego a dejar que la semilla de la duda se convierta en algo mucho más problemático por culpa de las insinuaciones de DeVille. No es precisamente un buen hombre.

Medito sobre la verdadera naturaleza del mal mientras me como los espárragos en salsa.

Todo resulta subjetivo. La moralidad no es absoluta, aunque sí creo que innata. La gran mayoría de las personas tiene una brújula interna que indica el camino apropiado cuando se desvía y la caga al hacer algo malvado o cruel.

O lo que es peor, al hacer daño a otra persona.

Recuerdo un día, cuando tenía unos siete años, que corría todo lo rápido que podía montada en mi bici para volver a casa a tiempo. Me había quedado en casa de una amiga más de lo que debería y llegaba tarde. Mi madre me había dicho que la próxima vez que me retrasara, perdería privilegios… Una amenaza vaga que mi fértil imaginación estuvo encantada de llevar a sus peores consecuencias.

Había llovido mucho esa mañana y seguía chispeando, pero no había muchos charcos.

Oí que la rueda pisaba algo que crujía sin saber muy bien de qué se trataba y recorrí unos cuantos metros por la acera antes de detener la bici, mientras el temor me provocaba un nudo en el estómago y me hacía imposible seguir hasta mi casa sin comprobar antes lo que había matado.

Sabía que era un polluelo. Lo sabía.

No quería mirarlo, pero no podía pedalear hasta casa a la misma velocidad como si no hubiera pasado nada. Incluso con siete años ya sabía que estaba obligada a ver cómo se apagaba la vida que yo misma había segado.

De modo que dejé la bici en el suelo, me armé de valor y regresé a la escena del crimen, con andar pesaroso y con la mala conciencia de saber que había matado algo.

Cuando llegué, no era un polluelo, no, sino el gusano más grande y gordo que había visto en la vida, y se estaba retorciendo en el suelo, casi partido por la mitad.

Sentí mucho alivio y luego me enfadé por el hecho de haberme sentido tan culpable por un simple gusano. No me pregunté hasta que estuve de nuevo en la bici, camino de casa, por qué me lo había tomado tan mal cuando pensaba que se trataba de un pájaro y, sin embargo, le había restado importancia al descubrir que se trataba de un gusano. Había quemado hormigas con lupas en los días más calurosos de verano, acompañada de mi hermano, pero la idea de aplastar un pajarillo me había revuelto muchísimo el estómago.

¿Fue el salto de especie lo que provocó mi alivio o el hecho de que se trató de un accidente? ¿Por qué tendría que importar eso?

¿Qué hace que algo sea ruin, inmoral o que esté mal siquiera?

¿El valor que otorgamos? El pájaro habría «valido» más que el gusano.

¿El permiso?

¿Y qué relación tiene eso con el bien y con el mal?

Jack me mira con la cara que pone cuando me hace una pregunta y yo no me entero, y eso me mosquea, de modo que asiento con la cabeza como si estuviera al tanto de lo que están hablando desde hace unos minutos.

Resulta que acabo de acceder a pasar la noche aquí en vez de volver a casa. Podría montar una escena y volveríamos a casa, pero sé que Jack me cantaría las cuarenta y se sentiría avergonzado al verme rechazar la hospitalidad de Bob y de Gena.

Tal vez el ofrecimiento de Bob y el hecho de que Jack haya aceptado no sea algo tan ruin, pero desde luego que parece deliberado en este momento.

16

Alojarse en la mansión de los DeVille no es lo peor que te puede pasar en este mundo, pero tengo la impresión de que estoy intentando dormir en un edificio en llamas. Mi instinto me dice que huya, que tarde o temprano acabaré quemándome.

A lo mejor no debería usar la metáfora del edificio en llamas, porque eso dejaría después un bonito montón de cenizas limpias y calentitas.

Es más bien como sentirse atrapada en el interior de un edificio que se está inundando con agua salada. Al final, me ahogaré y el agua bajará, pero para entonces estaré sola, sin más compañía que la del moho que rodeará mi cadáver hinchado.

La última vez que dormimos aquí fue la noche antes de que Bob y yo...

Me estremezco por el recuerdo y me deslizo bajo las sábanas de algodón para acurrucarme e intentar ponerme cómoda al lado del cuerpo cálido de Jack, pero él está de espaldas a mí, tecleando algo en el teléfono.

Se vuelve y se apoya en un codo.

—Cath, llevo un tiempo dándole vueltas a una cosa.

Todavía distingo el olor de mi inundación imaginaria y contengo las náuseas mientras le acaricio el pecho con los dedos en un intento por distraerme con Jack y olvidar los recuerdos de DeVille.

—¿Lo mucho que te gusta mi coño cuando me la metes? Sé que han pasado unos cuantos días, pero no creo que se te haya olvidado —bromeo, medio desesperada por encontrar una distracción antes de sumergirme más de la cuenta en los recuerdos que durante tanto tiempo he reprimido.

Pero había algo más. Algo sobre una moneda.

Jack me coge la mano y juguetea con el anillo de compromiso que llevo en el dedo, pero apenas si noto el roce de su mano en la mía.

—Quiero fijar la fecha de la boda.

—Oh. —Y así, de esa manera, regreso a la rotundidad del presente y siento la calidez del cuerpo de Jack junto al mío, veo cómo sus pupilas me sonríen con algo parecido a la timidez. Siempre me he sentido segura con él.

Me mira con los ojos entrecerrados y sonríe.

—¿Ese «oh» es bueno?

La culpa me corroe las entrañas mientras pienso en La Notte y en lo implicada que estoy con lo que sucede allí. Y en lo mucho que deseo seguir con la historia, para que Lola obtenga respuestas.

Y también por mí.

¿Qué haría, cómo me miraría Jack si conociera al detalle las cosas que estuve haciendo? Claro que no he hecho nada que pueda poner en riesgo nuestra relación. Si Jack hubiera hecho lo que yo en La Notte, no me importaría. No he cruzado los límites.

¿Lo conozco al detalle, sé todo lo que estuvo haciendo? Llego a la conclusión de que no importa, pero quiero saber por qué, después de todo este tiempo, ha sacado el tema en este momento, en esta cama, en esta casa, por qué lo ha elegido para hablar de la boda, sobre todo cuando lleva una racha tan distraído por el trabajo.

—¿A cuento de qué viene lo de la boda?

Se encoge de hombros.

—Llevamos un tiempo comprometidos. Te quiero.

—¿Y ya está? —Se me desinfla el corazón—. ¿Porque ya va siendo hora? —Uf, qué romántico...

Menea la cabeza.

—No tiene nada que ver con eso, aunque sí, ya va siendo hora. No, quiero que seas mi mujer y quiero que seamos esa pareja mayor que avergüenza a sus hijos demostrándose su amor en público, y no podremos hacerlo hasta que formalicemos nuestra relación.

Pego los labios a los suyos, abrumada por la idea de que este hombre tan perfecto quiera envejecer conmigo. Necesito seguir con Inanna para poder cerrar ese capítulo de mi vida y avanzar con Jack. Me ha ayudado a madurar y está consiguiendo que me conozca mejor. Pero ¿y si no soy suficiente para Jack dentro de diez años? ¿Y si...?

—Elige tú la fecha —le digo entre beso y beso—. Te quiero, me da igual cuándo nos casemos.

—¿El 7 de julio?

—¿Por qué el 7? —Me aparto un poco.

Sonríe.

—Porque es el número de la suerte.

No puedo contenerme, aunque estoy casi segura de que

hay cámaras por todos lados, y me quito las sábanas de encima para llegar hasta él.

Una a una, nos quitamos las prendas de algodón que nos separan, despacio pero sin titubear. Lo abrazo y me acurruco contra su cuerpo para que el calor de su piel me rodee, hasta que gira sobre el colchón y se coloca encima de mí. Cuando me inmoviliza contra la cama, me siento segura, cómoda y deseada. Es como llegar a casa.

Dios, he echado de menos este momento.

Le araño la espalda con delicadeza y le doy un apretón a ese culo tan firme y duro. Me besa con pasión y me mete la lengua en la boca mientras empiezo a frotarme contra su pene y voy notando cómo aumenta su erección hasta que se le pone bien dura.

Tengo la impresión de que ha pasado mucho tiempo, y necesito que me la meta hasta el fondo. Me da igual que en la habitación haya treinta cámaras grabándonos desde todos los ángulos. Necesito a Jack ahora mismo.

Lo rodeo con una pierna, le coloco las manos en el pecho y lo invito a rodar de nuevo para colocarme encima de él.

Jack aparta las sábanas para dejarme totalmente expuesta, pero me da lo mismo.

En parte me excita la idea de que Bob nos esté mirando ahora mismo.

Que me esté viendo mientras me follo a Jack, el hombre al que ve como el hijo que nunca ha tenido.

Que esté mirando a su «hijo» follarse a una mujer que jamás podrá tener.

Jack me acaricia con el pulgar y me mojo en cuestión de segundos. Menuda habilidad tiene en los dedos la generación que ha crecido jugando con la Xbox... Lo empapo con mi flujo y su gemido hace que aumente mi deseo por mojarlo de nuevo.

Así que lo hago.

Y después se la cojo con una mano y la guío hasta la estrecha abertura de mi cuerpo. Mi coño se abre para acogerlo, y tengo la impresión de que mi vagina es más ceñida que nunca, después de haber pasado unos días separados.

Me la está metiendo hasta la garganta, y empiezo a moverme sobre él con frenesí, como si estuviéramos batiendo nata para obtener mantequilla.

Quiero toda su nata dentro de mí.

Empieza a acariciarme los pechos, a pellizcármelos. Me inclino hacia delante para facilitarle la tarea sin dejar de meterme y sacarme su polla, manteniendo el ritmo para que las cámaras no se pierdan el espectáculo.

Me imagino a Bob sentado en algún cuartucho, iluminado por el brillo de los monitores y desilusionado, masturbándose mientras yo me follo a Jack y deseando estar conmigo para hacerme otras cosas.

—Más fuerte, Jack.

Me obedece y arquea la espalda. Le tiemblan las piernas mientras levanta las caderas para metérmela hasta el fondo, pero no es suficiente y para él tampoco, porque de repente me agarra las caderas y sale de mí para colocarme de rodillas sobre el colchón de manera que pueda metérmela desde atrás.

Me apoyo sobre las manos, arqueo la espalda y meneo el culo para enseñarle bien el coño.

—¿Vas a metérmela por detrás, Jack?

Me da un azote en el culo y grito mientras lo miro con una sonrisa por encima del hombro.

—Quiero que te corras dentro de mí y que uses el semen para metérmela después por el culo. Quiero que me la metas tan fuerte que me hagas gritar.

Me la mete de nuevo, presionándome las caderas contra el colchón. La fricción hace que me ardan las rodillas.

No puedo dejar de sonreír.

Me la mete desde atrás una y otra vez, como si supiera que formamos parte de un espectáculo; pero el hecho de que sea únicamente yo quien lo pone tan cachondo me pone a cien, y empiezo a mover las caderas hacia atrás para oír el choque de mi culo contra su cuerpo.

Así podríamos estar siempre. Él, yo, nuestros cuerpos y nuestro amor.

Me inmoviliza sobre el colchón y me levanta las manos por encima de la cabeza, entrelazándolas con las suyas, como si sintiera lo mismo que siento yo. La conexión. El amor. Y Bob, cascándosela en el armario mientras nos mira.

Siento el principio del orgasmo que se cierne sobre mí, los estremecimientos que empiezan a asaltarme las entrañas, y separo las piernas hasta casi dislocarme las caderas para sentir cómo sus testículos me golpean el clítoris, para percibir su respiración acelerada y los estremecimientos de sus manos sobre las mías. Sé que está a punto de correrse dentro de mí.

—Bob puede estar ahora mismo en el armario, mirándonos mientras se masturba.

Se tensa y se queda inmóvil mientras yo sigo moviéndome debajo de él, en un intento por excitarlo con los estremecimientos de mi cuerpo y deseando que sienta la intensidad del orgasmo que me consume las entrañas de forma casi dolorosa.

—Joder, Catherine, ¿a qué viene eso?

Sale de mí y se aleja al tiempo que tira de la sábana para cubrirse con ella a modo de barrera.

Me siento en el colchón. Mierda. Es imposible explicarle el hilo de mis pensamientos, así que incorporo otra idea a la que he estado dándole vueltas.

—La idea de que me miren... o de que sea yo la que mira tiene algo que me excita.

—¿Lo dices en serio? —Por desgracia, su tono de voz es incrédulo, no curioso.

Doblo las rodillas y me siento sobre las piernas en plan sirena, intentando adoptar una pose sugerente.

—¿No crees que sería excitante que trajeras a una mujer a casa y te la follaras mientras yo miro lo que pasa en el dormitorio sin que ella esté al tanto de mi presencia?

—Y luego ¿qué? ¿Sales del armario y dices «¡Sorpresa!»?

—Pensaba que te gustaría la idea.

—Pues no me gusta. ¿Te parece bien lo de follar con otras personas? ¿En qué lugar te deja eso? ¿Te has acostado con otros a mis espaldas?

—¡Jack, no! —Dios, esto se me está yendo de las manos—. Te lo juro.

Menea la cabeza.

—A veces es como si no te conociera. No sé, estas ideas están bien cuando eres adolescente, pero ahora mismo se supone que tenemos una actitud más seria en lo referente a nuestro trabajo y nuestras vidas, y en vez de eso tú andas por ahí creyéndote una especie de mujer fatal o yo qué sé.

—¡Deja de fingir que nuestra vida sexual y laboral tienen que ser iguales! ¿Tu fantasía de llegar a casa con alguien mientras yo me masturbaba es aceptable, pero si yo coqueteo con esa idea ya no lo es? Menuda hipocresía la tuya.

—Bob es como un padre para mí. Hay una gran diferencia.

—Vale, pero el tema no se reduce a las fantasías. Estás menospreciando mi trabajo. Soy periodista. Estoy escribiendo una historia, no jugando. ¡No nos respetas como pareja y tampoco respetas mi trabajo!

—Te he dado ideas para escribir historias mejores.

—A lo mejor quiero hacerlo sola. Yo no tengo a DeVille ofreciéndome las cosas en bandeja cuando lo necesito.

Me mira furioso.

—¿Y yo sí? Me parto los cuernos trabajando, no tengo horario de entrada ni de salida, y ahora es cuando mis esfuerzos están dando fruto, y tú esperas que... ¿Qué esperas? ¿Que dedique más tiempo a charlar contigo sobre una estrella del pop muerta? No tengo tiempo para eso.

—En primer lugar, no era una estrella del pop. Y en segundo lugar, ¿qué estás diciendo? ¿Que no merezco parte de tu tiempo? ¿Qué insinúas, Jack, que tu trabajo es más importante que el mío?

—Sí. Hace unos minutos estábamos hablando de fijar la fecha de la boda. Es el mayor compromiso que puede tomar una pareja. Y después mientras hacemos el amor, vas y te pones a hablar de mi jefe, de mi mentor, de que si podría estar mirándonos y de que si no sería excitante que me follara a otra mientras tú nos miras. A ver si maduras. Si de verdad te estás tomando tu trabajo en serio, habrías aceptado mi sugerencia de pedirle algo a Bob. Obviamente no estás preparada para convertirte en una adulta.

Esa actitud tan fría y el hecho de que reaccione de forma tan exagerada consigue que encajen las piezas del rompecabezas... y dibujan una imagen horrible que no quiero mirar, aunque no tengo más remedio.

—¿Hay alguien más?

—No, y me sorprende que me lo preguntes. —Se aleja de mí y estira las sábanas con movimientos furiosos—. Necesito tiempo para pensar. Y tú necesitas tiempo para madurar, está claro. Olvida lo de julio. Ya hablaremos del tema cuando estés preparada para sentar cabeza.

El alivio me inunda cuando oigo su negativa, pero de todas formas eso no soluciona las cosas.

—¡No puedes retractarte!

—No pienso hablar más del asunto esta noche, Catherine.

Lo intento un par de veces más, pero se ha cerrado en banda, de modo que me quedo acostada sintiéndome dolida y confusa por su manera de poner en ridículo mi trabajo. Aunque le haya sorprendido mi comentario y el momento elegido para hacerlo, se ha pasado de la raya y me ha hablado como si fuera una niña mala en vez de su pareja.

Tengo la impresión de estar atrapada en la cama con un extraño, de ser una prisionera en la casa de mi enemigo, DeVille. Y el hecho de que Bob tal vez estuviera en lo cierto respecto a la lealtad de Jack es lo más doloroso de todo.

Sueño con la bata de seda de color rojo intenso con bordados dorados que llevaba puesta cuando descubrí que el hombre enmascarado al que me estaba follando era Bob. Camino por una playa, en un sitio cálido, pero no abrasador, y acaricio el bordado dorado con un dedo.

Alguien me coge de la mano con ternura.

Tiene la piel morena, más oscura que la mía, y recorro con la mirada su brazo en dirección al bíceps, subo hasta el hombro y el mundo se difumina cuando intento ver su cara.

Inanna.

Me sonríe y el color inunda mis sentidos de una forma extraña. Como si el sonido tuviera sabor y el color tuviera olor, y el mundo estuviera hecho de luz que pudiéramos sentir si aguzáramos el oído.

—Estoy sola. ¿Qué te ha pasado? —Le pregunto mientras le doy un apretón en la mano porque sé cómo funciona esto. Solo es una cuestión de tiempo hasta que mi mente lógica comprenda que se trata de un sueño y me devuelva la conciencia. Necesito respuestas.

—Bajé a las profundidades —me contesta con una sonrisa.

—¿Debería bajar yo? —le planteo con un hilo de voz.

—¿Estás preparada para las respuestas?

—Sí. Dime.

Pero Jack se mueve mientras duerme y me despierto antes de que Inanna pueda responderme.

17

Siempre me ha fascinado observar a los demás. Ahora más que nunca, ya que puedo usarlo para distraerme del hecho de que Jack me haya dicho que necesita un respiro de nuestra relación. De mí.

Sus palabras son como una espina clavada en la garganta que soy incapaz de sacarme.

Entrego una bandeja con café selecto a una mujer cuya sonrisa parece demasiado forzada y no puedo menos que fijarme en el parecido superficial que tiene con la mujer enmascarada a la que vi tumbada en una mesa mientras la gente usaba su cuerpo para comer. A lo mejor le preocupa que vaya a decir algo.

A lo mejor su sonrisa da la sensación de falsa porque es una misántropa, sufre de ansiedad social o detesta mi perfume.

Si se trata de la misma persona, también vi a varias personas esnifando de su cuerpo, pero no es asunto mío. Algo me dice que los del Departamento de Sanidad nunca traspasarían las puertas del hotel. Ni siquiera llegarían hasta él. Max se habría encargado de eliminar esa posibilidad.

El hombre con quien me cruzo en la planta veinticinco se parece al que vi siendo azotado hasta que gritó. Su semen tenía la consistencia de las claras de huevo y le manchó la barriga.

Un hombre carraspea en el ascensor y me provoca un escalofrío al reconocerlo. Esa tos me suena... pero ¿de qué? ¿Se trata de las mismas personas o más bien es mi deseo de encontrarme a un VIP en todas partes ahora que sé que el club está aquí?

Miro a todos los huéspedes de forma distinta y me pregunto quiénes saben lo que pasa bajo sus pies. No todos ellos alcanzan las mismas cotas de depravación. Claro que la gente que llega hasta la sección VIP lo hace por un motivo concreto, un denominador común que los reúne a todos en una extraña comunidad.

Lo único que nos une es algo que no puedo preguntarles a los demás así como así, aunque no formara parte del personal del hotel. Creo que reconozco a varias personas del club, pero no estoy segura. Max se presenta en el mostrador de recepción a las 13.13 y espera hasta que aparece un hombre con una barba negra muy pulcra y larguísimas pestañas.

Se marchan sin dirigirme la palabra y tampoco hablan entre ellos.

Me resulta familiar, y tengo que saber si se debe a mis experiencias de hace años o a algo de mi día a día.

El resto de la tarde se me hace eterno, pero llegan las diez y me aliso la falda antes de dirigirme al club VIP.

Llevar más ropa de la cuenta hace que destaque, sobre todo en el sentido de que podría dar a entender una perversión concreta, por ejemplo, que me gustase que me arranquen la ropa (fantasías de violación), o a lo mejor estoy aquí por los hombres a los que les gusta arrancarles las camisas a las mujeres y satisfacer sus fantasías de violación, ensuciando a féminas pulcras y educadas como si fueran otra parte del decorado. Así que si bien se fijan en mí, supongo que tampoco llamo tanto la atención.

Busco alguna cara familiar, dividida entre la esperanza y el miedo de encontrarla.

¿Te resulta confuso?

A estos sitios se viene para ser otra persona, tú misma, la cara auténtica que hay detrás de la máscara agradable que sueles mostrarle al mundo. Ver un rostro conocido hace añicos la ilusión y te aleja de la vía de escape.

¿Alguna vez te has encontrado con tu ginecóloga en la calle? Puedes estrecharle la mano, pero en el fondo te estás preguntando si ella piensa en tu vagina, si recuerda su aspecto durante la última revisión.

Te preguntas cuánto hace que se lavó las manos antes de que tocara las tuyas.

Es el infierno.

El anonimato resulta muy liberador.

¿Te has dado cuenta de lo lejos que llega la gente en las mascaradas cuando creen que nadie los reconoce? No es el carnaval en sí, sino los disfraces los que ofrecen la seguridad de ir más allá. Destrozan las inhibiciones sin necesidad de alcohol.

Quién eres cuando nadie te mira es quien eres en realidad.

¿Quién eres cuando crees que puedes hacer cualquier cosa sin atenerte a las consecuencias?

¿Qué harías?

¿Qué probarías?

¿En quién te convertirías si tus actos no tuvieran consecuencias?

En este punto es donde se complica la cosa en cuanto a la religión y a las reglas morales. Los Diez Mandamientos no abarcan todo, entonces ¿quiere decir que está permitido hacer ciertas cosas? ¿No sales a la calle para violar, asesinar y robar solo porque tu religión te dice que no debes hacerlo? ¿O es porque en el fondo sabes cuándo algo está mal?

Oyes a la gente hablar de la moral y de los valores como si existieran reglas estrictas más allá de los mandamientos y del sistema judicial, pero hay zonas grises por todas partes.

Ser gilipollas no es ilegal.

Puedes moverte en la fina línea que separa el abuso y la libertad de expresión, ofender a todo lo que se menea, pero los límites de lo decoroso y de los derechos son más flexibles de lo que la gente piensa. Porque se puede argumentar lo contrario: la defensa propia o los cabrones oportunistas que intentan vengarse por alguna ofensa que creen que han recibido.

Parece que los políticos son incapaces de dejar de hablar de los valores tradicionales, en un desesperado intento por convencer al ciudadano de que son sus iguales, porque ¿quién no querría verse en el Despacho Oval? Quieres a alguien que crees que protege tus mismos valores, porque supones que hará todo lo que tú pretendas, que legalizará todo lo que te gustaría que legalice y que prohibirá todo lo que crees que debe condenarse. Resulta reconfortante pensar que alguien con valores absolutamente contrarios a los tuyos desafiará tu visión del mundo, sobre todo cuando dicha persona ostenta autoridad.

Es un subidón del ego. El mismo motivo por el que la gente se involucra tanto emocionalmente con un equipo.

Claro que los valores pertenecen al ámbito de la percepción. Nada vale nada salvo por el precio que nosotros le demos. ¿Por qué los diamantes naturales son más caros que las gemas sintéticas absolutamente perfectas? Están ahí, tirados por el suelo. ¿Qué valor tiene eso?

¿Qué tienen de especial? ¿Su búsqueda? ¿Dar con ellos?

Nos han dicho que valen más.

Eso es todo.

Lo más valioso de los diamantes es el coste en vidas que provoca su extracción, pero a las empresas tampoco les importa mucho.

Las empresas son máquinas dirigidas por personas robóticas.

Los diamantes son más valiosos para las empresas que las vidas de las personas que los extraen.

El valor se atribuye de forma arbitraria según lo que quiera comprar la gente que ostenta el poder.

Piénsalo.

Cuando rebajan algo, aunque sea ese producto preferido que llevas siglos buscando, ¿cuál es tu primera reacción?

Se trata de una estafa. Seguro que tiene un defecto. Está roto, tiene una tara o ha caducado, o es una copia hecha en China a mitad de precio y llena de plomo.

La autenticidad es otro concepto que nos venden, y que nosotros compramos.

En un lugar como este, nada está a la venta... pero todo y todos están al alcance de la mano.

No hay intercambio de dinero. En su lugar, hay intercambio de poder. Se convierte en un tipo de indulgencia distinto que pocos pueden permitirse.

¿Recuerdas lo de la exclusividad de las marcas?

¿Cómo consigue Max que este sitio siga funcionando?

¿Los clientes vienen atraídos por el club VIP? ¿Cómo se enteran de su existencia? No creo que lo mencionen en un folleto de propaganda.

¿Se trata de una atracción extra del hotel, no el primer plato? A lo mejor lo miro al revés porque me da la sensación de que el hotel se ha construido alrededor del club, cuando es lo contrario.

Eso me parece incorrecto.

Si te dijera cuánto cuesta pasar la noche aquí, no te lo creerías. Si te contara que la mayoría de nuestros huéspedes se queda un mínimo de siete días, se te saldrían los ojos de las órbitas al ver la cantidad de ceros en el precio.

Valor percibido.

¿Qué valora Maximilian Gold? Más importante todavía: ¿qué saca de todo esto? Los hombres como él no se corren pensando en el dinero. Los que hacen eso se mueven a vista de todos y buscan las posesiones más ostentosas. Coches, ropa, relojes, novias con tetas postizas... Esos hombres son los que montan un espectáculo con su riqueza porque quieren que todo el mundo sepa lo que tienen.

Son como los que ganan los Gordos de las loterías y se convierten en nuevos ricos... y compran las casas más grandes y un coche distinto para cada día de la semana. Acaban en bancarrota, pero con un montón de juguetes caros, y se parecen a los de *Rústicos en Dinerolandia*.

¿Te has dado cuenta de que los multimillonarios, la gente con dinero a espuertas, llevan un uniforme?

La verdadera riqueza mostrada en un traje.

Son pantalones de pinzas y un polo con un bolsillo en el pecho del que siempre sobresale una pluma.

Tienen piernas enclenques y llevan mocasines, unos zapatos con borlas. Buenos dientes y pelo desastroso. Les da igual el estilo o alardear, no quieren que se sepa lo que tienen de verdad. Les importan otras cosas, no que les hagan una mamada. Si eso fuera lo único que quiere Maximilian Gold, ya me habría puesto de rodillas. Se me han insinuado mucho más en el periódico que aquí.

Creo que Max Gold desdeña el aspecto físico del sexo, pero ha creado un entorno para facilitarlo en todas sus expresiones. Su obsesión es el voyerismo, observar otras perversiones, pero no es una persona muy sexual. Mira, pero no toca, aunque parezca gustarle lo que ve. Disfruta del poder de crear el entorno. No es el niño que juega con un hormiguero, es el fabricante del hormiguero que disfruta viendo al niño jugar con él.

No es asexual, pero parece una excepción.

Si buscaba un espectáculo, Inanna era la mejor que podría haber encontrado.

Estuvieron en contacto mientras ella vivía. Tengo que saber si su conexión fue más allá de eso. Porque si era más que una empleada para él, ¿cuál hubiera sido su reacción si descubriera que pretendía marcharse? Sus gustos son muy concretos y la mujer que, según sospecho, era su preferida fue borrada del mapa o se esfumó sin ayuda.

Eso quiere decir que hay un hueco en más de un área.

Las palabras de Jack resuenan en mi corazón roto. Pese

a mis ruegos de por la mañana, se mostró duro y frío. Nos estamos dando un tiempo y no entiendo el motivo.

A Gold le gustan las actuaciones.

Y si quiere un espectáculo, se lo voy a dar.

Me siento atraída hacia el club VIP como si de mi clítoris pendiera un hilo que se conectara al pulso que late tras esa puerta. Quiero pegarme a ella y correrme con las vibraciones, pero resultaría demasiado vulgar que pillaran a la recepcionista VIP restregándose contra el pomo de una puerta en un pasillo del hotel. Además, cuando coloco la palma en la puerta, sé que el pulso no es tan fuerte como el ideal que representa.

Las vibraciones no bastan.

El anonimato. Bundy me conoce, pero hay recovecos y reservados de sobra en el club VIP para perderse. Además, Bundy sabe que nunca lo tocaría, y es lo bastante avispado como para darse cuenta de cuándo tiene que levantarse de la mesa y buscarse pastos más verdes.

Unos pastos que extenderán sus raíces manchadas por él.

Pero Bundy no me preocupa.

Al final de un pasillo, más bien en el rincón de una estancia, me topo con un hombre que dispara con pelotas de pintura a unas mujeres mientras estas las esquivan y gritan como una bandada de pájaros. Jack fue una vez a un campo de *paintball*, yo me quedé en casa porque no me va ese rollo, pero ahora me parece distinto.

Claro que dudo mucho de que Jack le hubiera disparado pintura a un grupo de mujeres con lencería blanca (para que las manchas de colores se vean mejor). Algunas de las mujeres lucen sonrisas enormes, mientras que otras intentan por todos los medios que no las alcancen las bolas y se esconden como pueden detrás del resto, como si hubieran acudido a una cita grupal que se hubiera torcido muchísimo; otras, en cambio, se plantan delante del grupo en un intento por acercarse más. Todas quieren estar aquí, pero algunas disfrutan del proceso tanto como del resultado.

Una de las chicas se lame una mancha azul del brazo.
—Frambuesa azul —le dice a la chica que tiene al lado.
Pintura comestible.
¿Saborear el arcoíris?
La violencia simulada no tiene sentido para mí. No me resulta erótica, tal vez porque los únicos tíos a los que les va son como mi ex, Macho Will, hombres que poseen demasiadas armas, y hay algo en eso que me resulta inherentemente sospechoso. Es como si protestaran demasiado o tuvieran que compensar alguna carencia.

Guiño, guiño.

Esos tíos son graciosos o tontos para follar, pero muy molestos en el mundo real. ¿Quién quiere llevar a un neandertal del brazo?

Me gusta la idea de jugar de manera segura con pistolas de bolas de pintura, sobre todo si se trata de pintura comestible, porque eso implica que alguien va a lamerla y darle un giro sensual en vez de brutal. A las mujeres parece irles el rollo.

La mitad de ellas forma una hilera cerca de una pared y levanta el culo para facilitar el disparo. La mayoría lleva el pelo recogido en coletas altas que se balancean mientras dan vueltas a la espera de que les den en el blanco.

¿Cómo se llaman las seguidoras femeninas de *Mi pequeño poni*? ¿Hay siquiera?

El resto, que no se alinea, se abalanza sobre mí al unísono. Me aparto e intento alejarme de la escena, rodeando el grupo, pero un dolor lacerante en la parte posterior del muslo me arranca un siseo. La falda oscura oculta la evidencia, así que al menos no tendré que cambiarme de ropa, pero de todas maneras fulmino al hombre que lleva el arma antes de adoptar una expresión más profesional.

—No participo en esta escena —anuncio mientras intento mantener un tono de voz agradable, ya que se trata de un huésped del hotel.

Tiene unos treinta y cinco años, y lleva el pelo rubio peinado hacia atrás con un toque infantil, pues las puntas rizadas le rozan el cuello. Musculoso sin ser cachas. Físicamente, me recuerda a un jugador de béisbol o tal vez de fútbol. Sonríe y levanta el arma.

—¿Y quieres participar?

Miro a las otras mujeres, cubiertas con manchas de pintura, y me halaga porque cada una irradia belleza y hace que mi joven amiga modelo parezca del montón, pero contesto:

—No, gracias.

—¿Seguro?

Vuelvo a rechazar la invitación y sigo moviéndome, pero hay algo tan erótico en observar cómo dispara a las mujeres interesadas en ser sus compañeras esa noche que ando con más brío. ¿Qué se sentirá?

Me doy cuenta de que lo que me llama la atención no es la refriega por conseguir el puesto ni el deseo de que me disparen, sino la idea de jugar con armas, la fantasía del peligro sin ponerme en riesgo.

Quiero saber lo que se siente, así que me alejo de la tentación. El club está a rebosar esta noche; el local, lleno de cuerpos; el ambiente, impregnado del pungente olor a sudor, a sexo y a las rodajas de limón de los vasos. No existe ni un mínimo ni un máximo con respecto a las bebidas. La gente hace lo que le da la gana, cuando le apetece, y si a alguien le molesta... Dejémoslo en que la gerencia no se muestra muy comprensiva con tus quejas.

—¡Hola! —Una mano sale de un reservado, me agarra del brazo y me arrastra a la oscuridad antes de que me dé tiempo a asustarme.

Es mi diosa dorada, la supermodelo.

—Hola.

Me da un fuerte abrazo y me envuelve de una manera que debería ser imposible teniendo en cuenta lo delgadísima que es, pero las modelos suelen desafiar las leyes de la física.

—Gracias por ayudarme —me dice.

—De nada. —Le doy unas palmaditas en la espalda y ella suspire.

No cabe duda de que se ha metido algo, seguramente éxtasis, a juzgar por el tamaño de sus pupilas, que están dilatadas de modo que solo se aprecia un estrechísimo aro de azul gélido.

—¿Te quedas conmigo un ratito?

No debería, pero tiene el aliento dulce por la bebida, cosa que me recuerda al arma de bolas de pintura, y al final asiento con la cabeza y me deslizo en el reservado junto a ella.

—¿Dónde está tu novio?

—Por ahí —contesta con un gesto de la mano para quitarle importancia—. Prueba esto. Lo he inventado yo. Dime qué te parece.

Bebo un sorbo y luego otro mayor porque está ácido como las cerezas y dulce como la miel.

—Está muy bueno. ¿Qué nombre le has puesto?

Hace un puchero con los labios y luego suspira profundamente mientras medita la respuesta.

—Todavía no lo sé. ¿Cómo te llamas?

—Catherine.

—Es demasiado antiguo para ti. Necesitas algo más exótico y novedoso. Catherine es anticuado.

—Las Catherine pueden ser mujeres muy sensuales. Catherine Deneuve. Catherine Zeta-Jones. Hepburn. —Me muerdo el labio mientras me devano los sesos en busca de otro nombre, pero ya está… he terminado mi lista de las Catherine con sex appeal.

—Sí, pero tú eres distinta. Todo el mundo debería tener un nombre que encaje con su cara.

Me gusta su acento y cómo modula las frases, algo que le añade un punto de sofisticación porque resulta diferente, aunque es muy joven. Muy joven y va demasiado colocada.

—¿Y qué nombre me pondrías?

—Claudia.

Siento un escalofrío por todo el cuerpo, ya que es imposible que se trate de una coincidencia. Claudia, que busca a su amiga Anna en *La aventura*. Anna, que, como el gato de Schrödinger, se fue sin marcharse de la isla, que vivió y murió a la vez. Que es y que no es.

Ella no era y era a la vez.

—¿Por qué Claudia? —pregunto al tiempo que bebo

otro sorbo, ahora porque lo necesito, no porque quiera probar la bebida.

Sonríe y me da un lametón con gesto travieso en la mano.

—Tus ojos me recuerdan a los de ella.

—¿A los de Monica Vitti? —pregunto.

Frunce el ceño.

—A los de Claudia Schiffer. ¿Quién es Monica Vitti?

—Una actriz, nada más. Seguro que te he entendido mal. Por favor, discúlpame.

Salgo del reservado, temblorosa, con la necesidad de algo. Noto la piel caliente, no exactamente enfebrecida pero acercándose a ese estado como un coche que se incorpora a la autopista sin echar un vistazo al retrovisor.

He oído que se refieren a *La aventura* como aburrimiento depresivo existencial. Frío desapego. Y así es más o menos como me siento, solo que en vez de parecerme lo correcto, me dan ganas de clavar las garras y permanecer anclada a algo en lo que creer. No se trata de sentir desapego. Se trata de darse cuenta de que en la vida hay muy pocas cosas por las que valga la pena luchar y en las que merezca la pena creer. Se trata de separar el grano de la paja y de concentrarte en algo que verdaderamente importa.

Se trata de preguntarte qué importa de verdad en la vida.

Necesito algo en lo que creer.

Creo en el amor. Pero tengo la sensación de que con mi rabillo del ojo estoy espiando cómo reescriben la definición, al margen, allí donde moran el resto de las revelaciones. Si pudiera volver la cabeza lo bastante rápido, tal vez pillara alguna.

Empiezo a creer que esa bebida tenía un ingrediente especial, y el hecho de que no me preocupe ni me inquiete en lo más mínimo refuerza mi teoría.

No me había dado cuenta de lo mal que bailaban estas personas hasta ahora. Sus movimientos son demasiado espasmódicos y contenidos, como si sus cuerpos les dieran miedo, como si temieran ocupar más espacio del debido; toda una ironía si alguna vez has visto a un cincuentón desfilando por la sala de juntas a lo Barýshnikov, ansiando que todos los ojos de la estancia se claven en él. ¿Qué tiene el baile que hace que la gente se sienta un poco ridícula? Hay un hombre al que le están metiendo un consolador por el culo en un rincón; a una mujer le han pellizcado los pezones con tanta fuerza que se le han puesto morados mientras dos hombres se turnan para azotarla, pero ¿a la gente le preocupa perder los papeles si menean el esqueleto?

Ay, lo que pasa en la cabeza de algunas personas.

Ya sé cómo definir este sitio. Una vez, mientras hacía un reportaje sobre trampas sorprendentes para los turistas británicos, me enteré de la existencia de un lugar llamado Magaluf, en la isla de Mallorca. Hubo un escándalo tremendo hace unos años cuando una chica hizo varias mamadas para conseguir lo que ella creía que serían unas vacaciones gratis, pero al final resultó que solo se ganó las bebidas. La chica se cabreó, algo que me hizo muchísima gracia, como si la ofendiera no recibir el pago justo por su torpe sexo oral en la pista de baile.

Los lugareños lo llaman «mamading», pero no es más que el timo de siempre para aprovecharse de la ignorancia de los turistas. No en todas partes cuidan la industria del turismo, más bien toman a los extranjeros como objetivos, perfectos para explotarlos de cualquier manera posible a fin de conseguir lo que quieren. Y como en Magaluf, aquí todo el mundo hace lo mismo. Se trata de conseguir lo que pretenden.

Este sitio lleno de bebidas alcohólicas y sexo es un lugar seguro donde la gente puede alimentar sus deseos en vez de ocultarlos. Es «mamading», pero todo el mundo sabe de qué va el asunto… y lo recibe con los brazos abiertos. No hay trampa ni cartón. Me muevo por la pista de baile, decidida a mostrarles a todos cómo se hace, a demostrar que puedo moverme pese a la ropa que sugiere que soy más tiesa de lo que soy. Al cabo de tres canciones, estoy sudorosa y he congregado cierto público, y también he vuelto al lugar donde está el tío de la pistola de bolas de pintura.

Una de las chicas ya le está liberando la polla erecta de los pantalones. Él está sudando y me pregunto si huele como los pantalones de cuero que lleva. Gime cuando la lengua de la chica le lame el glande.

Él se sacude, y al principio creo que es por la técnica de la chica, pero luego me doy cuenta de que ha empezado a dispararles bolas de pintura a las mujeres una vez más.

La chica le roza la polla con los dientes mientras él usa el arma para disparar a las otras … y las susodichas están tan absortas en la mamada, según compruebo, que se acercan las unas a las otras en su deseo de ver cómo se corre. Pero lo único que consiguen son brillantes y coloridas manchas de dolor, porque se ofrecen como objetivos fáciles.

Las observo observarlo, y resulta erótico que te cagas.

Él echa la cabeza hacia atrás y abre la boca mientras mueve las caderas al compás de las caricias de la chica.

Una se acerca demasiado y él le dispara en el muslo. Ella chilla de dolor y de sorpresa, y retrocede a la relativa seguridad del grupo. Niña tonta. Así no va a conseguir destacar en un sitio como este. No se trata de un depredador, es la presa y tiene que saber dónde está su lugar.

En cuanto siento que me arde la piel, me desabrocho la blusa y el sujetador de cierre frontal que llevo debajo, y empiezo a mecerme sobre los talones. La chica le pellizca la parte posterior de los muslos y él se estremece al tiempo que lanza gruesos chorros de semen plateado sobre sus pechos y su cara, y le aparta la mano de golpe como si llevara prisa por seguir meneándosela y exprimir hasta la última gota de sus pelotas al tiempo que la empapa con su esencia mientras se corre... En esta ocasión, la bola de pintura me golpea justo por encima del pecho izquierdo y grito y hago una mueca de dolor que él ni siquiera ve.

Pero sí que la ve una de las chicas.

Una morena alta se aleja de la multitud y se planta delante de mí.

—¿Puedo besarla para que deje de dolerte?

Asiento con la cabeza. No sé si este comportamiento conseguirá que me despidan o me supondrá un aumento, pero ella me acaricia la mejilla, así que al menos sé que estoy haciendo algo positivo en cuanto a las relaciones con los clientes.

La muchacha lleva una camisola de seda blanca cubierta de pintura y una falda de tubo gris claro, una ropa que no oculta de ninguna de las maneras sus generosas curvas. Su lengua es pequeña, como la de un gato, y la saca para limpiar la pintura con lametones cálidos. Su boca es tan dulce contra mi piel que no se parece en absoluto a lo que he sentido hasta el momento. Los besos de los hombres suelen ser más rudos, incluso cuando intentan ser dulces; la aspereza de la barba te irrita de todas formas, haciendo que lo dulce se convierta en ligeramente abrasivo, a menos que no hayan cumplido aún los veinte años.

Es agradable, pero distinto a la boca sedosa que me lame el pecho. Ella convierte un gesto útil en algo erótico por el simple hecho de tomarse su tiempo, de recrearse, y de mirarme a los ojos mientras me limpia la pintura del cuerpo.

Le gusta.

¿Así se ve desde fuera cuando le hago una mamada a Jack? El dulce brillo travieso de sus ojos, la timidez a pesar de conocernos. A la mierda con Jack y con sus gilipolleces de darnos un «respiro». Las cosas que quiero hacerle a esta mujer rebasarían todos los límites.

Me tiemblan las piernas cuando me coge de la mano y me lleva hacia una puerta plateada tras la cual hay una habitación silenciosa en comparación con la que acabamos de dejar.

La habitación está más oscura y huele a canela y a almizcle. Es más pequeña, más íntima, y me percato de que ya hay otras dos mujeres aquí. La mujer que me ha traído sonríe y me conduce a un rincón de la estancia, donde un biombo de seda oculta un enorme armario, pero todavía consigo ver a las dos mujeres desde este ángulo. Sus susurros y sus exclamaciones aumentan mi emoción.

Nunca he estado con una mujer. ¿Qué me va a hacer? Mientras las otras dos mujeres aumentan su excitación, intento oír lo que dicen, cómo interactúan, pero no comprendo las palabras. Tardo un rato en darme cuenta de que están hablando en francés.

Mi guía hace que vuelva la cara hacia ella con un poco de presión y se muerde el labio mientras me desnuda despacio.

Sus dedos no son torpes como los de los hombres cuando me quitan la ropa. Ha desabrochado tantos sujetadores como yo, ha desabotonado la misma cantidad de diminutos botones de faldas caras.

Me devora con la mirada cuando por fin me tiene desnuda y me estremezco, pero no me toca. Todo parece muy tierno, raro y dulce. Dentro del armario hay diferentes tipos de lencería y se toma su tiempo para escoger la parte inferior (de encaje rojo) antes de rebuscar una parte de arriba mientras yo me voy poniendo las bragas.

¿Las ha usado alguien antes? Parecen nuevas, pero ni lo sé ni me importa.

Sus manos son muy delicadas mientras me toma por las caderas y me insta a darle la espalda. Me sujeta los pechos y el vientre con un corsé, pero es demasiado grande y chasquea la lengua; me lo quita para escoger otro que me queda mejor.

Me gusta cómo sus uñas me rozan la espalda mientras abrocha los corchetes, encerrándome en el encaje, haciendo que mis pechos abulten por encima de las copas y dándome más curvas de las que tengo en realidad.

Me da la vuelta de nuevo y se quita la ropa, y ya es perfecta. Me coge de la mano y me conduce a un rincón. Las otras dos mujeres se acaban de trasladar a un columpio de cuero. Trago saliva, casi abrumada por la excitación, y el corazón me late más deprisa cuando mi guía me susurra que me arrodille mirando a las otras mujeres. Me aparta el pelo y me lo coloca tras un hombro antes de besarme el cuello.

—¿Cómo te llamas? —pregunto.
—Caroline.

Es ahora, en cuanto siento el leve roce de la piel de esta mujer contra la mía que me hace suspirar y estremecerme, cuando me doy cuenta de que la modelo sueca había añadido algún tipo de droga en la bebida que me dio.

Pero Caroline me está pegando los pechos a la espalda y me coge los míos desde atrás, y no consigo cabrearme ni asustarme por el hecho de que algunas de mis barreras hayan acabado por los suelos gracias al cóctel de cereza y miel de la modelo.

Observo a las francesas. Una está suspendida en el columpio de cuero, que le sujeta el tronco mientras dos argollas enganchadas a sendos mosquetones la inmovilizan gracias a los grilletes de piel que lleva en los tobillos, de modo que está totalmente relajada al no tener que aguantar su peso. Tiene el coño totalmente accesible y cubierto de vello. Había oído decir que las europeas mantenían un estado más natural.

Caroline me acaricia los pezones mientras la francesa que está de pie se inclina para susurrarle a la del columpio al tiempo que la penetra con los dedos. La humedad es visible desde donde estoy y gimo cuando la chica añade otro dedo, haciendo que la del columpio gima y suelte algo en francés.

Las caricias de Caroline son muy suaves y contrastan con la forma en la que se tocan las francesas.

Cuando la chica usa cuatro dedos, Caroline me insta a separar los muslos y me frota el clítoris por encima de las bragas hasta que estoy empapada y jadeante. Las francesas gimen y murmuran en su idioma, y cuando una le mete la mano entera en el coño a la otra, penetrándola hasta el fondo con el puño, empiezo a mover las caderas y me apoyo en Caroline, desesperada por experimentar la misma sensación de plenitud en mi interior, pero ella sigue torturándome con caricias rápidas y livianas.

Con la otra mano me vuelve la cara, y su boca, increíblemente dulce, encuentra la mía. Nunca había recibido un beso tan sensual y tierno. Su lengua acaricia la mía con igual pericia que cualquier amante que haya tenido, pero parece más diestra y deliciosamente invasiva.

Sus caricias son firmes, pero su piel es suave, y resulta raro rendirme a unos brazos que se parecen tanto a los míos, pero me gusta cómo siento su cuerpo contra mí, cómo nuestra lencería se frota entre sí, retazos de encaje, satén y seda que nunca he sentido con un hombre. Conoce mi cuerpo mejor que cualquier amante que haya tenido.

Sin embargo, no quiero que me torture, quiero que me meta el puño hasta el fondo, que me convierta en una marioneta a la que follar por placer y que me lo meta hasta la garganta de modo que pueda saborearme en sus dedos.

—Por favor —gimoteo, hechizada por las caderas de la mujer del columpio, que se mueven como una serpiente en mitad de un ataque epiléptico, y es entonces cuando la muchacha me mira e intenta sonreír, aunque acaba jadeando.

Esta grita algo en francés, palabrotas o cualquier otra cosa. Me estremezco cuando Caroline me mete un delgado dedo en el coño y es lo único que hace falta para hacerme estallar. Me corro en su mano mientras oigo los gemidos de otra mujer.

18

Me molesta un poco el hombro cuando lo muevo para quitarme la rígida blusa, pero consigo despojarme del resto de la ropa sucia, meterme en la ducha y frotarme la cara.

El agua caliente se lleva la espuma del jabón y se desliza por mi cuerpo antes de desaparecer por el desagüe.

Me quedo quieta y me concentro en mi cuerpo, solo en mi cuerpo, y siento el dolor en la parte posterior del muslo, donde me han disparado. Vuelvo el torso para echar un vistazo. Tengo un morado de un tamaño considerable, casi idéntico al del pecho.

He sido marcada por el placer. Me recuerda a la forma en la que Anna hablaba de los moratones que la cubrían, como si fueran tatuajes temporales que indicaban a los demás lo que le gustaba.

Si saliera con una falda lo bastante corta como para dejarlo al descubierto, ¿la gente se preguntaría si ha sido un accidente o habría algunos que sabrían que es de naturaleza sexual, que me lo he hecho follando?

Trazo con un dedo el borde del moratón mientras me

acaricio el clítoris con la otra mano, húmeda por las burbujas, y me pongo a cien yo sola.

Presiono el moratón y gimo, tanto por el dolor como por el recuerdo de lo que he visto antes, y por las caricias de mi dedo sobre el clítoris. El dolor intensifica el placer. Me meto dos dedos, pero no es suficiente, necesito un puño o algo más, igual que la francesa, pero yo sola no puedo. Mi mano abandona el moratón para dedicar toda mi atención al coño y al clítoris.

Camino entre la horda de chicas, que van vestidas con vinilo negro. Yo llevo vinilo blanco para que el tío de la pistola vea las marcas que me deja encima.

Me pellizco en el pecho y siento el impacto en cuanto él aprieta el gatillo.

Me retuerzo la piel de la barriga cuando me dispara en esa zona.

Llego a su lado y le quito la pistola. Miro a las mujeres que me observan con expresión suplicante para que les dispare y las haga mías.

Bajo una mano y me presiono con fuerza el moratón de la pierna. Me tiemblan las rodillas y siento que alguien se arrodilla a mi lado y me abraza la pierna.

Cuando bajo la mirada para ver quién es, descubro a Jack, vestido de cuero negro y con los ojos delineados de manera que resaltan de forma espectacular. Me mira con absoluta confianza y adoración.

Extiendo un brazo y le acaricio el mentón mientras lo miro a los ojos y le disparo en un muslo. Su expresión se descompone por el dolor y el placer, como si no pudiera decidirse por uno de los dos, pero gime mientras lo invito a ponerse de pie y yo me agacho para lamerle el moratón cubierto de pintura que ya se le está formando en el muslo.

La hinchazón de esa zona me quema en la lengua. Presiono con fuerza y él se estremece. Su polla erecta me roza la cara. Chasqueo los dedos, un gesto mediante el que ordeno a las chicas que se acerquen a mí como las buenas esclavas sumisas que son. Ellas saben exactamente lo que quiero y empiezan a acariciar el cuerpo de Jack, tocándolo por todas partes, salvo en aquellas zonas que saben que son mías, esas zonas que son solo para mí, mientras sueltan murmullos eróticos.

Le disparo en la barriga, en el brazo, en el pecho, en una pantorrilla. Cada disparo provoca un siseo perfecto de los que me alimento como si fueran maná.

Las chicas presionan los moratones que le he ido dejando mientras yo me meto su polla en la boca y empiezo a chupársela, confundiendo un poco más sus sentidos, que a esas alturas no saben si experimentan dolor o placer, pero asegurándome de que no desee que ninguno de los dos se acabe. Quiero dejarle tal huella que no quiera otra cosa salvo esto durante el resto de su vida, lo mismo que me pasa a mí.

Cojo la alcachofa de la ducha del soporte de la pared y la coloco de forma que el chorro de agua me dé en el clítoris al tiempo que abro el grifo al máximo. Sigo pellizcándome el moratón mientras se la chupo a Jack y las chicas son testigo, muertas de los celos, de cómo nos corremos a la vez, aunque yo deseo que les ofrezca a ellas el mismo placer.

Estoy más mojada que el chorro de agua que me ataca el clítoris.

No puedo ni respirar, joder.

El placer se intensifica más y más, y el orgasmo es tan potente que tengo la impresión de que he abandonado mi cuerpo. A lo mejor lo he hecho, porque cuando abro los ojos me descubro sentada en la bañera con la ducha todavía apuntándome a la entrepierna.

Lo coloco todo en su sitio, cierro el grifo y me seco con la toalla.

Estoy dolorida, pero relajada, mientras me extiendo la loción hidratante por el cuerpo. Capto el brillo de mis mejillas en el reflejo del espejo. Estoy guapa.

Lo que acabo de hacer me ha dejado deslumbrante. Estar con una mujer mientras otras dos follaban delante de mí me ha resultado de lo más erótico; sin embargo, eso de meter el puño es otro tabú de los que supuestamente no debemos hablar. Es placentero, o por lo menos eso me ha parecido.

¿Cómo es posible que esté mal o que sea raro?

¿Qué le pasa a la sociedad que nos obliga a huir del dolor como si fuera algo poco natural o nocivo, mientras que en ciertas áreas nos bombardean con él?

En el deporte, por ejemplo. Para presumir hay que sufrir. Entrégate al ciento diez por ciento. Sigue hasta que duela. Desde el gimnasio a las Olimpiadas, nos presionan para que encontremos alguna actividad física que se nos dé bien e intentemos explotar dicho talento con la esperanza de sacarle rendimiento monetario... sin tener en cuenta el desgaste que puede suponer para nuestros cuerpos.

Las niñas van a ballet; los niños, a béisbol o fútbol. Siempre me ha parecido retrógrado que tratemos de evitarle la violencia a las niñas, que las convirtamos en seres bonitos y dóciles, y que alentemos esa mentalidad de «son cosas de niños» al tiempo que enseñamos a las mujeres que deben tener cuidado con los hombres que crea esta sociedad.

A lo mejor si apuntáramos a las niñas a artes marciales y a los niños a danza, el mundo sería distinto. Pero dejando a un lado el papel tradicional de cada sexo, la expectación de superar el dolor está siempre ahí. Debemos ser los mejores, batir a los mejores, pero llevándonos siempre bien porque la etiqueta de Más Simpático todavía vende. ¿No nos fortalece la competición?

No si hablamos de jugadores profesionales de fútbol americano cuando llegan a la última etapa de su vida y sus cerebros empiezan a contraerse y a reducirse a causa de las contusiones crónicas. El cerebro intenta solidificarse y protegerse endureciéndose como si fuera un casco interno.

No hace mucho tiempo los jugadores de hockey no llevaban prendas protectoras. Y, por supuesto, empezaron a usar coquilla mucho antes de que se pusieran los cascos, lo que demuestra cuál es la verdadera prioridad en lo referente a la seguridad masculina. ¿Quién necesita un casco cuando puede seguir follando?

Y ahora tenemos las Artes Marciales Mixtas o AMM, que considero lo más parecido a las antiguas luchas de gladiadores. La gente paga dinero para ver cómo otras personas se dan una paliza. Los luchadores a veces se resbalan en la sangre que el perdedor de la pelea anterior ha dejado en el suelo del ring.

A mí me espanta y me atrae a partes iguales. Por un lado, resulta embrutecedor, y ¿qué sentido tiene?

Por otro lado, es salvaje que te cagas, y el hecho de

mandar a la mierda los buenos modales y la decencia me pone a cien. ¿Es malo desear que te azoten? ¿Disfrutar de un caos controlado? La naturaleza es en sí misma lo más salvaje que existe. El mundo está tratando de borrarnos de su superficie mediante terremotos, maremotos, riadas o incendios.

Ciertos comportamientos se educan. Otros son innatos. Pero lo que he aprendido de la violencia me lo han enseñado en la iglesia.

Me pongo mi camiseta de manga corta preferida y me meto en la cama de Inanna, tras lo cual apago la luz de la lámpara. Quiero que todo lo que he estado viviendo continúe, tengo ganas de más, que me sorprenda más, pero quiero experimentarlo con Jack. Sin embargo, siempre que he intentado sacar ese tema de conversación, me ha mirado como si estuviera loca o me pasara algo por querer cosas más intensas, aunque siempre junto a él. A pesar de que lo quiero como nunca he querido a otra persona y desee compartirlo todo con él. Anoche crucé una frontera, pero fue él quien la trazó.

Intenté cruzarla con él, pero me rechazó sin contemplaciones.

Siento el escozor de las lágrimas en los ojos mientras miro el teléfono. No ha contestado a mis llamadas ni a mis mensajes de texto. ¿Nos estamos tomando un descanso o lo nuestro ya no tiene remedio?

A lo mejor la que no tiene remedio soy yo.

Hay ciertas cosas que solo podemos compartir con nuestra pareja, pero también hay otras que son solo nuestras, privadas, cosas que nos convierten en lo que somos.

Que yo recuerde, el primer regalo que me hicieron fue

un libro para colorear llamado *Las vidas de los mártires católicos*. Algo horroroso si lo analizamos ahora, pero esas cosas existían de verdad. Recuerdo que mis padres me dejaban sentada a la mesa de la cocina y yo hojeaba el libro mientras decidía a qué escena grotesca quería darle color (aunque no me parecieron grotescas hasta mucho después), mientras tarareaba feliz y contenta, coloreaba y merendaba mi leche con galletas.

Jesús en la cruz no tiene nada de romántico; no obstante, han conseguido que la idea resulte romántica hasta el punto de convertirla en un fetiche del sufrimiento. Yo no soy la Hija de Dios ni mucho menos, pero si sufriera una muerte espantosa, detestaría quedar reducida a la manera en que expiré y no a un mensaje.

Un corazón o el símbolo de la paz. Dos manos unidas, simbolizando la solidaridad y la igualdad. La aceptación. Pero la Iglesia se apropió del mercado porno de la tortura mucho antes de que internet facilitara el acceso al mismo con un solo clic del ratón, y ¿sabes qué se vende mejor que la tolerancia?

El miedo.

Un Jesús feliz y sonriente, sentado en un sillón cómodo el domingo por la mañana no va a conseguir que el cesto de los donativos se llene con los intentos de los feligreses de lavar sus culpas y comprar una conciencia limpia y un reluciente halo. La felicidad no reporta negocio alguno. El remordimiento, sin embargo, es muy lucrativo. Y no es que no crean en la salvación que venden.

Al menos la mayoría.

La Iglesia católica es una de las máquinas más eficaces de hacer dinero que ha existido jamás. Desde el principio ha saqueado a sus vecinos, se ha llevado todo lo que ha podido y lo ha atesorado. Con el paso del tiempo acabó perdiendo las tierras, pero fue indemnizada con creces por ese «sacrificio». Ni ellos mismos saben cuál es el valor monetario de sus propiedades. Joder, hace unos años se encontraron unos cuantos cientos de millones de euros escondidos.

Cientos de millones.

Tienen dinero en todos los países, incluyendo unos veinte millones en la Reserva Federal, y como no son más que un credo, están libres de impuestos.

Se libran del castigo por asesinato, en algunos casos literal, aunque desde hace años ya no pueden hacerlo abiertamente a menos que aceptemos como tal su postura en contra del preservativo tanto en África como allí donde quieran prestarle atención.

Y mejor no hablar del Vaticano.

La Iglesia ha sido la fuerza que ha paralizado el progreso. Solo hay que ver cómo persiguió a los grandes pensadores de la Historia por atreverse a poner en duda ciertas cosas y cómo acabaron muertos.

¿De dónde crees que viene la superstición del viernes 13?

Haber crecido sufriendo esos domingos de vestido y zapatos incómodos, recorriendo el pasillo de la iglesia para sentarme en una incómoda banca ya es malo de por sí. Pero ¿que además te suelten un sermón sobre el infierno, los santos, los pecadores, el sufrimiento y el poder?

Basta para que cualquiera acabe siendo un adepto al sadomasoquismo.

Porque entre la Iglesia y el sadomasoquismo no hay muchas diferencias.

Todavía recuerdo las imágenes del libro para colorear.

Mi hermano solía pintar las estaciones de la cruz cuando era pequeño y se pasaba un buen rato hasta que la sangre y las heridas quedaban perfectas, porque tal como asegura el dicho: «El diablo está en los detalles».

Todos nos familiarizamos con estas cosas de pequeños, a todos nos maltratan con ellas, en cierto modo. ¿La teoría de que la culpa la tienen las películas y los videojuegos? Venga ya. La religión, sobre todo el cristianismo, es una instigadora mucho más persuasiva del concepto del sadismo, el masoquismo y el placer culpable.

Reprimir, reprimir, reprimir.

Pero la oscuridad no se traga nuestros pecados sin más. Los recuerda. Los oculta hasta que estamos preparados para recordarlos o hasta que una modelo joven y guapa que trabaja en un club clandestino nos ofrece una copa que acaba con nuestras inhibiciones y reemplaza nuestros «No debería» por un «¡Qué coño! ¿Por qué no?».

Recuerdo que cuando era pequeña até a mi hermano y lo metí en un armario después de haberlo atacado con unas tijeras y de amenazarlo con sacarle un ojo.

No te escandalices tanto. Se lo merecía porque ese día no había quien lo aguantara. No se me habría ocurrido sacarle el ojo. Fue uno de esos faroles que te tiras sin más, pero que sabemos que nunca llevarás a cabo.

Todos decimos ese tipo de barbaridades cuando somos pequeños. ¿Quién no le ha dicho a un hermano, o a quién no le ha soltado su hermano, que es adoptado? Usamos ese tipo de cosas como armas arrojadizas cuando somos pequeños. Y ese tipo de crueldad, la dominancia y la sumisión, también es (paradójicamente) natural durante la infancia, porque los niños carecen de filtro.

Sin corrección, gravitamos hacia ese tipo de comportamiento. Se trata de supervivencia: el depredador y la presa. Solo hay que analizar los juegos a los que nos dedicamos de pequeños.

Todos giran en torno a la persecución, la guerra y la dominación del más débil.

Los niños son los peores abusones que existen, y todos somos así hasta que nos dicen que está mal.

No es una historia de competición feroz, es *El señor de las moscas*.

¿Eres Piggy o Ralph?

¿Ralph o Jack?

Esas son las preguntas que evitamos contestar, por si acaso obtenemos una respuesta que no nos gusta analizar.

Uno de esos personajes muere. ¿Y si debo elegir entre ser quien deseo o ser bueno por naturaleza y morir aplastado por una roca?

Sigo prefiriendo a Jack.

Qué ironía, ¿verdad?

19

Mi rubia amiguita modelo está sentada a una mesa, sola, y me saluda con un gesto de la mano y una sonrisa enorme que me resulta muy cómica la noche siguiente, cuando entro en el club. Miro detrás de mí por si está saludando a otra persona, pero no, por algún motivo me ha adoptado como su mejor nueva amiga.

Llámame sentimental, pero una parte de mí se ablanda con la muchacha. Debe de sentirse sola si está buscando amigos.

Claro que me drogó con la bebida.

Pero si está bebiendo el mismo cóctel de cereza y miel, a lo mejor esos labios tan propensos al mohín se suelten un poco más a la hora de dar información. Me acerco a su mesa con una sonrisa.

—Hola, ¿cómo estás?

Me sonríe.

—¡Estoy genial! ¿Adónde fuiste anoche? Te eché de menos.

—Bueno, ya sabes. Estuve dando vueltas. Hay tantas estancias en este sitio que es fácil perderse.

Bebe un sorbo de su bebida.

—Desde luego.

Es perfecto. Puedo aprovechar esta oportunidad para hacerle más preguntas sobre Gold, para intentar averiguar qué le gusta.

—Bueno, ¿te acuerdas de cuando nos conocimos y tenías oro encima?

Entrecierra los ojos.

—Ajá...

Echo un vistazo a nuestro alrededor para asegurarme de que no hay nadie lo bastante cerca como para oírnos antes de inclinarme hacia ella.

—¿Y qué pasaría si te dijera que me gustaría saber más del tema?

Muy despacio, con gesto deliberado, me pasa el vaso. Bebo un sorbo. Ella espera. Bebo de nuevo, aunque a saber lo que lleva el cóctel. A lo mejor hoy solo lleva licor, pero necesito enterarme de más cosas acerca de Gold.

Recupera la bebida y ladea la cabeza antes de beber despacio.

—Puedo decírtelo... o puedo enseñártelo.

—Enséñamelo.

El corazón me late desenfrenado en el pecho.

Me toma de la mano con una fuerza sorprendente y tira de mí hacia la pared más alejada. Estamos a punto de chocarnos cuando presiona y una puerta en la que no había reparado hasta entonces se abre. Va numerada con un elaborado 37, pero en el interior reina una densa y aterciopelada oscuridad.

No hay nada más que su mano, guiándome. Extiendo el brazo libre, pero solo encuentro aire. Ella sigue moviéndose deprisa durante lo que se me antoja más tiempo del que seguramente haya pasado en realidad.

—Para —susurra— y no hagas ruido. No te muevas de este punto.

Se coloca detrás de mí, sujetándome el cuerpo, usándolo, y mete las manos por debajo de la camisa para quitármela.

—¿Qué estás…?

Me clava los dedos en las caderas.

—He dicho que nada de hablar. O estás dentro o estás fuera. Decídete.

—Dentro —murmuro, y me desnuda.

Cierro los ojos con fuerza antes de darme cuenta de que un foco se ha encendido justo encima de mí. Parpadeo en un intento por ajustar la visión y distinguir qué hay a mi alrededor, pero no puedo ver más allá de unos metros… o tal vez sí pueda, pero no hay nada.

Esperaba gente, o tal vez una ventana, pero no un espacio vacío y oscuro.

Algo cálido y líquido se desliza por mi costado y me vuelvo para mirar a la modelo.

Me está pintando el cuerpo con oro líquido… con pintura, o tal vez sea oro de verdad, no lo sé, pero está caliente y hace que la piel me escueza un poco. Es una sensación agradable y estoy a punto de preguntarle qué es, pero me muerdo la lengua.

No está permitido hacer preguntas.

Se me pone la piel de gallina con sus dulces caricias, pero el líquido me envuelve lo justo para mantener el calor corporal. Empiezan a brillarle los ojos cuando me cubre el culo y el coño, pero no se detiene a llevar el tema a lo sexual. El oro sube cada vez más, haciendo que pase de ser una mujer a una estatua de oro.

Un ídolo para algo. ¿Tengo que venerar o voy a ser venerada? ¿Voy a montar guardia o pasarán de mí?

Me recoge el pelo en un moño y también lo cubre de oro. Cuando solo me queda la cara libre, coge un pincel plano para extender la pintura de modo que solo me queden libres los globos oculares y la boca.

Me cubre incluso los párpados, así que cuando los cierro, estoy segura de que parezco una estatua que ha cobrado vida. Brillo con tanta intensidad que casi me duelen los ojos, y la luz se refleja en cada curva. Añade algo más a mi cuello: un collar de perro de oro.

La modelo se interna en la oscuridad y yo me quedo sola, de pie, tan quieta como… en fin, ya sabes cómo estoy, preguntándome qué hacer a continuación.

¿Qué haría Inanna? ¿Qué hizo Inanna?

Si es Gold quien me observa desde la hambrienta oscuridad, quiere un espectáculo. Le gusta observar. Las estatuas son bonitas pero aburridas. ¿El motivo? Lo único que hacen es estarse quietas. Una estatua que cobra vida resulta interesante… según lo que haga.

Me invento una historia: soy una estatua que ha cobrado vida, pero no sé cómo. No se me ocurre comprobar si alguien me está observando. Soy una estatua, me cautiva más el hecho de que mi cuerpo se pueda mover de repente, ágil y fluido. Elegante y grácil.

Me estiro y me mezo, me inclino y me doblo, y ni siquiera me sorprendo cuando otra estatua sale de la oscuridad para reunirse conmigo.

No es como yo. Su cuerpo es mayor, más rudo por los

músculos, y ocupa mucho más espacio que yo. El vello de los muslos y de las pantorrillas, más áspero, está de punta, aunque lo tiene cubierto de plata y no de oro, como es mi caso.

Debo de valer más que él.

Tiene que acercarse a mí y convencerme para estar con él.

Me cruzo de brazos y levanto la cabeza con gesto imperioso al tiempo que enarco una ceja.

Se acerca un poco más y menea la cabeza para examinarme de arriba abajo antes de arrodillarse y trazar un sendero con la mano desde mi pecho a mi ombligo.

Doy un respingo al sentir la caricia y lo fulmino con la mirada por lo que acaba de hacer.

Me ha dejado un reguero de plata allí donde me ha tocado. Me ofende y lo empujo hasta que queda de espaldas.

Se rinde con facilidad porque él solo es plata mientras que yo soy oro líquido. Soy maleable cuando estoy caliente, pero él todavía no lo ha logrado.

Retrocedo un paso y miro el suelo. Hay un pequeño recipiente de pintura dorada junto con una jeringa sin aguja. Me acerco al recipiente y lleno la jeringuilla antes de metérmela en el coño y llenarme de oro líquido.

Junto las piernas con fuerza mientras regreso al lugar donde está el hombre plateado tumbado de espaldas, en el suelo. Me siento a horcajadas sobre su cara y hago fuerza con los músculos internos.

Un chorro de líquido le cae sobre la cara, se la mancha de oro y le deja marcado un reguero en dirección a las orejas.

Me pongo de pie y sin abandonar mi posición sobre su

cuerpo, bajo por el torso hasta llegar a su polla. El oro cálido me corre por los muslos y sonrío antes de darle un toque con el pie para indicarle que lo quiero a cuatro patas. Puede que sea más grande que yo, pero yo tengo el control. Aquí mando yo.

Me quito el collar del cuello y se lo pongo a él para dejar clara mi postura.

Es mi cachorrito.

Me subo encima de él y me abrazo con los pies a su cintura antes de azotarle el culo, dejándole una huella dorada en un cachete. Él gatea y lo guío para que trace un círculo pequeño antes de aburrirme y levantarme. Lo dejo a cuatro patas y cojo la jeringuilla para llenarla de nuevo.

En esta ocasión es él quien acaba lleno de oro líquido.

Le follo el culo con la jeringuilla hasta que se corre sobre el suelo, mientras la pintura dorada le sale de la raja, le pringa las pelotas y le chorrea hasta las rodillas.

Doy una vuelta lenta y me quedo quieta.

La luz se apaga y permanezco sumida de nuevo en la oscuridad.

Doy un respingo cuando me colocan una bata sobre los hombros.

—Ha sido increíble —me susurra ella al oído—. Estará muy complacido contigo.

No me molesto en preguntar a quién se refiere. Inanna ya lo sabía y yo también, pero se me forma un nudo tremendo en la boca del estómago. Me había olvidado por completo de Gold. Lo he hecho por vivir la experiencia, por sentir la emoción, y una vez más alguien ha aparecido para reclamarlo todo.

Aunque técnicamente no se han quedado con nada,

tengo la sensación de que me han robado. Quería la experiencia para mí, pero tal vez el intercambio es así. A lo mejor siempre acabamos sacrificando algo sin saberlo.

¿Hasta dónde estaré dispuesta a llegar en el sacrificio? ¿Dónde está el límite de lo que se puede dejar atrás a cambio de una experiencia vital?

20

—¡Tú!

El hombre me señala entre la multitud.

—Ven conmigo.

Tiene los ojos oscuros y me gustan sus manos, así que lo sigo y juntos atravesamos una puerta blanca, flanqueada por dos recargados candelabros.

Habitación 328.

Las paredes están pintadas de un rojo oscuro y, aunque el cuarto es pequeño, el techo es alto. Demasiado alto, diría. En el centro de la habitación hay una plataforma elevada que me recuerda a un altar. El hombre me lleva hasta ella y me pregunto si van a sacrificarme aquí mismo esta noche.

Lo primero que pierdo es la ropa.

Una vez desnuda, me invita a subirme a la plataforma y me coloca de manera que quedo sentada con las piernas extendidas al frente.

De un cajón pequeño, el hombre saca unas cuerdas también rojas, a juego con la habitación.

Me aparta las manos con delicadeza mientras me coloca una cuerda en torno a los pechos, una sensación un tanto agobiante, pero puedo respirar sin problemas. Me parece raro que me haya desnudado para cubrirme enseguida con la cuerda, pero me ha tapado según sus gustos, así que no resulta tan raro después de todo.

El control es aquí lo fundamental.

Las cuerdas no son ásperas, pero su roce sobre los pezones me hace apreciar la textura. Se me clavan en la piel, y espero acabar con marcas cuando todo llegue a su fin. Anna se refería a las marcas de las cuerdas como si fueran un motivo de orgullo. Yo no llegaría a tanto, pero de momento tengo claro que me gusta la sensación. La cuerda es resistente y su roce, firme, como si tuviera unos dedos fuertes y largos en torno al cuerpo.

A continuación, el hombre coge otra cuerda, esta más corta. También es roja.

Cerca de la plataforma hay dos velas altas encendidas, pero salvo por el olor a cera caliente, no desprenden perfume alguno. Las velas son escarlata. Está claro que el color es el protagonista.

Usa la soga para atarme las manos a la espalda, tras pasármela por el cuello. No está apretada, pero si intento mover las manos, se tensa alrededor del cuello.

Debo quedarme quieta.

Se me acelera el corazón.

Todavía falta una cosa más. Una larga tira de seda. Me la enrolla en torno a las piernas y el torso, y me cubre los ojos con ella. Llevo años fantaseando con que me venden los ojos así. ¿Qué va a hacerme cuando no pueda verlo? Tengo las piernas libres, de manera que puedo mover los dedos de los pies, y empiezo a percibir otras cosas ahora que me falta la visión.

La cuerda tiene un olor especial que me hace pensar en hierba. Es un olor dulzón y natural.

La estancia huele a cera caliente mezclada con el perfume de mi deseo.

¿Lo percibe el hombre?

Oigo el chisporroteo de una vela cerca de mi cabeza y en cuanto noto el calor de la cera caliente en un muslo doy un respingo. Se me escapa un grito y muevo las manos sin pensar, pero entonces la cuerda se tensa en torno a mi cuello.

El hombre me atrapa las manos para que no las mueva y pueda respirar de nuevo. Me pregunta:

—¿Qué se dice?

De forma instintiva, susurro:

—Gracias.

El corazón me late a doscientos por hora a causa del miedo, pero también por la excitación que me provoca que él se preocupe por mí, que se tome su tiempo.

Siento otro hilillo ardiente deslizarse por el otro muslo. Doy un respingo y me tenso a la espera del siguiente.

—No.

—¿No? —pregunto.

—Relájate.

Es difícil relajarse cuando sé que va a derramar más cera caliente sobre mi cuerpo, pero soy consciente de que allí donde ya lo ha hecho, el dolor no ha sido insoportable. La cera ya se ha enfriado y se ha endurecido sobre la piel. Respiro profundamente.

—Dime lo que quieres. Lo que deseas.

—¿Lo que deseo? ¿Lo que quiero que me hagas?

—En general. Y no te anticipes a la cera o serás castigada.

Tras escuchar esas palabras, me mojo todavía más, y el olor de mi flujo inunda el ambiente como si fuera una flor exótica, y eso que ni siquiera estoy abierta de piernas.

Algo que él se apresura a corregir, separándomelas. Vierte más cera caliente en la cara interna de un muslo. Más arriba en esta ocasión. Aspiro el aire con fuerza y recuerdo la orden que me ha dado.

—Siempre he querido que me venden los ojos así. —Hago una pausa al sentir una pequeña corriente de aire proveniente de mi lado derecho al tiempo que oigo algo deslizarse sobre el suelo. ¿Otra persona, quizá? Doy un respingo al sentir un río de gotas de cera sobre el abdomen—. Me gusta el sexo duro. —Siento algo duro entre las piernas, algo que se humedece con mi flujo antes de penetrarme. ¿Como recompensa por mi confesión, quizá? Sigo hablando—: Quiero que me dominen. Quiero que...
—No nombres a Jack, no pienses en él—. Quiero que mi pareja me folle, que me dé placer, pero que también me haga daño.

Cada palabra que sale de mi boca va acompañada por la embestida del objeto con el que me están penetrando y con otros objetos misteriosos, juguetes y lo que creo que es un pepino, o tal vez otra hortaliza con forma fálica, no lo sé, pero me gusta.

Siento que alguien me libera las manos y me invitan a tumbarme de espaldas sin dejar de penetrarme en ningún momento, aunque resulta impersonal porque no me tocan en ningún otro sitio.

—También quiero que me azoten. Quiero algo que demuestre que a mi pareja se le ha ido la pinza, que me desea hasta ese punto.

Me estremezco en cuanto percibo que alguien me lame los dedos, uno a uno, y cuando esa persona se mete mi mano entera en la boca, tras cerrarme el puño, me tenso, a punto de correrme.

Sin embargo, la persona se detiene, entonces gimo. Siento otro sendero de gotas ardientes que caen lentamente desde una cadera hacia el abdomen.

—También me gusta tener el control. Me gusta ver a alguien a mi merced, saber que soy yo quien manda. Quiero más. Siempre he querido más. Quiero que el sexo sea como una fantasía.

Me penetran de nuevo y siento varias manos sobre mi cuerpo.

—Quiero que sea surrealista, un sueño, una pesadilla. —Me estremezco por el deseo, por el placer que estoy sintiendo en esas zonas de mi cuerpo que notan el calor de la cera mientras esta se endurece—. Quiero que sea sorprendente, hechizante. Innegable. —Las manos se detienen y empiezan a acariciarme de nuevo, dándome y negándome placer, enloqueciéndome de gozo y lujuria, ambos tan ardientes como la cera. Deseo incluso que sigan torturándome con ella, cualquier cosa con tal de que sigan, de que no se detengan—. Que me destruya.

Siento algo suave en un brazo. ¿El roce de unos pechos? Las manos me penetran con algo y grito de repente, corriéndome entre oleadas de frío y calor mientras mi cuerpo experimenta el orgasmo en lo más profundo, como si mi coño se hubiera enfadado por el hecho de haberlo retrasado tanto y me estuviera castigando a mí en vez de dar su merecido al culpable. Siento que algo cálido me cubre el abdomen y los muslos. Semen y algo más cálido, más líquido. Creo que es orina, pero no estoy segura. Me siento sucia y usada, y no hay nada mejor que este momento, que el presente.

Más cera caliente, pero ahora en los brazos y goteando sobre mi vello púbico. El calor hace que me corra de nuevo. Una mujer gime cerca de mí, y parece tan saciada como yo.

Me quitan la venda de los ojos y descubro que estoy rodeada por cinco personas, incluyendo al hombre que me ha traído a este sitio. Me sonríen, me elogian con sus palabras, con sus voces suaves y con sus manos. Un hombre de larga melena rubia que parece un vikingo saca algo de entre mis muslos, una enorme zanahoria morada, y le da un mordisco, devorando el crujiente objeto que yo tenía dentro.

Los miro y parpadeo.

—Quiero más.

Mis nuevos amigos me conducen hacia una puerta muy baja que me obliga a agacharme para poder pasar, la habitación número 398, algo que no tiene sentido, porque si estábamos en la 328 esta debería llevar un número impar, pero me da igual porque sigo tan mojada que tengo los muslos húmedos y aún siento la quemazón de la cera en la piel.

Este cuarto está decorado en blanco y negro, con zigzags y espirales en las paredes. El diseño resulta desorientador, y empiezo a marearme.

Veo una enorme cruz de San Andrés y el grupo me lleva hasta ella. Sus cuerpos me aprisionan mientras me atan con las piernas y los brazos separados, dejando la espalda descubierta. Para hacerlo usan la misma cuerda con olor cítrico con la que antes me ataron las manos. Mis pechos siguen aprisionados y quedan al descubierto entre la cuerda que los rodea. Nunca me han parecido tan turgentes.

Miro por encima del hombro cuando se apartan y veo a un enmascarado que lleva un azote en la mano.

Respiro hondo y sonrío.

Dirijo la mirada de nuevo al frente y me apoyo en la dura madera al tiempo que reparo en el aroma cítrico, aceite de limón o algún ambientador. Una mujer que estaba al otro lado de la cruz se acerca para colocarme un enorme vibrador en el monte de Venus, que ata con unas correas, tras lo cual me besa en la frente. Estoy a punto de soltar una carcajada, pero me contengo porque quiero más, así que no interrumpo. Los azotes empiezan antes de que el vibrador comience a funcionar, y duelen más de lo que pensaba. Siento el dolor agudo y ardiente en los muslos y en el culo.

Pero no tardo en inclinarme hacia atrás, en un intento por recibir un dolor más agudo que aumente la vibración que siento sobre el clítoris.

Pierdo la cuenta de los azotes que recibo, también en la espalda, pero esos son distintos y hacen más daño, provocados tal vez con otro objeto más delgado. Mis amigos se colocan dentro de mi campo de visión y observan cómo me azota el enmascarado.

Lo observan mientras consigue que me estremezca y chille.

Se corren en cuanto él se coloca entre mis piernas y pone el vibrador al máximo antes de penetrarme con algo largo, duro y frío que añade una nueva sensación a la mezcla: la temperatura.

Me obliga a correrme hasta que no puedo respirar, pero la cruz me sostiene. La cuerda me ayuda a seguir en pie.

Cierro los ojos y dejo que las sogas me sostengan. Huelo a sexo y a sudor, siento el dolor y el placer que recorren mi cuerpo y que se transforman en algo más grande de lo que puedo contener. El enmascarado sigue follándome con el consolador y me corro otra vez por la sensación de plenitud, casi como si me estuviera metiendo el puño.

Me penetra con él una y otra vez, y vuelvo a sentir un orgasmo.

El roce áspero del vello de su pecho en la espalda me hace cosquillas allí donde antes me hizo daño, y me retuerzo, aunque no sé si por el placer o por el dolor.

Por ambas cosas. Son las sensaciones que Anna quiso que comprendiera, lo que pueden hacerle a tu cuerpo, y ahora mismo lo estoy experimentando.

Tan hondo que puedo saborearlo.

El sabor del abandono. De lo que te pasa cuando te conviertes en sensación y te dejas llevar por completo. La seda y el satén son agradables sobre la piel, pero quiero llevar el rojo de la carne inflamada y las marcas profundas de la cuerda.

Son lo más bonito que he llevado en la vida.

No quería una introducción lenta. Quería la experiencia completa. Me han arrancado la verdad y me han dado lo que yo deseaba.

Suplico más.

Mis anfitriones me complacen, a mí... su sumisa.

21

Duermo dos días seguidos y llamo al trabajo con la excusa de que estoy enferma. Me quedo en casa de Inanna, vivo en su cama mientras me deleito con el dolor que siento en el cuerpo. Pero en cuanto me despierto ya no me siento tan dolorida, estoy sobria y la culpa me aprieta tanto el estómago que ni me molesto en desayunar.

Solo tengo hambre de Jack. De su polla, de su semen, de su dulzura.

De nuestro vínculo.

Lo echo de menos con una repentina intensidad. Es él quien quería fijar una fecha para la boda. Escogió un número que cree que es de la suerte porque quería que estuviéramos juntos, y ¿qué coño estoy haciendo que no lucho con más ahínco por este hombre?

La mayoría de las mujeres se estarían encasquetando el primer vestido blanco que pillaran y echarían a correr por el pasillo de la iglesia para casarse con un hombre tan guapo como Jack, hermoso por dentro y por fuera. Es cariñoso, honesto y atento. Se esfuerza para que el mundo sea un lugar mejor.

Así que ¿qué diablos sigo haciendo aquí? Vale, me dijo cosas muy feas y se empeñó en que nos tomáramos un tiempo, pero ¿de verdad voy a permitir que se acabe así? ¿Es una excusa válida para echarlo todo por la borda?

A veces alguien tiene que tragarse el orgullo y tender un puente, aunque esa persona no fuera quien encendió la cerilla que lo quemó en primer lugar.

Me he estado sumergiendo en el espejismo de la vida de Inanna y es maravilloso, pero ¿para qué? Lo que hago no es tan importante como el motivo que me impulsa a hacerlo. A lo mejor al principio solo se trató de una fascinación morbosa, el hecho de proyectar mis sentimientos y la necesidad de saber en lo que podría haberme convertido.

Pero ¿cómo acabará esta gnosis? Si descubro sin lugar a dudas que la Sociedad Juliette está detrás de la muerte de Inanna, ¿qué haré o qué seré capaz de hacer? Arriesgar el cuello por una historia está muy bien y tal, sin embargo ¿cuál es el resultado final de la investigación? A la hermana de Inanna no le hará gracia descubrir que tenía razón cuando afirmaba que la muerte de su hermana no fue un suicidio, así que no puedo fingir que esto va a reconfortarla.

Mi enfoque de «hacerse el fantasma» era tan insustancial como la chocolatina de menta que colmó el vaso del señor Creosota, el personaje de los Monty Python, y todos sabemos lo mal que acabó el asunto. Salvo que en vez de terminar cubiertos por el vómito de un hombre enorme y de ser testigos del espanto de un camarero francés, a saber cómo acabaremos si esta historia llega a salir a la luz.

¿Tiene sentido perseguir la noticia, más allá de la gratificación personal?

¿Estoy usando la muerte de Inanna para algo más que

para descubrirme? Me doy cuenta de que si Inanna hubiera estado involucrada en algo que no fuera la expresión sexual como arte, seguramente ni habría reparado en ella. ¿Por qué hacerlo? Si hubiera sido una mujer con tendencias menos provocadoras, menos parecidas a mi experiencia personal, habría pasado por encima de la noticia y no le habría hecho el menor caso... ni tampoco me habría recreado en su vida para insensibilizarme contra el dolor cuando Jack me hizo daño.

Mi jefe dijo una vez: «Las historias se te aparecerán si tienes la paciencia necesaria».

¿Esta historia vino a mí o salí yo en su busca? Si dejo de escribir, si dejo de investigar, querrá decir que estoy reconociendo la acuciante duda de estar haciendo algo que no debería. Si lo reconozco, tengo que cerrar la puerta a esta parte de mí.

Porque si alguna vez voy a buscarla... habré llegado a un punto donde no hay marcha atrás, y si Bob me está siguiendo la pista y sabe que estoy en el hotel, es más que evidente que también está al tanto de lo que sucede en su interior.

Tengo que detener esto y recuperar mi vida. Recuperar a Jack.

¿Qué le diré a Lola?

Tendré que devolverle el diario.

Es algo en lo que pienso mientras conduzco de vuelta a casa, aunque me detengo para buscarle un regalito a Jack.

Comprar lencería: uno de los recursos más típicos de la clase media estadounidense cuando hay que darle vidilla a la relación con tu amante sin esforzarte mucho. Una armadura femenina moderna. Jack y yo tenemos una fantástica vida sexual cuando no estamos abrumados por factores externos que se apoderan de nuestras vidas, pero ese no es el motivo de que lo esté haciendo.

Se trata de un enorme trozo de vainilla que me hace sentir triste y normal a la vez, y es justo lo que necesito ahora mismo. Todo, desde las luces fluorescentes hasta las estiradas dependientas, me tranquiliza y me asegura que me acerco al chapuzón de normalidad que necesitaba.

Deambulo por la tienda examinando y descartando fantasías en forma de disfraces, tras decidir que a Jack le gustaría algo mucho más sencillo, más sensual, con un toque inocente.

Algo de color rosa palo con encaje negro que fuera la guinda del pastel de mi gran gesto/disculpa hacia mi prometido.

Me detengo y cierro los ojos para imaginarme su cara cuando entre y me vea en la cama. Vestirse para el sexo es mucho más sensual que el hecho de que te quiten la ropa para hacerlo, como he aprendido con Caroline. Voy a seguir sus enseñanzas para fundir el hielo que se ha instalado entre Jack y yo.

Cojo unos cuantos conjuntos de sujetador y tanga que pueden encajar y me dirijo a los probadores.

En el rincón hay un enorme confesionario falso. Al principio creo que es uno de esos viejos fotomatones, pero no lo es.

¿A qué viene un confesionario en una tienda de lencería? ¿Qué sentido tiene confesarse si nadie te escucha?

A menos que alguien sí lo haga.

Las mujeres no compran lencería para que las escuchen, la compran para que las miren.

No tiene sentido poner un confesionario aquí a menos

que alguien lo mire todo. Se parece a llevar algo normal al terreno de la provocación.

Estaría mal que una chica católica no practicante como yo se saltara una confesión, ¿verdad?

¿Qué absolución encontraré dentro?

Entro en el confesionario con los conjuntos y me desnudo.

¿Alguien me observa ahora mismo?

Es oscuro y el ambiente está cargado, pero huele vagamente al agradable aroma que usan en toda la tienda, tal vez perfume o ambientador. Arqueo la espalda y me muevo más despacio, con gestos más sensuales, mientras me imagino al cura al otro lado, observándome, agradeciendo cómo sacrifico el pudor ante su altar de fantasía.

Existe una regla generalizada sobre los confesionarios, sobre los lugares de confesión, según la cual el resto de la congregación no puede ver quién se confiesa. Se trata de una consideración hacia la intimidad de los pecadores.

Es verdad.

Pero ¿alguna vez te has preguntado por qué estás separado del cura una vez dentro?

Por la tentación.

No tanto por la tuya como por la suya.

Desnuda, le doy la espalda al espejo que tengo al lado y me inclino al tiempo que me paso las manos por los muslos, tras lo cual me subo el tanga rosa por las piernas y dejo que el hilo posterior quede entre mis cachetes, a los que doy una palmada para asegurarme de la pose. Me inclino hacia delante para que mis pechos cuelguen, de modo que cuando me levanto, están más altos gracias al sujetador. Mi madre no me enseñó ese truco.

No somos los únicos corderos que pecamos, y ten muy claro que la Iglesia lo sabe.

En el interior hay una mampara que te separa del sacerdote y de su debilidad, por si acaso aparecen mientras le estás regalando una historia más lasciva de la cuenta y su rosario es incapaz de aguantarla.

Nunca he entendido que se les exija a los curas el celibato. Otros cultos permiten a sus religiosos casarse e incluso tener hijos, y creo que gracias a eso son mejores en su trabajo. ¿Cómo vas a asegurarle a alguien lo maravilloso que es esperar a estar casado para consumar físicamente una relación si ni siquiera tienes permitido masturbarte?

Todo el asunto apesta a hipocresía y ridiculez.

El matrimonio debería ser una opción para ellos, pero ya que no lo es, al menos que les permitan cascársela de vez en cuando.

No me creo que no lo hagan. Porque, de lo contrario, ¿cómo se pondría la cosa las noches de entre semana cuando están solo ellos?

Un confesionario sería un agujero glorioso increíble.

Un agujero glorioso, en plan «Gloria, gloria, aleluya».

Si las personas pudieran ser dueñas de su sexualidad, todo marcharía mucho mejor. Cuando no lo son es precisamente cuando salen a la luz las verdaderas perversiones.

La mayoría son inofensivas, aunque no dejan de parecernos ridículas.

¿Has oído hablar de los «peluches»?

En los casos más extremos, la gente se disfraza de peluche y hace orgías como si se convirtiera en ese tipo de animal. No hay nada humano visible salvo la entrepierna, que queda al aire para acceder a ella con facilidad. No digo que sea raro querer follarse a un muñeco, pero... En fin, para gustos, colores, supongo. ¿De verdad querías que el coyote cazara al correcaminos? Busca una pareja y píllate unos disfraces, y así podrás darles a los demás un espectáculo que no se les olvidará en la vida.

A lo mejor todo se inició en nuestra infancia.

¿Querías un poni y no te lo compraron?

¡A jugar a los ponis! Puedes disfrazarte, dar vueltas con un bocado entre los dientes y esperar a que alguien te dé por detrás y te azote con una fusta hasta hacerte relinchar.

¿Tu madre no te cuidó como era debido?

También hay cura para eso.

Las personas son raras. Y algunas fantasías, absurdas.

Sonrío y toco el cristal, y recuerdo lo que se sentía durante una confesión de verdad.

—Ave María Purísima. Padre, he pecado. Me he topado con algo perverso que debería haberme sorprendido, pero no ha sido así. He visto cosas que no creería, que ni se imaginaría.

Recuerdo que Anna dijo que mi sonrisa era dulce. ¿Sigue siéndolo? Le sonrío al espejo mientras me pregunto si hay alguien al otro lado o si es falso, ideado para que todo parezca un tabú y más escandaloso de lo que es en realidad. A lo mejor mi sonrisa refleja lo cachonda que estoy. A lo mejor refleja demasiado conocimiento, como si hubiera visto muchas cosas.

Pero saberlo y sentirlo son dos cosas distintas, y me paso las manos por la parte delantera del tanga mientras sigo hablando:

—He hecho cosas que asustarían a los demás. Que escandalizarían a otras personas. He visto cómo un hombre disparaba pelotas de pintura a unas mujeres... y estaban tan contentas con lo que les hacía que se morían por que las follaran. Me disparó en la pierna y en el pecho con pintura comestible, y una mujer me limpió a lametones.

»Su lengua fue increíblemente dulce contra mi pecho, sobre mi clavícula.

Echo la cabeza hacia atrás, levanto una pierna y clavo la vista en mi reflejo en el espejo oscuro. El rubor de mis mejillas y de mi pecho es evidente pese a la borrosa imagen. Me froto con más fuerza y noto cómo mojo el tanga.

¿Cuántas mujeres se han puesto ese tanga antes que yo, cuántas lo han mojado con sus coños?

—He visto a dos mujeres usar un columpio.

Me meto un dedo y me muerdo el labio al recordar cómo la del columpio aceptó el puño entero de la otra. Pienso de nuevo en el arma.

Pero ahora la recuerdo de manera distinta. Me imagino a Jack allí, de pie con las piernas algo separadas, disparándoles a las mujeres, manchándolas de pintura (curioso que al seguir la etimología de la palabra «pintar» nos lleve a «hacer cortes para marcar algo» y, por tanto, a una forma de provocar dolor) y llenándome la boca con su polla, llegando hasta el fondo de la garganta y pasando de mí para marcar a las otras mujeres como suyas. Con la mano libre, saco un pecho de la copa del sujetador y me pellizco un pezón, con fuerza, antes de gemir en voz baja:

—He visto más, he hecho más, he sido más de lo que jamás me creí capaz.

—¿Va todo bien ahí dentro? —pregunta la dependienta.

Sonrío.

—Sí, gracias.

Me meto otro dedo.

—¿Necesita otra talla?

Añado un tercer dedo.

—No, esta es perfecta.

Me suelto el pecho y me agarro al asiento al tiempo que contengo un gemido, segura de que voy a aullar y a delatarme, como alguien con síndrome de Tourette que intenta por todos los medios no gritar obscenidades en público.

—No dude en llamarme si necesita algo —dice ella.

¿Puede verme? ¿Lo sabe?

¿Me importa?

Joder, no.

Jack con cuero, yo con encaje. Él dándome justo lo que quiero sin tener que echarle un discursito.

Yo tomando lo que quiero de él, con una mano en su cuello para que no pueda hablar.

La idea me provoca deseos de gritar. Pero mantenerme en silencio puede resultar tan excitante como gritar, y ahora respiro entre jadeos, mientras muevo las caderas en busca del orgasmo, vestida con un tanga que no he comprado, delante de un espejo detrás del cual alguien puede verme, o tal vez no.

Pero todos somos bellos mientras nos corremos, y aunque no lo creyera, me cuesta un huevo pensar en qué aspecto tengo mientras mi coño me oprime los dedos y veo estrellitas de colores detrás de los párpados al alcanzar la cima.

El olor de la excitación se cuela en mi conciencia cuando regreso a la Tierra y recupero el control de mi cuerpo.

Y, como una buena católica, espero que la vergüenza me consuma.

No lo hace. Pero me doy cuenta de que no me gusta el tanga.

Debería dejarlo hecho un ovillo, mojado, y marcharme de la tienda antes de que las dependientas descubran lo que he hecho. Claro que no soy de las que salen huyendo de la escena del crimen. La idea de que la estirada dependienta lo encuentre y lo tenga que tocar me arranca una sonrisa. Pero claro que voy a comprarlo. No solo vine en busca de ropa interior, sino que ahora me llevaré un recuerdo a casa.

Podría contárselo a Jack para comprobar si en sus ojos asoma un brillo escandalizado, indignado o lujurioso, pero es un secreto que prefiero conservar oculto, solo para mí.

Me siento con los ojos cerrados un momento y dejo que el aire se enfríe a mi alrededor, que me baje la temperatura, y luego me quito la ropa interior y me pongo la mía, con las piernas aún temblorosas por el orgasmo. A decir verdad, han sido veinticuatro horas frenéticas y no he dormido muy bien.

Debería comer algo.

Me acerco a la caja sin molestarme en mirar nada más.

Tengo lo que he venido a buscar.

Y voy a llevarme el tanga con el que me he corrido.

La dependienta sonríe, pero no habla mientras me cobra. ¿Puede oler mi flujo, puede sentir lo que pesa el tanga por lo mojado que está?

La miro a los ojos mientras ella mete el conjunto en una bonita bolsa rosa y negra después de haberlo envuelto en papel de seda a juego, y sonrío, con la sensación de que soy otra persona.

Con la impresión de ser la seductora sensual y descarada en la que podría haberme convertido.

Que fue Anna.

Que fue Inanna.

Y me gusta.

Aunque voy a volver a casa para darle esto a Jack, para intentar averiguar qué coño he estado haciendo en La Notte, el hecho de saber que existe algo así en mi interior me parece increíble. La idea me deslumbra, me recuerda que tal vez no sea tan alocada y desinhibida como Anna y como Inanna, pero que tengo algo bajo la piel que la gente ni siquiera sospecharía al mirarme.

Soy más de lo que soy. A lo mejor saberlo me basta para aceptar mi situación a partir de ahora. Puedo ser la Catherine de Jack.

A lo mejor me han grabado; a lo mejor, no.

Tal vez alguien me ha visto; tal vez, no.

Lo importante no es lo que sucede. Lo importante es lo que sentimos cuando algo sucede.

Es arte.

Ellas sabían lo que estaban haciendo, y yo también.

22

Estoy acostada en la cama, estrenando la lencería que me he comprado y leyendo el diario mientras espero a que Jack llegue a casa. De repente, me sorprende un párrafo en concreto.

> Una rubia bajita y espectacular con un nombre escondido en el mío.
> Le gusta acabar marcada.
> A mí me gusta dejar marcas.
> ¿Algún Mark en la sala?

¿Anna? ¿Se refiere a Anna? Si Inanna era una asidua del club, debió de conocerla. A lo mejor se conocían bien. Al menos eso espero. Doy media vuelta sobre el colchón para ponerme más cómoda, pero sin abandonar la postura favorecedora por si acaso Jack entra sin que me dé cuenta.

Me resulta raro pensar que Inanna y Anna quedaban y hacían las mismas cosas que yo con ella... o más.

Seguro que a Anna le encantaba todo lo que hacía

Inanna, y la imagino perfectamente iniciándose en el mismo peregrinaje que ella, llevándolo a cabo como si fuera suyo. Imagino que Inanna estaría encantada de haber encontrado a una amiga, a una colega, a alguien que entendiera a la perfección lo que ella sentía, lo que experimentaba, lo que intentaba decir.

Pero también me siento celosa, como si dos mundos que supuestamente deberían ser míos y solo míos hubieran chocado y, de repente, muchas partes quedaran fuera de mi alcance.

Lo peor de todo es que tal vez nunca descubra qué les pasó. Hasta el momento no he encontrado nada en el diario que indique que Inanna tenía tendencias suicidas. Pero cuanto más leo, más me preocupo.

¿El diario es real o está editado, como el de Anaïs Nin? ¿Se trata de una obra de ficción o responde al deseo de una actriz desilusionada? ¿Se puede considerar verídico? Más bien hay que analizarlo como si se tratara del ángulo de una cámara en el que estudiar un aspecto concreto de la imagen. Pero las palabras de los diarios están escritas por la protagonista y por la directora, nos muestran lo que quiere que veamos, y el resto queda fuera de la vista porque no se menciona.

¿Qué más me estoy perdiendo? ¿Qué es lo que no me están enseñando?

Devoré los diarios de Anaïs Nin antes siquiera de saber que existía un género llamado «erótico», a los diecisiete años, durante un largo y caluroso verano que se me pegaba a la piel como las palabras del libro. Como las sábanas que se me adherían al cuerpo, húmedas por correrme después de leer lo que había hecho y cómo lo contaba. Porque las cosas que había hecho importaban, pero también las cosas que decía, la forma en que las decía.

La mujer fue un genio, un verdadero talento literario, y al igual que le sucede a la mayoría de los genios, el mundo no la apreció hasta después de su muerte. Todavía creo que su trabajo se pasa por alto y que no se aprecia como es debido en este mundo donde a la gente solo le interesa el dinero. Fue una artesana de las palabras, una feminista revolucionaria que se movió libremente por el mundo de aventura en aventura, y que incluso se mostró furtiva con el amor hasta el día de su muerte. Sus dos maridos desconocían su mutua existencia hasta que leyeron la sección de necrológicas. Supongo que tenía una caja de las mentiras que le permitía recordarlo todo para no meter la pata... las patrañas que le había contado a cada cual.

La mayoría de las septuagenarias guarda recetas de cocina o medicamentos para la artritis.

Leí las novelas de Anaïs Nin y me decepcionaron. No porque no fueran geniales, sino porque no lo eran tanto como sus diarios. Aunque claro, ¿qué puede ser mejor? Esa mujer fue un misterio que ocultó la verdad en su interior y que escribió sus verdaderos pensamientos en su diario. Por eso resultan tan brillantes.

Y por eso son el mejor ejemplo del género erótico jamás escrito, incluso en la actualidad. Tal vez mucho más hoy en día. ¿Has visto fotos de Henry Miller? En cuanto se lee el diario, se tiene la clara impresión de que es un hombre muy masculino, una estrella del cine que interpreta el papel de macho alfa y que le robó el sentido a Anaïs. Estaba obsesionada con él.

No puedo expresar con palabras la decepción que me

llevé cuando lo busqué en internet y lo vi. O más bien cuando no vi lo que ella veía. A cada cual lo suyo, pero me llevé un buen chasco, para qué mentir. El asunto es que ella hace que resulte atractivo, y eso demuestra su talento.

Henry Miller supuestamente quitó las partes más obscenas del diario de Anaïs para plasmarlas en sus propias novelas, algo que me resulta halagador, pero también arrogante y burlón. Usar las palabras de Anaïs como si fueran suyas y que lo aplaudan por ellas es lo más vulgar que puede hacer un amante.

¿Hasta qué punto la brillantez que se le atribuye es obra de Anaïs? Unos cimientos basados en mentiras... pero a ella no pareció importarle. ¿Acaso fue un intento por su parte de presionarla, de provocarla para que sacara lo mejor de sí misma, para que se revelara frente al mundo tal como él sabía que debía brillar y que todos descubrieran por fin a la mujer valiente y espléndida que él veía cuando ella se abría de piernas para que la penetrara?

Sin embargo, lo que más curiosidad me causa es lo siguiente: si todo fuera una mentira, si cada palabra del diario formara parte de una ficción en vez de hacer honor a la verdad, un tanto alterada para proteger el anonimato, ¿sería igual de hermoso? ¿Su importancia está íntimamente ligada al hecho de que todo eso sucedió de verdad?

Si un artista es capaz de reproducir el cuadro de un gran pintor hasta el punto de que nadie logra distinguir el suyo del original, ¿eso le resta valor? ¿Significa que el segundo artista posee menos talento que el primero?

Algunos dirían que sí, porque es la concepción del arte lo que lo convierte en algo valioso, no la ejecución en sí.

Eso significa que los diarios de Anaïs, en caso de que todo sea inventado, son mucho más importantes.

Porque siguen siendo hermosos y desgarradores.

Realidad. Imitación. Ficción. Hecho. ¿Qué más da? A lo mejor todo es ficción. A lo mejor el diario de Inanna también es mentira. ¿Cómo voy a saberlo? ¿Cómo distinguir lo que es real, las cosas que dice, los lugares que ha visitado?

Y aunque todo sucediera tal cual, los hechos ofrecen su visión personal y, por tanto, se trata de un punto de vista sesgado. Dicen que toda historia tiene tres versiones: la tuya, la mía y la auténtica. Nadie puede ser imparcial al cien por cien, aunque lo intente de corazón, porque nuestros egos se interponen en el camino y nos muestran aquello que más nos conviene.

Eso hace que sus palabras y la verdad que estas encierran sean relativas.

Siempre y cuando respondan a una reproducción fiel de su recorrido. A lo mejor era consciente de que alguien leería algún día sus palabras y las filtró, mintiéndole a su diario mientras escribía en vez de cambiar las cosas después de que hubieran sucedido. Me he dado cuenta de que usa códigos y apodos, pero ¿lo hizo porque los hechos no eran reales o porque quería evitar problemas si el diario acababa en las manos inadecuadas?

¿Puedo confiar en las palabras sin conocer a la mujer que las pronunció, que las escribió? Como mucho puedo verificar que los vídeos que menciona existen, y comprobar que los nombres de las personas y los eventos que describe coinciden con las fechas, pero poco más.

El diario de Anaïs Nin.

El diario de Inanna Luna.

Es como si de repente me hubieran metido en *La posesión* de Zulawski, pero sin saber de quién debo enamorarme, dónde ha ido mi amante o cómo la recupero. Me echo a reír al comprender que es otra Anna.

Una plaga de Annas.

Retomo la lectura del diario con la esperanza de descubrir algo más sobre Anna, aunque solo sea la confirmación de que Inanna se refiere a ella.

Si el amor es un campo de batalla, ¿por qué está todo el mundo tan asustado de las cicatrices? Se ocultan en sus propios mundos acolchados y protegidos por duros caparazones, y reniegan de lo correcto con tal de esconderse en la soledad.

Huimos de nosotros mismos para buscar a alguien más. Abrazamos la oscuridad con la esperanza de que la luz nos alcance e ilumine la verdad, cuando no resulta tan simple. No es una cosa o la otra. Es una cosa Y la otra.

Dualidad.

Dúos dinámicos.

Los superhéroes necesitan villanos. Necesitan las sombras para ver la luz. ¿Qué es la música sin el silencio? El dolor sin el placer. El negro sin el blanco. El agua sin el vino. Las películas sin el movimiento.

La estasis es la muerte.

La inmovilidad es la muerte.

Olvida las intenciones y vive.

Si amas a alguien, déjalo marchar.

A la mierda con todo eso.

Hay una puerta en la Noche donde puedes encontrar todo lo que buscas. Dentro de esa puerta hay otra puerta. Si la atraviesas, descubrirás un lugar dentro de ti misma enmarcado en blanco, porque el blanco es la pureza… supuestamente. Busca ese lugar. Búscalo y descubrirás lo que significa quemar las inhibiciones. Encuéntralo y sabrás lo que significa ser libre.

Es suyo. De él. Pero todo le pertenece. Su alcance es global, pero sutil. Está en todos sitios y en ninguno. Todos llegamos allí por un motivo.

A mí me contaron el motivo. Lo entendí, pero no sé si coincide con mi visión sobre el futuro. A lo mejor un único cuerpo no puede soportar tanto. A lo mejor no es suficiente para una vida gigantesca que transcurre en las sombras.

¿Soy una sombra o soy luz? ¿Qué quiero ser?

¿Qué es más importante para el mundo y para las personas que lo habitan y a las que quiero llegar?

Ni siquiera alcanzo a vislumbrar el principio de la respuesta. No hay prisa. La evolución no espera a nadie y nos castiga a todos.

Al menos eso puedo soportarlo. ¿Qué no haríamos por los seres queridos, por un amante, por un amigo?

¿Está hablando de la puerta VIP? No, se refiere a algo más. Esa puerta ya la he encontrado.

Evidentemente se trata de una metáfora. ¿Busca un lugar dentro de ti misma enmarcado en blanco?

Debe de ser esa habitación secreta y oscura que usa Max. Su terreno de juego personal donde le gusta que la gente se haga pasar por estatuas.

Nos enseñan que necesitamos a otra persona para que nuestras vidas estén completas, que nunca seremos felices hasta que encontremos a nuestra media naranja. ¿Por qué nos esforzamos tanto por encontrar a esa persona si después la dejamos marchar al primer indicio de problemas? Uno de los dos debería luchar por mantenerse juntos, insistir en arreglar las cosas o, si no, la pareja acaba separándose.

¿Eso es lo que va a pasarnos a Jack y a mí?

No. Me niego a permitir que eso nos suceda. De ahí la lencería y mi regreso para darle esta sorpresa. Sí, todo esto tuvo lugar por un error, pero lo importante es el resultado: comprender que nuestro destino es estar juntos. Si soy yo quien debe arreglar las cosas, lo haré. De ahora en adelante, me entregaré en cuerpo y alma a nuestra relación, tal y como él se ha entregado. ¿Hasta dónde seré capaz de llegar por amor?

A lo mejor nunca acepté la pérdida de Anna y reconozco que acabé atrapada en mi persecución de Inanna, a la que entregué toda mi energía, que todavía sigue fluyendo hacia ella, como en *Hermanas*, de Brian De Palma. Danielle nunca aceptó la muerte de su gemela, Dominique. Las experiencias sexuales despertaron a «Dominique», la parte oscura y peligrosa de la mente de Danielle, y esa fue la única manera que encontró para lidiar con la culpa que la acompañaba día tras día.

Claro que esta metáfora funciona mejor en el caso de Lola e Inanna. ¿Qué harías si perdieras a alguien? ¿Qué supondría eso para tu mente y tu corazón?

El caso es que no se puede aplicar a Anna, salvo por el hecho de que yo no he sido capaz de superar su pérdida, motivo que tal vez explique la razón de mi obsesión con Inanna y con su vida hasta el extremo de haber estado a punto de perder a Jack.

Es como si de alguna manera hubiera estado tratando de rescatar a Anna.

No, no necesita que la salven. Para poder salvarla antes tendría que encontrarla.

Comprendo que eso es lo que quiero en el fondo. Pero me asusta descubrir que al final de todo esto no hay solución que valga. Claudia jamás encontró a Anna.

Alerta de destripe.

Los giros imprevistos del guion no son lo importante de la película.

En todo caso, no importa. Jack es lo importante. Necesitamos redescubrir la pasión, forjar de nuevo el lazo que nos unía, y seguir cuidando el vínculo emocional, que aún resiste si bien no es gracias a mí. Pero el amor no se basa en la perfección. La perfección es una falsedad que a la larga conduce al fracaso. Yo no soy perfecta, pero a partir de este momento me esforzaré más, pase lo que pase con el diario.

Estoy contemplando el reflejo de la luz sobre el diamante de mi anillo de compromiso cuando él entra en el dormitorio y dice:

—Mierda.

Arqueo una ceja.

—Esa no es la reacción que una dama espera después de darse un capricho en lencería nueva con la que pretende sorprender a su estupendo prometido.

Menea la cabeza mientras sus ojos me recorren de arriba abajo.

—¿Esto es para mí?

Me vuelvo despacio sobre el colchón hasta quedar tendida boca abajo.

—Sí.

—¿De verdad has vuelto para sorprenderme con esto? —Sonríe—. Tendré que conseguir que lo pospongas para otro momento.

—¿Por qué tengo que posponerlo?

Envía un mensaje de texto y se pasa las manos por el pelo.

—Tengo que asistir a una cena benéfica con Bob. Me necesita a su lado.

—¿No puede pasar un día sin ti? Te he echado de menos. Te deseo. —Muevo las caderas—. No vayas. Quédate conmigo.

—Ojalá pudiera, de verdad.

—No hay nada que te lo impida. ¿Para qué le haces falta? Estará muy ocupado cotilleando. ¿De verdad te necesita para que le subas el ego? ¿Es que no puede encontrar a otra persona que te sustituya por una puta noche? —Las palabras salen de mi boca con dureza, impulsadas por la frustración sexual y la culpa, que me obligan a atacarlo en cuanto noto que él está fastidiando la reconciliación. Bob es el culpable, y eso me cabrea hasta el punto de no razonar. En un intento por superar el enfado y retomar mi lado sexy, me paso las manos por los costados y jugueteo con el borde superior del tanga—. ¿No prefieres quedarte conmigo en vez de irte con él? Dile que no vas.

Se afloja el nudo de la corbata.

—No puedo. Además, creo que deberías acompañarme. Piensa en lo bien que nos lo vamos a pasar juntos. —Sus ojos adquieren un brillo emocionado, pero yo solo atino a fruncir el ceño.

Nada está saliendo como lo había planeado, y ¿encima tengo que lidiar con Bob?

—¿A quién le importa una ridícula cena benéfica?

Jack frunce el ceño.

—Nena...

Esa única palabra hace que pase de sentirme sexy a sentirme ridícula.

—Vale.

—Catherine.

¿Qué estoy haciendo? He venido para arreglar las cosas y estoy actuando como si fuera una niña. Suspiro y sonrío, con sinceridad en esta ocasión.

—No pasa nada. Voy a arreglarme. —Me bajo de la cama y me acerco al armario detestando cada centímetro de mi cuerpo expuesto, porque eso hace que me sienta vulnerable y rechazada, aunque sé que no debería sentirme así—. ¿Es muy formal?

—Bastante, pero hay muchos invitados. Bob está tratando de camelarse a algunos peces gordos y mi cometido es ayudarlo a ganar votos. Sé que tú puedes echarme una mano con eso.

Soy consciente del halago que encierran sus palabras, pero no basta para aplacarme. Y no me sorprende. A las mujeres nos enseñan que los hombres siempre están dispuestos para echar un polvo y las pocas veces que nos rechazan nos sentimos muy dolidas. Si una mujer te invita a poseerla, no le digas que no. Aunque claro, en cierto modo parece que lo nuestro se está arreglando, así que debería conformarme.

—Vale. ¿Adónde vamos?

—A La Notte.

Me quedo sin aire en los pulmones.

23

El trayecto me resulta agotador, y las preguntas me agujerean la cabeza por la constante rotación a una velocidad tan alta que ni un velocímetro podría detectar.

¿Por qué Bob celebra el evento aquí?

¿Qué sabe Jack?

¿Qué debería contarle? ¿Todo?

¿Puedo fingir un ataque lo bastante realista para librarme de esto?

En vez de llevarme por el vestíbulo, Jack me conduce hasta una entrada privada y recorremos el pasillo hacia el Salón B, donde me relajo un poco.

Mis nuevos compañeros no se preguntarán por qué estoy en una fiesta de Bob DeVille y sus amigos, dado que esta estancia es el lugar donde se organizan los eventos, y después, por motivos de confidencialidad, el personal se quita de en medio.

Pero en cuestión de veinte minutos, me canso del postureo.

Con DeVille todo está calculado, desde la música a la selección de vinos; se trata de trucos para que todo el mundo se sienta seguro y relajado, sin que se dé cuenta de que justo por encima hay una araña con dientes perfectos, cuyos colmillos relucen por el veneno, con las patas abiertas en todas direcciones, haciendo tratos con tus aliados potenciales... u otros enemigos.

No parece una cena formal como había supuesto. Más bien es una subasta silenciosa (bostezo) llena de bienes culturales de importación, de manera que me pregunto qué narices hacen aquí, hasta que caigo en la cuenta de que han sido donados por los invitados y de que la puja en sí es una metáfora de Bob para el comercio internacional o el concepto que intente promover en este momento.

A lo mejor es cosa mía, pero no soy lo bastante egoísta como para pensar que todo este esfuerzo es por mí.

La situación se torna surrealista. Estamos en mi nuevo lugar de trabajo, me siento rara porque intento que no se descubra mi verdadera identidad y al mismo tiempo me interesa observar cómo confluyen mis dos vidas como Inanna y como Catherine. ¿Conocía Bob a Inanna?

Tengo la sensación de que Bob sabe mucho más de lo que hasta ahora había imaginado.

¿Está Max observando cómo se desarrolla la velada? Todos los invitados son actores, músicos, artistas ricos o políticos.

Deambulo por la estancia mirando los objetos y me detengo como si estuviera examinando con detenimiento un diminuto colgante de oro con forma de delfín, con un sinfín de piedrecitas incrustadas como si padeciera un herpes descontrolado, aunque en realidad no puedo creerme que alguien vaya a pujar sesenta mil dólares por él.

Y la noche todavía es joven.

Algo me roza el trasero: la mano de un hombre mayor, de más de cuarenta y cinco, tal vez.

—Una pieza interesante —dice al tiempo que se abalanza sobre mi pecho en un intento por fingir que me lo toca accidentalmente de la manera más burda posible, pero le atrapo la mano y se la estrecho, apretándosela más de la cuenta y mirándolo con expresión gélida.

Tiene el sentido común suficiente para apartar la vista y hablarme como si yo fuera un ser humano cuando le suelto la mano.

—¿Te gustan los delfines? —me pregunta, todavía con un brillo raro en los ojos que confiere a sus palabras un doble sentido.

Los viciosos salen de noche, atraídos por la riqueza y el aburrimiento. Me he sumergido tanto en el club que casi se me había olvidado las situaciones incómodas que se producen cuando se habla de sexo de forma velada en vez de hacerlo abiertamente. Torpes intentos de seducción. Guiños lascivos por encima de las copas mientras la gente intenta averiguar tu interés en función de cómo respondes a la aparentemente inocente pregunta sobre el libro que estás leyendo ahora.

Aprieto los dientes, enarco las cejas y digo:

—La verdad es que no.

Un brazo me rodea los hombros.

—¡Catherine, por fin te encuentro! Lo siento, señor, pero tengo que robarla un ratito.

Desde este ángulo, el tatuaje del dónut se ve con mayor nitidez que nunca. Dejo que me arrastre hasta la siguiente pieza, y nunca en la vida me he sentido más agradecida de encontrarme con Bundy.

Por desgracia, es una estatuilla tribal del dios Pan, con un pene erecto enorme.

Cuarenta y ocho mil dólares, por si te pica la curiosidad.

—Siento el manoseo, pero ese tío no es trigo limpio.

Sonrío.

—Voy por la vida con un cartel de NO ME TOQUES en la frente. He desarrollado un sexto sentido para estas situaciones desde la primera vez que Jack me trajo a uno de estos eventos. Antes me preocupaba muchísimo decir algo inapropiado y dejarlo en mal lugar. Ahora me esfuerzo por no estamparle algo en la cabeza al cretino salido que tenga más a mano.

Bundy sonríe.

—Pues a lo mejor debería haberme esperado un poco.

—No puedo permitirme lo que cuestan todas estas cosas.

—La verdad es que he redondeado al alza. —Se encoge de hombros—. Que se jodan.

—¿Cómo? ¿Has sido tú quien ha decidido que se celebrara una subasta silenciosa? —Cuyos beneficios se destinarían a una fundación que combate la malaria.

Asiente con la cabeza.

—Supuse que todos intentarían impresionarse los unos a los otros y sobrepujarían. Digo yo que algo bueno podría salir de todo esto.

—Estoy impresionada.

—Gracias. —Hace una reverencia—. Y ahora, discúlpame. Creo que acabo de ver a la hija del senador Crawford y me encantaría presentarme a sus tetas. —Se aleja mientras yo pongo los ojos en blanco.

Algunas cosas nunca cambian.

Al cabo de un rato llego a la conclusión de que podemos marcharnos sin parecer maleducados. Ojeo la estancia en busca de Jack y lo encuentro sentado a una mesita auxiliar. Pero mi prometido no está solo, DeVille está junto a él, con un vaso de whisky medio vacío, mirando a Jack con la sonrisa de un padre orgulloso mientras este le cuenta una anécdota muy animada.

La presencia de DeVille hace que se me acelere el pulso. ¿Qué le ha estado diciendo a Jack? Me obligo a relajarme. Si fuera algo malo, Jack no estaría sonriendo. ¿Por qué ha tenido Bob que escoger este sitio?

No puedo mirarlo sin recordar nuestro último encuentro.

«La Cámara de Jano.»

No quiero pensar en eso ahora mismo, pero percibo la sensación bajo la piel, moviéndose por mi cuerpo, imaginándose qué está pasando ahora mismo allá abajo. ¿Bajará Bob más tarde para disfrutar del club? ¿Qué será capaz de hacer en una sala de juegos como la del sótano, con habitaciones ilimitadas llenas de infinitas posibilidades y de variadísimos compañeros de juegos?

Parpadeo con fuerza y me siento.

Jack se inclina hacia mí y me besa la mejilla.

—Hola, nena.

Bob me sonríe.

—Buenas noches, Catherine. ¿Cómo estás?

«—Lujuria —dice, alargando la palabra como un siseo—. Y poder. No podíamos permitir que nos arrebataran eso, de modo que el culto pasó a la clandestinidad y se escondió a plena vista.

»—¿Cómo puede uno esconderse a plena vista? Eso no tiene ningún sentido.»

Pero sí que tenía sentido, de la misma manera que lo tenía *La carta robada*. El mejor lugar para esconderse es situarse en el centro de atención. Presidente de Estados Unidos.

¿Este es mi destino final?

Bob sonríe.

—No voy a quedarme mucho tiempo. Dejaré que sea Jack quien te dé las buenas noticias. —Sonríe y le da una palmada en el hombro mientras los dos se ponen de pie.

Me quedo sentada. Que se vaya a la mierda.

DeVille se va y Jack se sienta, ansioso por contármelo.

Bob me ha ofrecido una oportunidad: cubrir en exclusiva su campaña durante las elecciones presidenciales. Podría convertirse en el lanzamiento definitivo de mi carrera, pero tengo la impresión de que me están comprando o de que mi silencio forma parte del acuerdo, así que digo que me lo tengo que pensar.

Jack pone mala cara.

—Muchos matarían por esta oportunidad.

—Sabes que mi sueño es escribir guiones de películas, no hacer periodismo político. —Aunque sé que no es verdad, tengo la sensación de que todos los presentes en el salón me están escuchando con malas intenciones, como si estuvieran a punto de ponerse violentos contra mí.

Alguien va a estamparme un vaso en la cara o a intentar matarme para sacarme de aquí porque este no es mi sitio.

Los músculos de la mandíbula de Jack no dejan de moverse.

—Hay que ser tonto para dejar escapar algunas oportunidades.

Sí, es una gran oportunidad, pero no es la adecuada para mí.

No volvemos a dirigirnos la palabra durante la hora que tardamos en irnos.

Más tarde, ya en el dormitorio, después de una ducha pero aún envuelta en la suave toalla, Jack se me acerca y me besa con dulzura para eliminar el rencor de antes.

Esto es lo único que necesitamos. Todo lo demás es ruido de fondo.

Me inclino hacia él, pero se aparta.

—Si entraras a formar parte del equipo de Bob, pasaríamos más tiempo juntos.

—Todavía no he terminado la historia. —Además, no me interesa en absoluto pasar más tiempo junto a Bob y su maquinaria de campaña de mentiras e ilusiones.

La dulzura se evapora de la cara de Jack, que retrocede un paso.

—No me puedo creer que vayas a desaprovechar la oportunidad que te ofrece Bob si de verdad vas en serio con el periodismo.

Sus palabras son como una bofetada.

—Las cosas de las que quiero informar son más sustanciales que el postureo político. Perdona que quiera hablar de asuntos que realmente me interesan.

—Interés humano —dice con desdén, y por primera vez me doy cuenta de la realidad.

No se toma en serio mis artículos, y obligarme a trabajar para Bob es la única manera de que pueda respetar lo que hago.

—¿Así consideras mi trabajo, Jack? —Me cruzo de brazos para sentirme menos vulnerable, pero si tengo que mantener esta discusión ataviada únicamente con una dichosa toalla, estupendo—. ¿Bonitos artículos de opinión destinados a que la gente se sienta bien?

Resopla.

—Yo no he dicho eso.

No me trago el cambio de táctica.

—No has contestado la pregunta.

—No estás haciendo nada relevante. No entiendo por qué sigues empecinada cuando se interpone entre nosotros.

—¿De qué modo se está interponiendo entre nosotros? ¿Tal vez porque no me dedico a lo que crees que debería estar haciendo?

—No tienes por qué hacerlo. Yo me encargaré de ti.

Lo dice con tanta seriedad que me entran ganas de abofetearlo.

—No soy tu hija… No estamos en los cincuenta, Jack. No trabajo para rebelarme. Me encanta lo que hago. Por cierto, el arte es lo más importante que tenemos. No puedo creer que pienses que debería renunciar a algo que me importa tanto.

Resopla y suelta una carcajada carente de humor.

—Creía que lo nuestro te importaba más. Regresaste a casa y te encontré en plan sexy. Pensé que esa era tu forma de decir que habías terminado con lo que sea que estuvieras haciendo.

—¿Cómo? ¿Tengo que escoger entre lo que quiero ser y tú? ¿Por qué? No hay motivos para tener que hacerlo.

—Creo que los hay. ¿Y si nuestros caminos van en direcciones opuestas? ¿Y si nos llevan a lugares distintos dependiendo de tu elección?

Se me para el corazón.

—¿Esto es un ultimátum?

—No debería serlo. Pero me estás poniendo en una situación incómoda.

—¿Cómo?

Se cruza de brazos.

—Me han llegado rumores de cosas que hace el señor Gold que me ponen los pelos como escarpias.

—¿Como qué?

—Perversiones. Pone en peligro las vidas de los demás.

—No creo que lo haga. Además, ni que Bob fuera un inocente corderito o algo así. Podría contarte cosas sobre Bob que te…

—Estoy hasta las narices de tus celos de Bob. Ha hecho más por mí y por mi carrera de lo que tú podrás hacer jamás, así que no te atrevas a decir una sola palabra más sobre él. No pienso escucharte. Estás intentando soslayar el tema.

—¿Qué tema?

—Por favor, Catherine. No soy idiota. Max Gold ha levantado un dichoso imperio gracias a las perversiones y tú estás aquí, en su hotel, persiguiendo una supuesta historia. ¿Qué has hecho en aras de la investigación? ¿Cuánto te has acercado a Max?

—Qué ridiculez. —El problema es que Jack se está volviendo cada vez más exigente y más controlador conmigo, pero ambos estamos cambiando a la vez. Al igual que las primeras imágenes de *La aventura*, nos estamos alejando el uno del otro, y no me parece justo que pretenda que yo sea otra después de todo el tiempo que llevamos juntos—. A estas alturas ya deberías conocerme y aceptar quién soy. Pero de un tiempo a esta parte haces que me sienta mal conmigo misma y has conseguido que me crezca la inseguridad bajo la piel como el moho.

—Estás exagerando. —Resopla.

Pero no es así. Ya nos bombardean con todo lo que nos dicen, en qué deberíamos convertirnos.

La imagen corporal conforma nuestros sueños y pervierte nuestra realidad. Todos somos conscientes de las expectativas irreales, no solo acerca de nuestro aspecto, sino también de nuestro comportamiento. Pienso constantemente en todas las modelos rubias, pechugonas y blanquísimas que se ajustan al estándar de belleza en la actualidad. En lo que eso limita en cuestiones de aspecto físico. Yo intento poner en evidencia la manera en que, además de estar rodeados de imágenes y discursos que rayan en la violencia sexual y promueven la excitación, ambas se promocionan codo con codo.

Pero solo una se supone que está mal.

Es como la técnica de Ludovico de *La naranja mecánica*, pero en vez de tratarse de una terapia de aversión, combina sexo y violencia en nuestros cerebros y estimula el deseo. La sociedad intenta inculcar esto al tiempo que nos dice que es antinatural.

Así nos mantienen desequilibrados, por el camino que quieren, sin saber a qué tenemos que apuntar, pero, joder, ninguno nos desviamos.

Me siento en el borde de la cama, notándome débil y detestando la sensación.

—Me has intentado moldear a imagen y semejanza de un modelo irreal de perfección. ¿Eso es lo que pasa cuando se sienta la cabeza? Cuando tu pareja solo es tu novio, o tu novia, los defectos no importan, porque puede aparecer alguien mejor y reemplazarlo, pero cuando el matrimonio entra en escena, la gente se deja llevar por el pánico e intenta «arreglar» los supuestos defectos del otro.

Jack guarda silencio.

A lo mejor las cosas se arreglarían si lo nuestro se redujera al sexo.

No entiendo por qué la gente se queja del sexo sin sentido. Como si fuera algo malo. ¿Acaso el sexo no tiene que ser así, sin sentido? ¿No es el quid de la cuestión? Dejarse llevar. Cuando estás follando y estás metido en faena, tienes la mente en blanco, el cuerpo funciona en piloto automático. Cambias de marcha, te mueves, modificas la postura y adoptas diferentes ritmos. Sumisión total al placer. Te fundes con la persona que tienes dentro y con la que eres por fuera a la vez. Cuando estás follando y estás de verdad en lo que tienes que estar, es lo único que existe. Esa zona. Un lugar sin límites, sin restricciones ni reglas. Ni egos, ni objetivos, ni filosofía, ni sentido. Solo sudor y electricidad. Nada más.

Al cabo de un rato, Jack suspira.

—Con tu mujer no follas, haces el amor. Puedes follarte a tu novia hasta que pierda el sentido, pero no es apropiado con la madre de tus hijos. Se supone que tienes que respetarla y...

—Y es evidente que las mujeres se sienten desmotivadas y rebajadas por el sexo en sí. Somos un bien cuyo valor desciende cada vez que un desconocido nos mete la polla en el coño —lo interrumpo—. ¿Así me ves? ¿Como una especie de proyecto de renovación, alguien cuyas ideas progresistas parecían interesantes mientras salíamos, pero que ya no son adecuadas para una esposa?

Menea la cabeza.

—Solo quiero que te enorgullezcas de ti misma.

Traducción: es él quien no se siente orgulloso de mí. De alguna manera, mi imagen repercute de forma negativa en él.

La idea me enfurece y me levanto para empujarlo.

—¿Eres consciente de hasta qué punto te estás politizando? ¿Qué coño estamos haciendo? Estoy segura de que solo querías fijar una fecha para la boda por cuestiones de imagen, no por tu necesidad de estar conmigo.

—No lo entiendes. —Casi grita al tiempo que me aparta de un empujón—. Esto es mucho más importante que nosotros dos y tu necesidad de que te azoten o lo que sea. Una mujer llamó al despacho de DeVille, una mujer muy asustada y desesperada que temía por su vida, y acusó a uno de los asistentes de Bob de agresión sexual. Sucedió en el hotel de Maximilian Gold y amenazó con hacerlo público.

Estamos en el hotel de Gold, donde puede haber ojos en cualquier parte.

—¿Estás seguro de que no la instó un rival político o alguien que quiera sacarle dinero? —Siento un regusto amargo en la boca al pronunciar las palabras, pero Jack menea la cabeza y se tumba en la cama.

—Quiere justicia, no dinero. Mi intención fue la de asegurarme de que era falso antes de contarle nada a Bob. Antes de decírselo, decidí llevar a cabo una discreta investigación sobre la validez de la acusación de esta mujer. Resulta que me topé con algo muy distinto: hay una conspiración criminal para adjudicarle a Gold valiosos contratos de juego a cambio de que financie y orqueste una campaña de desprestigio contra uno de los rivales políticos de DeVille en estas elecciones.

Debería estar saltando de alegría al comprobar que por fin ha abierto los ojos en lo que a DeVille se refiere, pero ver a Jack tan destrozado al saber que su ídolo ha caído al barro hace que me sienta triste y despierta mi afán protector. ¿Cómo es posible que un hombre que lleva años metido de lleno en la política no sepa cómo funciona ese mundo… cómo funciona el mundo? ¿De verdad cree que la política es un juego limpio en el que nadie miente ni se mancha las manos?

Es tan ingenuo e inocente que me entran ganas de echarme a reír, pero no te ríes del niño destrozado que se acaba de enterar de que Papá Noel no existe.

—Algunas personas ocultan muy bien su verdadera personalidad. —Me acerco a él y le rodeo la cabeza con los brazos, de modo que acerco su oreja a mi pecho.

Tiene una expresión confiada y triste cuando me mira.

—¿Por qué hace la gente cosas así?

—Al menos ya lo sabes. Ahora podemos dejar atrás todo este asunto. Encontrarás otro trabajo sin problemas y no tendrás que volver a dirigirte a DeVille en la vida.

Se aparta de un brinco.

—¿Hablas en serio? Me he pasado horas con ese hombre todos los días. Bob no está involucrado en esto… Todo es cosa de Gold. Bob despidió al asistente sin contemplaciones cuando se lo conté anoche. Alguien está haciendo todo esto para culpar a DeVille, para ensuciar su nombre y hacer que parezca que no es trigo limpio. Debemos reunir las pruebas necesarias para ganarnos a los que estén dispuestos a irse de la lengua, de manera que delaten a Gold y sus delitos ante la prensa. Se lo debemos a los votantes... al pueblo. —Empieza a dar vueltas por la habitación, delante de mí—. Será la historia más importante de toda tu carrera. —Suelta una carcajada—. Y DeVille creía que cubrir su campaña era el mayor favor que podría hacerte.

—Jack, cualquier cosa que hagamos tendrá consecuencias en nuestro futuro. —No conoce ni la mitad de la historia y yo soy incapaz de contársela sin revelar mi vida secreta. Sé muy bien que en cuanto la existencia de la Sociedad Juliette salga a la luz, en cuanto se haga pública, Jack nos expondría a un peligro mortal.

La expresión sincera de su cara deja claro que le da igual. Está dispuesto a destrozar nuestras vidas para desvelar la verdad sobre Gold y salvar a DeVille... ¿Y por qué permitiría Bob que Jack hiciera eso?

—¿Qué pruebas tenía esa mujer?

—Hay una foto. La están estrangulando.

—¿Estás seguro de que la están estrangulando y de que no se trata de un ángulo raro?

Me fulmina con la mirada.

—Estaba encima de ella. No hay otra explicación posible.

—En fin, a lo mejor...

—Y ella está en ropa interior mientras él va desnudo, así que había algo sexual sin lugar a dudas.

—¿Dónde estaban? —Los escalofríos me envuelven como un traje de neopreno.

—No lo sé. Una habitación del hotel o algo así, la tenía en la cama. Que sepas que se ha convertido en una defensora de Bob en todo esto.

—Jack —le digo al tiempo que le acaricio los hombros y los brazos—. ¿Se te ha pasado por la cabeza que fuera algo consensuado? ¿Que estuvieran echando un polvo y haciendo cosas distintas? —Ya está negando con la cabeza, pero insisto—: Si no es así, ¿por qué hay una foto? ¿Quién la hizo? ¿Has dicho que ha sido la mujer de la foto quien te llamó y te mandó las imágenes? ¿Qué quiere sacar de todo esto?

Asiente con la cabeza.

—La creo. Si hubieras oído su voz… Nadie miente tan bien. Y no tiene nada que ganar. Es imposible que esté mintiendo. Nadie es tan bueno.

—Sí puede serlo. Que sepas que hay mujeres a las que les gustan otras cosas más sórdidas.

Hace una mueca.

—No es como la vez en la que tú y yo…

—Podría ser igual, Jack. Que tú no quieras creer que exista gente a la que le gusta no significa que no sea verdad. Me juzgas por las cosas que me excitan y llevamos años juntos. Quieres casarte conmigo, pero te niegas a pensar siquiera en que mis gustos sean más extremos.

—Ahora no estamos hablando de nosotros. —Se endereza y empieza a dar vueltas de nuevo—. Te ofrezco en bandeja la historia más importante de tu carrera y te pones a hablar de sexo.

—Estoy hablando de nosotros… porque de un tiempo a esta parte soy la única que se preocupa por esta relación. ¿Desde cuándo te interesan tanto los enfoques y la política? Ahí fuera puedes ser tan exigente y falso como Bob, pero detrás de una puerta cerrada no puedes disponer de mi placer como si nos estuviera observando una multitud. ¿Eso te ha obsesionado desde el principio? —Le abro de un tirón la camisa y le araño el torso. Tengo que saber que sigue siendo mío, que no se está convirtiendo en un clon de Bob—. Pues ¿sabes qué? Que ahora nadie nos ve. Solo estamos tú y yo, Jack, y me gusta el sexo duro.

—¡Esto no es normal! —me grita a la cara. Me agarra de las muñecas y me aparta las manos de su cuerpo—. No me toques. Ya no te deseo.

Sale en tromba de la habitación y yo lo dejo marchar, sorprendida.

¿De verdad cree que lo mío es enfermizo? ¿Lo es?

Yo no pienso lo mismo. No puedo convencerme de que lo que deseo esté mal. Me parece que se trata de una excusa para sus adoradas aspiraciones políticas.

Se avergüenza de mi trabajo y me lo ha dicho a la cara. ¿A eso se reduce todo esto? ¿A las apariencias? ¿Qué pretende de mí? ¿De verdad le gustaría ocuparse de mí o en realidad quiere una mujer dócil y guapa que dedique su tiempo a aplaudirle los logros y le regale los oídos con halagos en su camino hacia Washington?

No quiero para mí la mirada vacía de la señora DeVille, y en algo parecido a eso quiere convertirme Jack. Intenta transformarse en Bob. Yo no soy Gena y nunca lo seré. ¿Cómo se le ocurre creer que estoy dispuesta a hacer eso con mi vida? La mujer de alguien en vez de cumplir mis propias metas y sueños. Lo quiero, quiero lo que tenemos, pero también soy una persona. Lo que quiere es… anticuado. Sofocante.

Cuando empecé a trabajar en el periódico, la gente hacía cualquier cosa con tal de rebajarme y decirme de mil maneras distintas que no iba a conseguirlo, pero luego cambiaron las tornas y se comportaron como si fueran amigos míos una vez que empecé a adquirir notoriedad y mis artículos recibieron más atención.

La gente me dijo que el único motivo de que hubiera llegado tan lejos se debía a los contactos políticos de Jack, aunque no los haya usado ni una sola vez porque mi orgullo me lo impedía.

Sin duda que ser artista o creador, del tipo que sea, no es fácil. No te equivoques. El horario es una mierda. Hay muchas jornadas de dieciocho horas y noches en vela cuando la inspiración te asalta a las tres de la madrugada y tienes que ponerte a ello, porque lo mismo se te olvida si te quedas dormida.

Hay muchos días en los que no se te ocurre nada, hasta que pasan semanas enteras sin que hayas escrito palabra y empiezas a preguntarte si te has estado engañando al creer que tenías un mínimo de talento.

La presión constante por parte de familiares y amigos que se preguntan cuándo vas a buscarte un trabajo de verdad o, al menos, cuándo vas a dejar de hablar de todas las cosas que ellos consideran irreales, pero en las que tú sigues teniendo fe, como si fueras una adolescente que todavía cree en Papá Noel.

El resentimiento de otras personas, porque no llevan en su interior una pasión ardiente, porque no tienes que hacer su trabajo. Están resentidas porque tú pretendes ser más. Porque quieres crear algo hermoso, algo poderoso. Piensan que te comprenden, pero no es así. No si pudieron rendirse. No si nunca han tenido una pasión. No si creen que puedes bajar los brazos. En realidad, pertenecen a otra raza totalmente distinta.

No tengo ni idea de cómo transmitirle todo esto a Jack sin que parezca un sermón autocomplaciente acerca de que nadie me entiende. Si sientes esto y los demás, no, eres incapaz de explicarlo; de la misma manera que ellos no pueden confesar cómo es posible que renunciaran a sus sueños. Si yo hubiera abandonado mi misión, no podría alegrarme ni aunque me pasara los días en el spa con mis amigas o comprando zapatos.

Y ahora Jack, la única persona en el mundo a quien quiero y en quien más confío, me dice de repente que me extirpe una parte de mí, sin más motivo que el de creer que debería hacerlo. No me entra en la cabeza que Jack critique mis ambiciones de esta forma. Ha sacudido mis cimientos... ¿Eso es lo que ha pensado desde el principio?

Cada vez que me regalaba una película que no tenía y que yo quería, ¿lo hacía para seguirme el rollo, para consentirme? ¿Le hacía gracia al principio y después, según pasaba el tiempo, le resultaba cada vez más pesado escuchar las cosas que le decía, los planes que yo hacía? ¿Ha estado simulando todo el tiempo, ha fingido la confianza en mis habilidades?

¿O creía en un principio en mí pero ahora presiente que estoy ganando confianza en mí misma, que me siento más segura de mi identidad, y lo detesta porque se ve amenazado e intenta controlarme y atarme? Siempre he pensado que Jack tenía fe en mí y que mi actitud independiente lo impresionaba. Me he preguntado por qué de improviso quería fijar una fecha para la boda. Todavía no estamos casados y ya intenta mangonearme como si ya no fuera su compañera, sino una posesión.

Posesiones.

¿Tenía razón D'Annunzio? ¿Podemos poseer, pero no ser poseídos? ¿Es la libertad de la posesión lo que se necesita de verdad para obtener el éxito independiente? Me entristece porque quiero ambas cosas. Lo quiero todo con Jack, pero también quiero ser yo, no convertirme en la versión idealizada de la persona que él cree que debería ser. ¿Podría tener ambas cosas si me quedara con Jack?

¿Cómo puedo permanecer con una persona que me considera enferma, inmoral, que cree que lo que necesito en un ámbito de mi vida es vergonzoso o inapropiado?

¿Cómo se atreve a decirme algo así?

¿Cómo permito yo que las lágrimas me quemen las mejillas?

Aunque sé que es él quien carga con ese complejo inmaduro, me duermo llorando, sola y con la sensación de haber hecho algo incorrecto.

24

Si algo me caracteriza, es la tenacidad. Al día siguiente Jack sigue sin disculparse, no me ha llamado ni me ha enviado ningún mensaje.

Que le den.

Si quiere castigarme con su silencio por tener sueños y una mente propia, allá él, porque yo me niego a quedarme sentada, descosiéndome el bajo del delantal porque mi hombre me ha castigado. A lo mejor soy demasiada mujer para él y eso hace que se sienta amenazado.

Ya sabes dónde fui.

Pero en esta ocasión, hay algo distinto.

Al bajar la escalera descubrí un haz de luz que me llamó la atención.

Una puerta que nunca había visto está entreabierta, y la abro para entrar.

Las paredes están pintadas de un rojo intenso y en el aire flota un olor almizcleño teñido con una nota metálica, parecida al olor de la sangre. Mi mente piensa en volcanes y en sacrificios humanos. El pasillo es largo y carece de puertas. A menos que estén ocultas a la vista. Paso las manos por las paredes a medida que avanzo, en busca de alguna grieta, de algún hueco delator, pero no encuentro nada.

Al final del pasillo descubro dos puertas.

Elijo la de la izquierda.

Hay un olor dulzón, como si estuvieran preparando carne de cerdo a la brasa. Veo a hombres y mujeres atados a unas estructuras que los sostienen. Los látigos cortan el aire antes de azotarlos. Una mujer particularmente guapa ha atraído a una pequeña multitud. Se retuerce y en ese momento reparo en el tatuaje con forma de hombre que lleva en la cara interna de una muñeca. No estoy segura porque está del revés, pero me parece que es uno de los dioses hindúes. No sé cuál. A quien sí reconozco es a uno de los hombres que la está mirando.

Kubrick. Sigue siendo tan bajo, gordo, judío, amanerado y calvo como lo recordaba, aunque lleva la barba más corta, le llega a la altura de la nuez. Viste un atuendo formado por correas que deja a la vista el vello canoso que le cubre el cuerpo. Sigue con la misma pinta de Santa Claus sádico de siempre y la palabra que lleva grabada en el pecho con letras irregulares lo deja bien claro: SÁDICO.

Kubrick fue el creador de la Fábrica de Follar.

«—¿Estás diciéndome que fue así como empezó la Fábrica de Follar? ¿Cómo un club de sexo en el Pentágono para después de la jornada laboral?

»—Supongo —contesta Anna. Después de eso, se queda callada unos segundos, como si estuviera absorta en sus pensamientos. Entonces dice—: ¿Sabes? La gente más rara trabaja en el gobierno.

»Kubrick todavía tiene buenos contactos, me explica Anna.

»—No te creerías qué clase de personas vienen aquí —dice.

»Espero a que me diga quiénes exactamente, pero no lo hace, y no se lo pregunto porque no estoy segura de querer saberlo. No es solo la combinación de esas dos cosas lo que me inquieta, sino la magnitud de lo que acaba de revelarme sobre el poder ejecutivo y lo que realmente ocurre tras las puertas del gobierno.»

Ahora me gustaría habérselo preguntado. Porque la presencia de Kubrick junto con la de Bob y el resto de sus colegas políticos me está dando muy mala espina. ¿Cómo voy a dejar pasar algo así, cómo voy a descartarlo como si no tuviera importancia?

«Los brazos de Kubrick, enormes y corpulentos, rodean la cintura de Anna y la atraen hacia sí de manera que ella le aplasta las tetas contra el pecho. Tiene unos brazos como jamones, y unos antebrazos como Popeye. En uno de ellos veo un tatuaje de marinero de color azul desvaído, y en el otro, algún símbolo o pictograma de aspecto muy extraño que, por mucho que me empeñe, no consigo descifrar.»

Lo miro, pero lleva el tatuaje cubierto por un brazalete de cuero negro.

«Kubrick estrecha a Anna entre sus brazos y dice:
»—Esta no sabe cuándo parar.»

¿Se pasó Anna de la raya... o se pasó alguien con ella?

«—Solo mira en tu interior —dice—, sigue lo que te dicte el corazón y lo que desee tu cuerpo. Y lo encontrarás.»

Dejé que la sensación de peligro me abandonara porque mi deseo de explorar era más importante que cualquier otra cosa en aquel momento. Pero ¿qué pasó con Inanna? ¿Qué descubrió? ¿Qué voy a desvelar yo aquí esta noche, en este sitio donde el pasado y el presente fluyen hasta tocarse? ¿Qué quiero encontrar?

Me escabullo antes de que Kubrick me vea o me reconozca y me llame «cariño» como hacía antes. ¿Acaso me recordaría si me viera?

Este lugar está creado para Kubrick y otros hombres como él: sádicos.

Los látigos y las cadenas son lo de menos.

¿Lo que creí que era olor a cerdo cuando entré?

En un rincón hay un hombre marcando a una mujer con algo que no alcanzo a distinguir, pero sus gritos quedan ahogados por una mordaza mientras su carne se chamusca y humea.

Me alejo a toda prisa.

En este otro rincón hay aparatos suspensorios, grandes estructuras con cuerdas delgadas y ganchos… clavados en las espaldas de hombres y mujeres que se balancean plácidamente hacia detrás y hacia delante con los ojos cerrados mientras su sangre cae al suelo.

Tengo la impresión de que este lugar se parece demasiado a las Olimpiadas del Dolor, de manera que me largo por la primera salida que encuentro: una puerta que da a un pasillo oscuro, algo que no siempre parece una buena idea, pero ¿hay cosa peor que las quemaduras y las agujas?

La nueva habitación está en silencio, un contraste enorme con el jaleo de la anterior, y respiro aliviada al oír que la puerta se cierra a mi espalda.

Solo necesito un minuto para pensar, para respirar, para ser yo misma.

Enfilo el pasillo y entro en otra estancia, en esta ocasión situada a la derecha.

Me topo con un grupo de mujeres en fila con las manos en la pared, como si fueran delincuentes recién detenidas por la policía, pero en vez de un agente, quien está con ellas es un hombre trajeado, un tipo normal y corriente. Podría ser un banquero o un vendedor de coches de lujo a punto de concederte un crédito o de venderte un Ferrari, salvo por el hecho de que va enterrando la cara en los culos de las mujeres.

Y espera a que ellas se tensen y se tiren un pedo.

Desde luego que hay gustos para todo. Te sorprendería saber cuánto gusta mirar a las chicas guapas tirarse pedos. No necesariamente en la cara de otra persona, aunque eso también tiene mucho tirón. No lo entiendo. ¿Es porno suave, para principiantes? ¿El mismo olor maravilloso pero sin calorías? Algunos encuentran fascinante observar a las mujeres tirándose pedos ataviadas con bragas de algodón, o de encaje, o desnudas... observando sus esfuerzos por soltar el aire.

Ahora en HD o en Blu-ray.

Me pregunto si llevan una dieta especial a modo de preparación cuando van a hacer algo de esta naturaleza. Muchas hortalizas de la familia de las crucíferas.

Me recuerda al vídeo del pedo con la tarta de chocolate que se hizo viral hace un tiempo.

¿No lo has visto?

Una chica guapa. Desnuda de cintura para abajo. Una tarta de chocolate. Flatulencia.

Al parecer, no cuenta como un pedo con tarta a menos que la cobertura te manche el ano, así como lo lees. Lo último en depravación irresponsable en lo referente a la cultura occidental y nuestro derroche.

En mi opinión, la tarta de chocolate y la cobertura son un error... porque parecía que la chica se lo ha hecho encima, aunque a lo mejor eso forma parte del asunto, la naturaleza tabú de nuestras fascinaciones sexuales. Si vas a lanzarte, mejor hazlo de cabeza y no te limites a meter el dedito. Tienes que enterrar la cara hasta el fondo.

Así como te lo cuento.

¿Por qué los hombres más poderosos hacen cosas raras?

El hombre espera de rodillas detrás de una mujer, hasta que ella suelta un pedo directamente en su cara. Él se estremece y al cabo de un momento cambia y se coloca detrás de la siguiente chica. Una cadena de montaje.

Sí, no resulta muy agradable, pero prefiero verle la parte graciosa al asunto después de haber presenciado el dolor en la estancia anterior.

Y la verdad es que no me disgusta del todo...

Sigo por otra puerta y de repente me encuentro con la sinuosidad de una orgía. Me recuerda a Strauss-Kahn y sus *orgies sans frontières*. Suelto una carcajada al pensarlo. Imagino que la mayoría de las orgías son «sin límites». Cualquier cosa vale en la batalla por el placer y la indulgencia perfecta. ¿Dónde acaba la ropa cuando se hace algo semejante? Miro a mi alrededor en busca de alguna percha o armario, pero no veo ninguno. ¿Estas personas han llegado hasta aquí a través de algún pasadizo secreto en el que no hace falta ir vestido y se han presentado desnudas y listas para follar?

¿Se irán de la misma manera? ¿Aparecerán un montón

de batas por arte de magia y los demás clientes del hotel verán un montón de personas en bata que regresa a sus habitaciones, y creerán que han estado en la piscina? ¿Mirarán los rostros de estas personas y envidiarán la relajación que evidencian?

Soy consciente de mi propia excitación mientras observo la escena y de repente me gustaría tener una polla para meterla en algún lugar cálido, mojado y suave. ¿Qué se sentirá?

Al penetrar a alguien con una parte de mi persona y oírla suplicar más.

Unas manos me acarician el cuerpo y llegan hasta mis pechos y frotan los endurecidos pezones a través de la liviana camiseta de tirantes que llevo.

Arqueo la espalda, aceptando las caricias, y me apoyo en el desconocido al tiempo que froto el culo contra su paquete, pero de repente tengo la impresión de que intercambiamos nuestros lugares. De golpe soy él, pegado a mí, separándome las piernas para subirme la falda con esas manos grandes y después acariciándome el coño a través de las bragas.

Extendiendo la humedad para mojarme bien el coño y el clítoris, y después el ano.

Me gusta. Me gusta mucho. Curvas suaves, piel sedosa que huele a mandarina y rosa.

Quiero follarme. Me doy media vuelta para mirar al hombre que tengo detrás.

Es atractivo, bajo y musculoso. Su piel pálida está totalmente cubierta por tatuajes, como si llevara un traje hecho de tinta. No sé si tiene poco vello o si se depila, pero la escasa piel blanca que se distingue debajo de la tinta supone un enorme contraste con el pelo negro, que lleva más corto por los laterales que en la parte superior de la cabeza. Es el tipo de tío que Jack odia a primera vista. Mi pareja, un hombre que suele comportarse con sensatez, cree que los hombres como el que tengo delante son troglodistas, basándose tan solo en su aspecto. Una actitud muy superficial que es bastante reciente. De un tiempo a esta parte está muy interesado en lo que piensan los demás.

De ahí que este tío sea perfecto.

La antítesis perfecta de mi perfecto y trajeado Jack.

Me abalanzo sobre el desconocido y lo ataco con un beso que lo lleva a aferrarme por los brazos y gruñir en mi boca como si quisiera dejar claro que él es el dominante y yo, la sumisa.

Él es el depredador y yo, la presa.

Me empuja contra la pared mientras me aparto las bragas con una mano. Me penetra y empieza a moverse con embestidas rápidas y profundas que me dejan sin aliento.

Pero no porque él quiera follarme así, sino porque yo estaba deseando hacerlo con quien fuera.

Es lo que hay.

Una vez que está bien lubricado con mi flujo, me doy media vuelta y le ofrezco el trasero a modo de invitación. Una abeja sin aguijón. «Métemela, cariño, haz que me escueza un poquito.»

No lo hace con delicadeza, pero tampoco es lo que yo deseo. Está haciendo algo que solo he hecho con Jack. Quiero castigarlo como él lo ha hecho, y este es el único vínculo que mantengo con él. Un lugar ignoto. Ya va siendo hora de que alguien lo explore y lo conquiste para cortar el hilo que me une a Jack.

El dolor es inmediato y me envuelve, como si fuera un capullo que nos separa del resto de la estancia, mientras penetra una y otra vez mi estrecho agujerito.

Respiro y aguanto al tiempo que me acaricio el clítoris en círculos para mitigar el dolor y transformarlo de nuevo en placer. Funciona. Al cabo de poco rato estoy gimiendo y gritando mientras él me la mete todavía más, tal como suelen hacer los hombres con poca experiencia en el sexo anal.

No puedes follar por detrás como lo haces por delante. A menos que tu compañera tenga experiencia. Pero incluso entonces es diferente. Las sensaciones son distintas, y se reacciona de otra manera. El sabor y el olor son distintos.

Pero también me gusta, de modo que me froto contra su mano cuando me penetra con los dedos para acariciarme el punto G con una habilidad que me hace estallar de inmediato en torno a sus dedos.

Caemos al suelo sin fuerzas, junto a los demás cuerpos que siguen jugando unos con otros.

Cuando recupero la conciencia, descubro un sinfín de manos y bocas sobre mí. Estamos rodeados, envueltos por esa masa de cuerpos sin límites. Es la danza más primitiva que he experimentado jamás, y a diferencia de lo que sucede en la pista de baile, aquí todos somos profesionales. Los movimientos son innatos, los grabaron en nuestro ADN hace miles de años, mientras evolucionábamos.

Estoy donde se supone que debo estar. Esto no está mal. Está bien. Es natural. Estoy en casa.

Conozco este lugar. Extiendo la mano en busca de algo duro y lo acaricio con entusiasmo. Me detengo un instante para humedecerme los dedos con saliva, con semen, con cualquier cosa que funcione como lubricante natural. La gente me hace lo mismo, me acaricia, me tortura, me toca y me frota, penetra todos los orificios de mi cuerpo hasta que vuelvo a sentirme llena, satisfecha y dolorida.

Excitada y palpitando por el deseo.

Quiero tocar a todo el mundo y provocarles la liberación que yo he sentido hace un momento. Me gustaría transformarme en Kali, no para castigar a mis enemigos o para darles su merecido, sino para tener más brazos con los que poder proporcionarle placer a más gente. Me siento como si hubiera sido creada para dar gozo y para sentirlo. Para ser un canal de sensualidad.

Manos, bocas y pollas, y me corro y me corro y me corro entre destellos rojos, negros y dorados.

25

Cuando Jack vuelve a la mañana siguiente para hacer el equipaje, estoy duchada y preparada. Para quemar el último cartucho.

—¿Vamos a hablar del tema?

Me mira.

—¿De verdad vamos a repetir la jugada?

Me tumbo en la cama y separo las piernas. Estoy desnuda bajo la toalla.

—Yo sí, Jack. ¿Por qué te asusta que te diga que quiero algo más intenso…? Como lo que hacía la mujer de la foto.

—Porque no está bien. No quiero hacerte daño. Es enfermizo.

Esbozo una sonrisilla y me humedezco los dedos antes de frotarme con ellos.

—¿Ah, sí? Porque a mí me parece que estás intentando imponer tu idea de lo que está mal a una situación a la que no puedes imponérsela. El sexo antes del matrimonio te parece estupendo. A lo mejor a ella le gusta que le hagan eso… Por cierto, se llama «asfixia autoerótica». Pero es posible que luego pensara: «Tal vez así puedo sacarle dinero a un hombre desesperado que haría lo que fuera para evitar un escándalo».

—¡No hables así de ella! Nunca haría algo así. Es la víctima en esta situación.

Meneo la cabeza, sin poder creer que haya tardado tanto en encajar todas las piezas.

Su distanciamiento.

Su preocupación por las apariencias.

Su impasibilidad cuando le dije que vendría y que luego me alejaría de él.

—¿Cuánto tiempo llevas follándote a la testigo, Jack?

Tiene la decencia de ponerse colorado y de parecer incómodo, menos mal.

—No lo había planeado, ¿vale? Sucedió sin más.

—Claro que sí.

—Es distinta. Tú siempre estás preocupada por tus historias y ella estaba allí. Me necesitaba.

—Madre mía, me impresionan tus principios. «Me necesitaba.»

—Es más compatible que tú. No le van las perversiones que tú insistes en imponerme, aunque yo te repita que me incomodan.

—A algunas personas les gusta el lado más oscuro del sexo, Jack. Y no pasa nada… es absolutamente natural. ¿Por qué te niegas a hacerme en la cama las cosas que a mí me parecen bien? —Empiezo a masturbarme delante de él, porque la verdad ha salido a la luz y ya no quiero esconderme. Quiero arrastrarlo a mi nivel—. ¿Te preocupa que no puedas respetarme por la mañana, Jack, o te inquieta más que acabe gustándote?

Se estremece de arriba abajo, como si fuera un espejismo que se agita delante de mí, pero sigo hablando, provocando, incitando, porque son sus prejuicios los que me llevan a sentirme sucia y mal, no mis deseos.

—¿Quién coño eres para negarme lo que quiero? Estoy reclamando mi poder como mujer. No me estoy rebajando, estoy haciéndome más fuerte. ¿Te sientes amenazado por eso? A lo mejor esa mujer no era una víctima. Quizá eres tú quien insiste en vernos así. ¿Tienes problemas con las mujeres fuertes que saben lo que quieren, Jack?

Se acerca a mí en dos zancadas y se abalanza sobre mi cuerpo, de manera que rodamos por el colchón hasta caer al suelo.

—No hables de ella.

Se me echa encima y me da un tirón de pelo al tiempo que me muerde la piel del cuello, y gimo bajo su cuerpo y le doy tirones de los pantalones hasta liberarle la polla.

—Tú eres lo único que siempre he querido. —Separo las piernas todo lo que puedo, como Anaïs las separaba para Henry Miller, pero no hay espacio suficiente entre la cama y la pared, de modo que doblo las rodillas y las despliego como las alas de una mariposa.

Me mete la polla y mis alas de mariposa baten para él.

Es demasiado, lo es todo, como que te folle un alud o un fuego incontrolado: peligroso y abrumador y un amante desatado.

—¿Esto es lo que quieres? —mascula al tiempo que me la mete al compás de sus jadeos.

—Sí.

Cada movimiento de sus caderas me eleva más y me deja marcas en el culo y en la espalda a causa de la fricción.

—¿Quieres que te use como si no fueras nada?

Sí. Le araño la espalda, los bíceps, los muslos y el culo... cualquier parte que alcanzo, en un intento por obligarlo a darme más, por ordenarle que me la meta más adentro y que lo haga más rápido y con más fuerza.

—¿Que te use como un juguete para correrme?

Sí. Me imagino tumbada en la cama por la noche y que él viene y me despierta follándome. Mi única pretensión era que perdiera el control una vez, porque entonces sabría que me deseaba tanto como yo a él. Siempre ha habido un desequilibrio de poder en nuestra relación, porque nunca he creído de verdad que este hombre pudiera estar enamorado de alguien como yo. Dueño de esa perfección tradicional. Y sin embargo, ha estado tirándose a otra a mis espaldas, alguien que se ha comportado como una puta víctima. Mi hombre perfecto por fin se ha derrumbado.

En fin, yo seré su víctima toda la noche si es lo que hace falta.

Me sujeta los muslos con tanta fuerza que sé que me saldrán moratones, y gimo por el modo en el que lo enfatiza todo, por cómo acentúa el momento hasta tal grado de quietud que puedo sentir hasta lo más ínfimo, incluso la pelusilla de mis piernas.

Me embiste con más fuerza, hasta que acabamos contra la pared y mi cabeza la golpea una y otra vez al ritmo de las arremetidas de su polla en mis entrañas. Eso también me gusta, me gusta el dolor, y sé que debería parar unos segundos para ajustar la postura, pero todo lo demás es tan exquisito que solo atino a sentir cómo me dilata por dentro, cómo me la mete en el coño con la fuerza suficiente para dejarlo dolorido.

Quiero afeitarme el vello púbico por la mañana y ver si me ha dejado marcas con la polla.

Me pellizca los pezones tan fuerte que me arranca un grito.

—¿Te gusta esto?

«Sí, sí, sí, voy a correrme tan fuerte con tu polla dentro que vas a sentir lo mucho que me gusta y vas a preguntarte cómo es posible que no te guste algo que a tu amante le encanta. ¿Cómo es posible que no te guste algo que hace que mi coño te exprima la polla hasta la última gota de semen?»

—¿Quieres que te trate como a una puta?

Me coloca los brazos por encima de la cabeza para follarme con más fuerza, y veo cómo observa el movimiento de mis tetas.

A él también le encanta esto. Le sonrío.

Me deja las manos en los costados y se aparta de mí mientras mira hacia abajo con una mueca de asco.

—¿Te gusta que te folle sin amor?

«Un momento, ¿cómo?» No, no era eso, y abro la boca para decírselo, pero mueve las caderas a un lado y me corro con violencia, como si estuviera poseída, y soy incapaz de hablar por lo profunda y completa que resulta la experiencia; me pierdo en el rugido de mi pulso, en la forma en la que mi coño se aferra a él como si nunca quisiera que se separase de mi cuerpo.

Recupero el sentido cuando sale de mí y su semen chorrea hasta el suelo para formar un triste charquito.

¿Follar sin amor? ¿Es lo que cree que estábamos haciendo?

—Jack, por favor. Eso no es lo que ha pasado.

—Es precisamente lo que ha pasado, Catherine.

—Me dejas para irte con ella, ¿verdad?

—Sí. Porque ya soy incapaz de verte de la misma manera. —Se levanta y se la guarda en los pantalones de camino a la puerta, sin mirarme ni una sola vez.

Me siento y me apoyo en la pared, muriéndome por fumar, porque es uno de esos momentos en la vida en los que necesitas que las volutas de humo giren en el aire, en consonancia con tus pensamientos.

Hasta el último instante ha sido lo que siempre he deseado. Hasta que Jack se lo ha cargado. Después, aunque satisfecha, me quedo con una sensación asqueada y disgustada. ¿Por qué tengo que ser yo la que haga las paces?

Las mujeres no tenemos por qué ser dulces y sumisas.

No me avergüenzo de desear lo que Jack acaba de darme.

Lo que casi me ha dado y ha intentado arrebatarme.

Me niego a permitir que me haga creer que esto está mal o que es algo sucio. Es una despedida.

En todo caso, me asquea que se suponga que tenga que avergonzarme por desear lo que deseo. Me está juzgando por algo que me hace sentir bien, cuando se lo he pedido infinidad de veces, y me trata como si le hubiera rogado que cometiera un crimen contra mí. Cualquier atisbo de culpabilidad por las cosas que he hecho en el club que tenemos debajo se disuelve, porque él es quien me ha engañado en esta ocasión.

No ha habido exploración, solo abandono.

No sé si va a intentar tumbar a Gold, pero estoy segura de que necesita tiempo para calmarse. Su rabia es sombría y se retroalimenta como un ciempiés humano. Esperaré a que saque la cabeza del culo y luego hablaremos.

Estoy harta de que me hagan sentir que mis deseos son malos. Como una niñita tonta que no sabe lo que quiere, cuando Jack ni siquiera se da cuenta de que el mundo no es blanco o negro, de que la moral no es algo absoluto.

¿Podemos disfrutar en algún momento de lo bueno sin lo malo que lo acompaña? ¿Puedo tener el subidón sin el bajonazo? ¿Se trata de la euforia previa a que Jack consiga derribarlo todo?

Me recuerda a D'Annunzio: «¿Qué habrían sido de todas sus vanidades, de sus crueldades, de sus artificios y de sus mentiras? ¿Dónde estaban los amores y los engaños, la decepción y el disgusto, y la incurable repugnancia tras el placer? ¿Dónde estaban esos rápidos e impuros amoríos que le dejaban en la boca el extraño amargor de una fruta cortada con un cuchillo de acero? Ya no se acordaba de nada».

26

Escucho el mensaje que me han dejado en el móvil y en un primer momento soy incapaz de identificar la voz, aunque al final comprendo que es Lola pidiéndome que la ponga al día y preguntándome si he visto las noticias. Decido mirarlo en internet, movida por la curiosidad, y descubro que han encontrado a Maxxy, la estrella de pop desaparecida. Se había escabullido para someterse a rehabilitación y librarse así de la adicción a una sustancia cuyo nombre no se ha revelado, pero no quería que la gente supiera de su problema porque hoy en día admitir que eres incapaz de soportar una vida por la que la mayoría de la gente estaría dispuesta a matar es tabú.

En Twitter la están poniendo fina. #Problemasdelprimermundo, #Pobreniñarica y #Privilegios. Estoy cansada del lenguaje que utilizan estos justicieros sociales. Qué más da que sea famosa, Maxxy solo intenta sentirse mejor y ellos la ponen a caldo.

Una ironía, porque luego son los mismos que denuncian las microagresiones y defienden que hay que empoderar a las mujeres.

Enciendo el televisor para escuchar lo que tiene aspecto de convertirse en el tema del día en todas las cadenas.

En la conferencia de prensa, Maxxy sonríe feliz desde detrás de un atril.

—La sinceridad es más importante que mi ego. De la misma manera que lo es poder ayudar a algunos de mis fans que padezcan las mismas adicciones que yo he sufrido. Me preocupo de todos y cada uno de vosotros. Necesitamos mejorar y también hacer las cosas mejor.

Levanta un brazo y se coloca un lustroso mechón de pelo detrás de la oreja y entonces lo veo. El tatuaje. El que tenía la mujer a la que estaban azotando la otra noche.

Maxxy estaba en el hotel al mismo tiempo que yo.

No es la irreprochable estrella de pop que todo el mundo cree que es. Me pregunto si en realidad tiene una adicción o si simplemente es una trola que ha decidido contar para ensuciar un poco su imagen y así preparar la transición de estrella inocente a algo más agresivo en su siguiente disco. Al fin y al cabo, la credibilidad es un concepto que se puede comprar.

¿Es otra mujer en las garras de algo que poco a poco acabará succionándola, chupándole incluso la médula de los huesos hasta dejarla hecha un guiñapo? ¿Se trata de otra víctima en potencia, como las chicas que acabaron con el negocio de Bundy?

¿O pertenece a una nueva generación creada con un acero más duro, una criatura que la Sociedad Juliette no esperaba encontrar y a la que se ha aferrado para intentar controlarla? ¿Es tan fuerte como para salir y entrar cuando le apetezca, sin comprender siquiera que ese es el mayor de los privilegios en lo que a ese club se refiere?

¿Es como Anna?

¿Es como Inanna?

¿Es como yo?

¿Dónde encajo yo? ¿Soy la historia o la narradora? ¿El papel, el bolígrafo o la letra?

A lo mejor no soy ninguna de esas cosas.

Me despierto sobresaltada, anquilosada por haber dormido en el sofá con la manta arrugada alrededor del cuello. Molesta, la arrojo al suelo y miro el teléfono.

Mi prometido me abandonó por una damisela en apuros, así que hago lo que haría cualquier mujer de mi edad: emborracharme y celebrar mi libertad de forma poco acertada.

Estoy en una habitación en las entrañas de la Cámara de Jano, a cuatro patas en la misma jaula en la que se encontraba Anna, o en una similar.

El más ligero movimiento y rozo los barrotes, lo que provoca una descarga eléctrica que me recorre el cuerpo... por fuera y por dentro. Cuando llegué, un hombre estaba pidiendo voluntarias, y como vi que tenía los ojos del mismo color que el mar después de una tormenta, levanté la mano.

Tengo los labios vaginales separados por pinzas y un dilatador anal conectado también a la corriente, pero ninguna de las dos cosas emite descargas. En su caso, vibran constantemente.

Y no dejan de hacerlo después del cuarto orgasmo. Ni después del quinto.

Estoy sudando y tengo sensibles hasta las uñas mientras las oleadas de placer me recorren el cuerpo y confunden mis sentidos. En un momento dado creo que pierdo el conocimiento y acabo apoyando el peso en los barrotes de la jaula. La descarga eléctrica es inmediata, pero no sé si lo que siento es dolor o placer, porque a estas alturas ya me parecen lo mismo.

Tengo calor y frío a un tiempo, también por dentro. Me estremezco de gozo y de deseo a la vez. Estoy experimentando lo mismo que conoció Anna.

Me doy cuenta de que la jaula está rodeada de gente que me observa mientras bebe sin quitarme ojo de encima, como si yo fuera el mejor programa de televisión que han visto en la vida.

Me siento mejor que nunca y cuando por fin me liberan de la jaula, he perdido la noción del tiempo y estoy segura de que si alguien me toca, acabará electrocutado, porque tengo la impresión de estar cargada de energía.

Pero no sucede así. La multitud se acerca de nuevo a la jaula una vez que otra chica está en su interior.

Regreso al club y bebo hasta que el mundo gira a mi alrededor, aunque me hace dar vueltas en la dirección adecuada, porque sin saber muy bien cómo acabo en una habitación con un chico de labios un poco demasiado rojos, como si alguien hubiera intentado arrancárselos a chupetones, pero hubiera desistido a mitad de camino.

Es guapo y tiene pinta de indefenso.

Esta noche he sido la sumisa perfecta. Ha llegado el momento de volver las tornas.

El chico es vulnerable porque le he atado los tobillos y las muñecas a los postes de la cama y lo estoy marcando con una vara. Los brazos, los muslos, el abdomen. Le marcaría también la espalda, pero no estaba cómodo boca abajo con la erección y yo tampoco quería que pasara demasiado rato acostado sobre ella.

Lo que hago persigue el objetivo de provocarle dolor, pero no soy cruel. No como otras personas.

Cada golpe va dejando una línea roja que resalta sobre su piel blanca. Parece que vaya creando un tigre o una cebra con cada azote de la vara.

Me sonríe al tiempo que llora de felicidad, pero sé que no dirá una palabra porque así se lo he ordenado. Me resulta raro ser quien da las órdenes; sin embargo, le he cogido el gusto. Tiene algo reconfortante.

Quiero descubrir cuáles son los límites de este chico.

Las marcas que le he hecho con la vara aún están calientes cuando las lamo.

Voy más allá, me sumerjo en el surrealismo de la escena, en la sádica que este hombre quiere que sea, y disfruto causándole dolor. Me convierto en uñas, en desgarros, en dientes afilados, y estoy a punto de arrancarnos la carne a latigazos a ambos para comprobar si por dentro somos iguales cuando Max entra en la habitación y me aparta del chico.

A juzgar por su mirada comprendo que me ha subestimado, que no solo me he redimido, sino que lo he impresionado.

Jackie, chaval, mira en lo que me he convertido gracias a los dos.

No obstante, sigo estando un tanto desconectada de la realidad cuando salgo y me meto en el coche, tras haber rehusado la invitación de Gold a quedarme en una de las suites en vez de regresar a la casa de Inanna.

¿Qué va a pasar ahora? ¿Acabaré sola y triste como Claudia? Pensaba que tenía madera de actriz protagonista, pero Jack me ha abandonado como si todos esos años juntos no hubieran pasado. Si no es él, ¿quién es mi Tommaso? ¿Anna? ¿Inanna? ¿Cuánto tiempo hemos pasado Jack y yo atrapados por la rutina, unidos por lo que creíamos que era amor, que estaba bien, que era lo correcto? Antes lo creía sin lugar a dudas. Pero empezaron a aparecer grietas en la fragilidad de quien yo pensaba que podía ser, o que debería ser, y a estas alturas el aire, la luz y la libertad se cuelan por esas rajas y quiero más y más. Lo bueno y lo malo, según me apetezca. No todo será bueno, pero ¿cómo voy a averiguarlo si suprimo esa parte de mi persona por completo y para siempre y sigo con mi vida mirando constantemente hacia atrás mientras me pregunto en qué tipo de persona podría haberme convertido si hubiera llegado a conocerme un poco más?

Lo estaba haciendo para quitármelo de encima. ¿Está mal que descubra que esto es lo que soy y que no quiera abandonar? ¿No debería tu pareja aceptarte como eres? ¿No es eso el amor?

27

Recibo uno de esos mensajes de correo electrónico «para ver cómo van las cosas» de mi editor, que no es tan inofensivo como parece. Normalmente acostumbro a darme una vuelta por la oficina mucho más de lo que vengo haciendo. Incluso cuando he investigado otros artículos a fondo, he hecho acto de presencia.

Es curioso que ahora dé la impresión de que me importa una mierda si me despiden, pero eso tiene aspecto de comportamiento malsano de manual y me niego a caer en picado. Es como si así le diera validez a la actitud mojigata de Jack.

Sé muy bien que lo de la otra noche le gustó tanto como a mí, hasta que se fue y regresó con la tía esa por la que me ha dejado. A lo mejor hizo bien en marcharse, porque de todas formas no me conoce.

Tengo la sensación de que ahora estoy empezando a conocerme de verdad, así que ¿cómo voy a cabrearme con Jack por haber cortado conmigo? Es como si hubieran pasado meses en vez de días.

Contesto con algo escueto y vago en plan «Estoy en

ello, pista jugosa, historia sensacional» que sé que me dará una o dos semanas más de tiempo.

Lo envío y le doy a recibir el correo entrante, y suspiro al ver un nuevo mensaje de un remitente desconocido. La gente te escribe las gilipolleces más aburridas porque cree que deberían ser titulares. Rajan de los vecinos, se despachan con sus ex o intentan impresionar a nuevos amantes o viejos amigos. Estoy a punto de no abrirlo siquiera, pero el mensaje de mi editor ha hecho que sienta que estoy desatendiendo el trabajo, así que lo leo.

Se trata de una imagen de Inanna de cuando estaba viva, mientras participaba en una escena parecida a la que yo represente para Max. Reconozco el lugar, aunque no así la habitación en concreto, y me pregunto si Inanna formó parte de una escena con alguien como Bob, pero le apretaron el cuello demasiado fuerte o se les fue de las manos y lo orquestaron todo para que pareciera un suicidio.

¿Estuvo Anna en La Notte? ¿Fue allí donde conoció a Inanna? ¿Fue en otro sitio totalmente distinto?

¿Hasta qué punto nos parecemos en el fondo? Sacadas de nuestras vidas y abandonadas en el laberinto de la Sociedad Juliette, para no encontrar jamás la salida… o la entrada, a menos que ellos quieran. Teníamos que superar las pruebas para ser admitidas.

Sin embargo, la imagen que tengo no es una imagen cualquiera. Es más que eso, una clave. Una respuesta que genera todavía más preguntas.

Entrecierro los ojos y amplío un punto precisamente por encima del hombro izquierdo de Inanna. Es la imagen de un falso espejo que da acceso al club VIP de La Notte que está abajo. Reconozco la barra desde este ángulo, aunque las personas que aparecen están borrosas como fantasmas, igual de insustanciales.

Tengo la sensación de que si estuvieran en la habitación junto a Inanna, seguirán palideciendo a su lado.

Pero la imagen… La ventana. El espejo. Es una puerta y ahora sé perfectamente adónde ir para descubrir qué me espera a continuación.

Gracias a Inanna. Su delgado cuerpo adopta una postura que resalta su flexibilidad. Su piel se ve radiante. Ella era radiante. Daba igual cómo se presentara ante el mundo, mientras estuvo en él, brillaba tal como ella quería hacerlo.

Estoy a punto de pasar por alto las palabras que aparecen en la pared de detrás de Inanna. Me interesan demasiado las contorsiones de su cuerpo, la emoción de su cara y el hecho de que por fin puedo entrar gracias a esta foto.

Audācissimē Pēdite.

Sé que ya las he visto antes.

La cabeza empieza a darme vueltas y me tambaleo.

Lo he tenido delante de las narices todo el tiempo.

Sin embargo, supuse que solo era algo parecido, no lo mismo.

¿Cómo es posible que me haya encontrado de nuevo?

«Hay una inscripción grabada alrededor del labio superior, y está pintada de rojo, como un tatuaje: AUDĀCISSIMĒ PĒDITE.

»El ogro tiene la boca completamente abierta, como si gritara o se riera, no sabría decirlo. O quizá simplemente se esté riendo a gritos por algún chiste que solo él entiende. El ogro me mira, se ríe de mí, como si hubiese reconocido a alguien que no pertenece a este lugar. Una parte de mí solo quiere correr hacia su boca y esconderse dentro, sin importarle lo que encuentre allí, en la penumbra absoluta, para así no tener que volver a ver nunca su mirada. Porque allí es a donde lleva el sendero, a la boca del ogro. Allí es donde acaba.»

Este lugar no se parece a la Sociedad Juliette.

Es la Sociedad Juliette. La Cámara de Jano es su club seguro, el lugar donde el temor a que los descubran ha desaparecido.

Es para ellos. Está lleno de ellos.

Es su patio de juegos de élite, y he estado moviéndome por él con la idea de que se asemejaba en algo, algo seguro, como si yo tuviera el control porque me lo había encontrado en vez de ser él quien hubiera dado conmigo y me obligara a hacer cosas que no quería.

Que sea la presa o la cazadora da igual cuando me muevo en su mundo. Cuando coloreo dentro de las líneas que ellos trazan.

¿Cuántos lugares como este existen en el mundo?

¿Por qué no me lo dijeron desde el principio si somos iguales de alguna manera? Lo he vivido, me he regodeado en él y me han aceptado. ¿Por qué no me abrieron la puerta sin más en lugar de mandarme ahora esta foto?

¿Por qué me ha enviado alguien este correo? Es más que una fotografía, es un mapa al lugar donde quería ir... pero también es el sitio donde es evidente que otra persona cree que yo debería estar, porque de lo contrario no se habrían puesto en contacto. A lo mejor es la invitación que me llevará a unas profundidades que ni siquiera he imaginado.

Pero ¿me la ha enviado un amigo o un enemigo?

¿Alguien que intenta mostrarme la verdad o enterrarme con otra mentira?

Sería una imbécil si voy. Es una trampa. Es imposible que pueda estar a salvo.

Y sin embargo...

¿Quién me la habrá enviado? ¿Y qué intenciones tiene hacia mí? ¿Quiere iluminarme o hacerme daño? ¿Ha sido Lola? De ser así, ¿por qué no me la envió al móvil o a mi dirección de correo electrónico personal?

Cojo el teléfono y busco en los contactos hasta dar con el número de Lola.

No da señal y un mensaje me indica que el número ya no está operativo.

Imposible. Hoy he recibido un mensaje de ella. Busco en las llamadas recientes y selecciono el número de Lola.

La voz electrónica repite que el número no existe.

¿Estaba la testigo dispuesta a sacar a la luz algo más peligroso que la relación de Bob con la Sociedad Juliette? ¿Acaso existe algo más peligroso en juego? Busco a Lola en la red en un intento por averiguar su información de contacto.

Es como si nunca hubiera existido. Nada, ni siquiera puedo encontrar las entrevistas originales que leí. ¿Por qué borraría alguien todo su rastro de internet, incluso las cachés de las páginas web? Conservo pruebas, además del mensaje de voz que me ha dejado antes. Lo oigo de nuevo y encuentro cierto alivio en su cálida voz, como si demostrara que no me estoy volviendo loca.

Vuelvo a mi otra pestaña, pero ha caducado y me ha echado. Lo había copiado todo (hay que citar las fuentes para que no puedan demandarnos) y la he guardado en su archivo con el resto de mis fuentes. Inicio sesión.

«Contraseña incorrecta.»

Aparecen esas letras rojas y compruebo que no tengo el bloqueo de mayúsculas activado.

Intento iniciar sesión en mi cuenta tres veces más sin éxito. ¿Qué narices pasa?

¿Por qué alguien querría cortar mi conexión con Inanna y con Lola? No hay nada que yo... «Jack», pienso. En vez de calmarse y ponerse en contacto conmigo de nuevo... ¿Y si Jack ha cumplido su amenaza de derribar a Gold al hacer pública la información o, lo que imagino peor, y si fue a verlo en primer lugar y le contó sus planes antes de hacerlo público?

Jack es la clase de joven idealista capaz de ofrecerle al gilipollas corrupto una oportunidad para hacer lo correcto él mismo, con la convicción de que podría hacerlo de verdad. Se me cae el alma a los pies y las palmas me empiezan a sudar.

Saco el móvil para mandarle un mensaje de texto a Jack, pero no quiero que quede constancia por escrito de nada de esto.

Con el estómago revuelto, marco su número, casi esperando que también esté fuera de servicio, pero suena tres veces antes de que salte el buzón de voz. Lo intento una y otra vez, pero no contesta.

¿Eso de «quedarse de piedra»? Por fin lo entiendo.

No sé a quién llamar para hablar sobre este tema, de modo que me pongo en contacto con la única persona con quien no debería mantener contacto.

—Bob DeVille al habla.

—¿Dónde está Jack?

—Catherine, qué agradable sorpresa. Espera un momento. —Lo oigo respirar profundamente varias veces y el ruido desaparece cuando se traslada a un lugar más privado para mantener la conversación—. ¿Qué se te ofrece?

Me pregunto si le habló a Jack del hotel, si se lo contó todo, incluidos mis motivos para estar aquí y las cosas que he hecho mientras me convencía a mí misma de que todo era por la historia, en un intento por sabotear nuestra relación.

—Seguramente llevas esperando este momento cuatro años —afirmo—. ¿Qué tal sienta haberme arrebatado algo por fin, haber conseguido vengarte?

—No entiendo nada de lo que dices. No le he dicho nada a Jack, ¿qué iba a decirle? Ha estado muy ocupado con su nueva… amiga.

—Cabrón.

—Es como el hijo que nunca tuve y estoy haciendo todo lo que puedo para ayudarlo a seguir mis pasos.

—Hijo de puta.

—Ten cuidado —dice con una carcajada—. ¿Te acuerdas de lo que dije sobre lo de ocultarse a plena vista? ¿El hecho de que nadie cree de verdad en los rumores? Da igual lo que pensaras que podías hacer para destruirme. Un escándalo que nadie se creerá nunca me hará daño. Por cierto, estoy convencido de que son tal para cual.

—Eso me consuela mucho. —Me pregunto si separarnos era la única manera que ha encontrado DeVille de evitar que Jack descubriera sus oscuros secretos, su costumbre de contarle verdades a medias.

—Intenté advertirte cuando viniste a cenar.

DeVille dejó caer que yo no era la prioridad de Jack. Es curioso que yo pensara que se refería a sí mismo.

—Con amigos así... —Cuelgo.

¿Qué narices hago ahora? ¿Qué haría Inanna?

La calma se extiende por mi estómago como un chupito de whisky que se bebe a palo seco.

¿Hay algo que haya que hacer o que exponer, o debería proseguir con mi propio peregrinaje? Puedo explorar mis deseos sexuales y limitarme a... ser Inanna un tiempo, al menos hasta que decida qué hacer a continuación. ¿Por qué no? Es un plan perfecto.

Ciertas cosas solo cobran vida gracias a las personas que tienen dentro en un momento determinado.

Los aeropuertos. Los centros comerciales. Los teatros. Por eso los directores usan esos lugares para grabar tomas postapocalípticas en ciudades dominadas por zombis o donde falta un alto porcentaje de población que ha muerto víctima de una enfermedad indeterminada, porque esa imagen desprovista del bullicio de la humanidad nos inquieta y nos da mucho yuyu.

Algunos sitios se quedan demasiado silenciosos y tú te preguntas cuándo vinieron los alienígenas para llevarse a todo el mundo.

¿Qué acecha a tu espalda?

Percibo el vacío en cuanto atravieso la primera puerta, antes de usar mi tarjeta negra que abre la segunda y bajar la escalera.

Silencio, salvo por mis pasos que resuenan delante de mí. Quiero quitarme los zapatos y andar de puntillas para no delatar mi presencia, pero tengo la sensación de que el tiempo se me escapa como los granos de arena que se deslizan por un reloj, así que en vez de detenerme, acelero el paso.

El vacío tiene su propia presencia, como si estuviera esperando a que hiciera ruido, a que me moviera, a que lo ayudara a ocultarse en las sombras que voy creando para él.

El bar también está vacío y, sin gente, parece enorme, como unas fauces gigantescas que se abren a la nada.

Si grito, ¿habrá eco? ¿O desaparecerá el sonido como si nunca lo hubiera emitido?

¿Dónde está todo el mundo?

Espero que en cualquier instante aparezca Bundy tras la barra con un trapo y una sonrisa ladina, y ¿por qué no? también unas cuantas personas de mi pasado, incluso Marcus, con su cara juvenil y el pelo blanco por todos los líos en los que se haya podido meter. ¿Cómo liberaría su tensión sensual ahora que Anna ya no satisface su complejo de Edipo?

Algo brillante situado en el otro extremo de la estancia, delante de unos espejos, me llama la atención.

Eso basta para indicarme que me están observando. Para saber que este momento era inevitable. Que una mano invisible me ha conducido todo el tiempo hasta este sitio, como si solo fuera un peón en una partida de ajedrez que otra persona estuviera jugando... y nunca he visto el tablero bajo mis pies.

Estaba concentrada tratando de encontrar una reina.

O tal vez un par de reinas, en busca de más poder, de más conocimiento, de autoexploración.

Gnosis.

Muevo el cuello y lo hago crujir antes de echar a andar en dirección al espejo, y la compostura me envuelve como una suave capa de terciopelo. No soy un peón.

Quizá sea algo que el resto de los jugadores ha olvidado.

Pero antes muerta que darme la vuelta, salir corriendo y perderme lo que sea que haya al otro lado del espejo.

Me agacho y recojo la moneda. No tengo ni idea de lo antigua que es, pero sé antes de darle la vuelta que tiene dos caras iguales.

Vi la misma moneda, o una igual, en una página del diario de Inanna. Esta me pertenece. No hay cara o cruz, no hay esto o aquello. La Cámara de Jano no va de disyuntivas.

Va de copulativas, de «y». Este lado y aquel. Soy esto y aquello. Luz y oscuridad. Fuerza y vulnerabilidad.

Gato y ratón.

Las personas que consigue que le abran las puertas de la Cámara de Jano son ambas caras de la moneda.

¿Esta nueva llave revelará más información? ¿Qué prueba he superado para que permitan que acceda todavía a algo tan gordo?

¿Cómo sabían que iba a estar aquí en este preciso momento?

El espejo se abre.

Paso al otro lado.

28

A veces sabes exactamente lo que el destino te tiene preparado.

Y a veces entras en una habitación situada detrás de un espejo, echas un vistazo y reconoces el lugar.

SODOMA.

SOCIEDAD DE DÓMINAS Y AMAS.

No sé si debo considerar este momento como el cierre de un círculo completo o como el inicio de todo. Un cine. Un aula.

Un sueño dentro de una mente agotada.

Al otro lado de la puerta situada a la derecha hay un almacén enorme donde se grabó todo el contenido de SODOMA, el sitio web donde vi a Anna. ¿Cómo es posible que no me percatara de que este lugar pertenecía a la Sociedad Juliette?

A medida que enfilo el pasillo tras atravesar otra puerta, descubro más estancias en las que no hay gente, pero equipadas con material y con las puertas abiertas.

Reconozco el material. El baño y el artefacto vibrador con el que vi a Inanna en el suelo, sobre un charco de su propio flujo vaginal, estremeciéndose e intentando comprobar quién resultaba ganadora en la batalla del placer entre la mujer y la máquina.

Jaulas electrificadas con forma de personas a cuatro patas, similares a la que yo ocupé la otra noche.

Bañeras con patas porque son lo bastante profundas como para sumergirse en ellas.

Plataformas con estructuras para elevar a alguien.

Plataformas con estructuras para inmovilizar.

Columpios a la espera de ser ocupados por algún culo.

Parece una arena donde los gladiadores vienen a follar y a observar cómo los demás participan en las actividades más salvajes que sean capaces de imaginar, pero todo resulta extraño sin personas que se sirvan del material. Es el lugar donde se guardan los objetos de placer y tortura antes de utilizarse. Es el almacén más pervertido del mundo, pero también, un set de rodaje. Aquí es donde se graban las escenas.

Todas las estancias huelen a sexo y a cerrado. Y a sangre también.

¿Dónde está la gente?

Entro en la tercera habitación del pasillo. También está vacía, pero de alguna manera me parece más acogedora y serena. La estancia no está creada para abarrotarse de seres humanos. O tal vez lo parezca porque ya han pasado demasiadas personas por ella.

Estoy segura de que te estás haciendo la misma pregunta que se me ha pasado a mí por la cabeza: ¿una chica lista, una periodista, no se preguntaría si le han tendido una trampa al ofrecerle libre acceso, sobre todo después de haber visto las prácticas y el club de sexo? Sí. Pero claro, tal vez esa sea la naturaleza de este mundo. Carne nueva, curiosidad renovada, una bienvenida para las recién llegadas dispuestas a pagar el precio máximo. Y yo estoy dispuesta a pagar ese precio por mi propio peregrinaje, por Inanna.

Salgo de la estancia y recorro el pasillo a la inversa, porque no quiero que mi periplo acabe con sangre en el suelo. Atravieso otra puerta, descubro otro pasillo y llego a una puerta roja.

Y quiero pintarla...

Está cerrada, pero respiro hondo y giro el pomo.

Y fíjate tú, entro directamente en el despacho de Bob DeVille. O en una estancia creada a la imagen y semejanza de dicho despacho, porque incluso distingo la nota cítrica de la cera de la madera y me percato de la foto de Gena en el escritorio.

Él está sentado en el sillón y se da media vuelta cuando yo entro. Lleva la misma máscara que utilizaba la noche que follamos en la mansión privada, y una parte de mí se pregunta tontamente si este lugar está conectado de alguna manera con otros a través de pasillos subterráneos. Si todo está enlazado y si lo único que tendríamos que haber hecho para encontrarlo era excavar. Aquel lugar tampoco tenía nombre. Pero no he venido aquí para esclarecer la logística. El cómo. Estoy aquí por los porqués.

Tomo una honda bocanada de aire y clavo la mirada en ese hombre que me resulta una versión más desatada, calva y mayor de mi exprometido.

—Bob.

—¿Por qué has tardado tanto? —Me sonríe—. Llegas con retraso.

—He venido lo más rápido que he podido —contesto

con sequedad—. Podría haber llegado antes si alguien me hubiera contado la verdad.

—Así no tiene gracia.

Doy un paso hacia delante.

—¿Crees que esto ha sido gracioso para mí? He perdido cosas, he perdido personas.

—Has dejado atrás todo lo que te estaba lastrando, lo que te entorpecía. —Resopla con desdén—. Creía que al menos tendrías claro eso.

Supongo que sí, que lo tengo.

—¿Y Jack?

DeVille se encoge de hombros.

—No está involucrado en esto.

—Gracias.

Levanta la cabeza como señal de que acepta mi agradecimiento.

—Ya te informaron de la ideología de la Sociedad Juliette. ¿Lo recuerdas?

—Sí. Como los Illuminati, pero para follar.

Le quito importancia en un arranque de arrogancia, porque no quiero que crea que esto es fácil por tratarse de él. Quiero que se lo curre, que tenga claro que estoy aquí porque yo lo he decidido. Que lo que va a suceder tendrá lugar porque yo quiero que ocurra.

Extiende los brazos en cruz.

—Si conoces el nombre de una sociedad secreta, el secreto ya brilla por su ausencia, ¿no te parece?

Desde luego.

—Más o menos como si ves a un camaleón. Si lo ves, descubres que es horroroso. ¿Me lo dices o me lo cuentas? ¿Dónde está Max? ¿Qué pinta en todo esto? —Antes pensaba que Max era el más poderoso de los dos. Sin embargo, es Bob quien está aquí, en el club vacío de Max.

He impresionado a Max y he subido de nivel, que es Bob. Pero ¿quién es el jefe supremo?

Bob sigue hablando, como si no le hubiera hecho ninguna pregunta.

—Algunos protectores de nuestra sociedad se han fijado en ti.

—¿Eso es bueno?

El corazón me late con fuerza en el pecho al oír semejante ratificación. A todos nos gusta escuchar que somos únicos y valiosos, aunque se trate de una sociedad secreta creada en torno a la depravación y el dinero.

—Puede serlo. —La voz de Bob me llega desde detrás y me doy media vuelta para comprobar incrédula si es cierto. Suelto una carcajada temerosa y, presa de la confusión, me vuelvo de nuevo y veo a Bob sentado en el sillón, quitándose la máscara.

¿Son gemelos o uno de los dos es un doble? ¿Con quién he estado tratando durante todo este tiempo?

Me dispongo a hablar con el que tengo detrás.

—¿Quién eres?

Él se encoge de hombros mientras se desabrocha la camisa.

—¿Qué más da? ¿Quién eres tú?

Inanna. Sonrío.

—La inmensidad que carece de límites.

Levanto los brazos para permitirle que me quite la camiseta. A lo mejor resulta raro, pero ya he follado con uno de ellos y he estado a punto de matar al otro. ¿Qué tiene de malo follar con los dos a la vez?

A lo mejor solo he tratado con uno de ellos y esta es la primera vez que estoy delante del otro.

Si pudieras echar un polvo contigo mismo, ¿no lo harías? En cierto modo, soy DeVille y siempre lo he sido.

En todo caso, tenemos que establecer un equilibrio.

Hay que traspasar límites.

Me atrapan entre sus musculosos cuerpos y me rodean con sus brazos hasta acabar pegados como si fuéramos piezas de un rompecabezas que por fin encajan. De repente, me siento bien. Tan bien que resulta doloroso.

La ropa va desapareciendo, prenda a prenda. Ya me sentía atraída por él aquella primera vez, cuando no sabía quién era.

Nos gustamos porque somos iguales. Reconocemos la profundidad de nuestra depravada imaginación y nos relamemos los dedos mientras se nos cae la baba por la emoción.

Donde acaba un cuerpo, empieza el otro.

Se lanzan sobre mí, uno por delante y otro por detrás, y en ese preciso instante comprendo que, a juzgar por el nivel de atención que me están prestando, convirtiéndome en la protagonista del momento, después tendré que resarcirlos a lo grande.

Sus lametones se convierten en mi mundo y no paro de mirar al uno y al otro, maravillada al contemplar dos rostros idénticos.

¿Hay uno bueno y otro malo?

¿A cuál de los dos conozco mejor?

Los invito a ponerse en pie y me arrodillo entre ambos. Empiezo a lamer, a acariciar, a succionar con frenesí a uno y a otro con la intención de que el placer los haga perder el control.

Uno se tumba en el suelo. El otro me coloca sobre él.

Siento cómo me penetra mientras me preparo para que el otro Bob me la meta por detrás al mismo tiempo.

Doble penetración.

Estaba cantado que este iba a ser el final. Él, él y yo. Le coloco las manos en el pecho, pero el que me está dando por detrás me atrapa los brazos y me los estira por encima de la cabeza, sosteniendo mi peso, hasta que mis tetas se elevan, turgentes.

Bob es más fuerte de lo que parece.

El ritmo de mis movimientos aumenta, aunque en realidad solo puedo ondular las caderas, ya que el que tengo detrás es quien impone el ritmo.

Es ridículo luchar contra la gravedad cuando resulta tan placentero dejarse llevar.

Follamos, nos restregamos y giramos, somos una trinidad perversa de gruñidos y gemidos.

Pierdo la noción del tiempo. Me desentiendo de mí misma.

Nunca me han follado de esta manera, por delante y por detrás a la vez, y los siento tan adentro que tengo la impresión de que el daño será irreversible, pero estoy dispuesta a matar a quien se detenga.

Veo estrellas. Veo átomos. Soy infinitamente pequeña y excesivamente grande al mismo tiempo, rodeada por los dos regueros de semen que nos unen a los tres.

En ese momento, el Bob que tengo debajo aparta las manos de mis pechos, me acaricia las clavículas y me rodea el cuello. El que tengo detrás me sostiene. No intento zafarme de las manos que me aprisionan. Al contrario, yo también le rodeo el cuello a él.

En esta ocasión, me mira con expresión amable mientras aprieta las manos. Sonríe cuando yo le oprimo más de la cuenta, pues es presa de un orgasmo que se convierte en un infierno abrasador que lo derrite todo a su paso mientras follamos y follamos y follamos. Ambos se mueven con tal violencia que están a punto de dislocarme las caderas, pero todavía quiero más, todavía los animo a darme más, agitando el culo, desesperada por correrme. Mi visión periférica empieza a nublarse.

Necesito correrme antes de desaparecer.

Si pudieras ser cualquiera, ¿por qué te conformas con una desvaída versión de la persona que quieres ser? ¿Por qué ser Catherine cuando puedo ser Inanna? A Inanna no le importarían mis problemas, no se preocuparía por mi trabajo, ni por mi errante prometido. Son pequeñeces que no resultan tan interesantes como su exploración. Al menos, lo son desde que comprendí que todo lo que creía sobre Jack es mentira. Sin embargo, hay algo que intenta llamar mi atención. Mi ego, quizá, que quiere que recuerde quién soy mientras lo experimento todo, mientras vivo el progreso de Inanna.

Quiero ser la mejor versión de Catherine, no una pálida imitación de Inanna. Una que ya existió. Ha llegado la hora de subir de nivel otra vez.

He llegado hasta aquí porque he querido, no porque intentara salvar mi relación con Jack, sino porque ansiaba la lujuria, el deseo y la búsqueda de la persona que puedo ser con esta gente. A lo mejor esto me hunde en las profundidades y me acerca al peligro, pero no tengo nada que perder.

Nada que perder salvo mi persona. En cierto modo, ya

he sacrificado a Jack, y él me ha dejado atrás a mí. Aunque lo hemos hecho por motivos distintos. Sin embargo, descubro que me parezco más a Bob que a Jack.

Y eso me arranca una sonrisa. Tengo kilómetros que recorrer antes de irme a dormir y mucho que explorar.

Es como descubrir una nueva paleta de colores. Pienso abrazar esta nueva faceta de mí misma y ver hasta dónde puedo llegar, si en realidad soy como la inmensidad.

El diario de Inanna redunda en la exploración sobre sus propios límites. No sé si alguna vez encontró alguno. Si fue ella quien se suicidó, si eso fue un límite. Encontró algo que la superó, que no pudo olvidar.

En el caso de que fuera otro quien la matara, también eso trazó un límite. Pero tal vez Inanna no fuera lo bastante fuerte. Tal vez Anna tampoco lo fuera. Esto no va a tener un final alegre con un reencuentro feliz alrededor de una mesa con té y pastas. Al igual que sucede en *La aventura*, no he encontrado a la mujer que busco.

Pero quizá sea porque me he pasado todo este tiempo persiguiendo a otra persona en vez de intentar encontrarme a mí misma.

Tal vez Inanna no era lo bastante fuerte. Aunque dispusiera de la originalidad y la imaginación necesarias, carecía de la tenacidad y de la estabilidad que le otorgaran una base sólida para las cosas que acabó descubriendo sobre el mundo. Algunas personas son capaces de toparse con ese conocimiento y asimilarlo. Otras no pueden vivir con lo que han visto, con lo que han hecho.

¿Seré capaz de llegar más lejos que Inanna? Vamos a descubrirlo.

29

La brisa del desierto entra por las ventanillas del coche, cálida y limpia. El polvo me exfolia la piel mientras conduzco, arrancándome partes como si fuera una serpiente que muda de piel, pero ya no tengo los ojos velados. Por fin me veo, por fin observo el universo y la forma en la que se conecta a través de las personas y de los lugares.

Me imagino que si lo intentara con bastante ahínco, ahora mismo podría convertirme en alguna criatura viperina y enseñar los colmillos al tiempo que desafío al mundo a meterse conmigo.

Enciendo el calefactor de asientos y dejo que me queme el culo, aunque hay casi veintiséis grados a estas horas de la noche.

¿Adónde se ha ido el sol?

En este momento, mientras saboreo la noche, me cuesta mucho aferrarme a las verdades susurradas a mi oído.

Enfilo el camino de entrada de la casa de Inanna y salgo a trompicones del coche, como si por un instante no supiera andar. Cuando me incorporo, me tambaleo y voy haciendo eses hacia la puerta, mientras siento cómo los nuevos movimientos de un baile que nunca he aprendido se apoderan de mí y me trasladan a un estado disociativo.

Me detengo en el vano de la puerta, con la nariz levantada mientras respiro hondo. «Hay algo raro», canta la noche.

Lo siento en los huesos, el vacío me llama y resuena en mi corazón.

Voy al dormitorio y meto la mano debajo de la almohada.

El diario no está.

¿Ha estado alguna vez ahí?

Me siento y abrazo la almohada contra el pecho mientras medito. Sin el diario, ¿dónde estaría ahora mismo? Sin buscar a la mujer que dejó esas palabras, ¿dónde estaría? Las palabras de Inanna me han traído a donde tenía que llegar, pero vivir las palabras de otra persona solo te transporta hasta cierto punto. A veces tienes que dejar de buscar a quien crees que deberías ser y limitarte a ser la persona que eres en realidad.

Ambas caras: la oscura y la luminosa. Con defectos incluidos.

Ponerse en la piel de otro te lleva hasta un límite determinado. Tengo que forjar mi propio camino a partir de ahora, y no pasa nada.

Devuelvo la almohada a la cama y algo cae al suelo con un ruido sordo.

El diario ya no está.

Pero en su lugar hay un lápiz USB envuelto en una hoja de papel caro de color crema.

La nota está escrita a mano con una tinta tan roja que casi parece negra.

«Has llegado hasta aquí. ¿Eres capaz de ir un poco más lejos?»

Empiezo a darle vueltas al lápiz USB en la mano, y la tentación me quema con fuerza la palma mientras sopeso mis opciones.